本书系浙江省哲学社会科学规划课题成果

（课题编号14NDJC176YB）

荆亚玲 ◎ 著

汉译佛典文体特征及其影响研究

Hanyi Fodian Wenti Tezheng Jiqi Yingxiang Yanjiu

ZHEJIANG UNIVERSITY PRESS
浙江大学出版社

序

梁启超先生谓:"佛教为外来之学,其托命在翻译,自然之数也。自晚汉迄中唐,凡七百年间,赓续盛弘斯业,宋元以降,则补苴而已。"[1]

"历经千年之久的佛典汉译工程,不只是累积出了数量惊人的宗教文献,同时也封存了千年以来汉语流变的翔实纪录。问题是我们能够借由何种方法才可以把这个'记忆的黑盒子'给打开来,让它把这一段已然为多数人遗忘的历史给清楚地叙述出来呢?"[2]

为此,学界同仁进行了艰苦卓绝的努力。

首由先哲"导夫先路"。1923 年,汪荣宝在德国钢和泰以宋代法天的对音材料与瑞典高本汉拟测的隋代《切韵》音系相比照而形成《音译梵书与中国古音》一文的基础上,发表了《歌戈鱼虞模古读考》;1941 年,吕叔湘利用禅宗语录、敦煌文献,撰写了《释〈景德传灯录〉中"在""著"二助词》等系列文章;1944—1948

---

① 梁启超:《佛典之翻译》,《佛学研究十八篇》,中华书局 1989 年版,第 183 页。
② 万金川:《宗教传播与语文变迁:汉译佛典研究的语言学转向所显示的意义》,朱庆之编:《佛教汉语研究》,商务印书馆 2009 年版,第 594 页。

年,周一良相继发表《中国的梵文研究》和《论佛典翻译文学》,诠释了"劫、刹那、魔、檀越"和"仁、曼、缘、复次"等佛教语词;他们开利用汉译佛典材料研究汉语历史的先河,成为国内利用梵汉对音材料研究古音韵、利用佛教文献研究汉语历史语法以及利用佛教梵语和佛典语料研究汉语历史词汇的先躯者。

继由后学者砥砺跟进。20世纪70年代末以降,学术研究重新勃发生机,利用佛典语料作为汉语史研究的重要资料补充逐渐成为学界的"共识",汉文佛典语料在国内受到研究者"前所未有"的亲睐,"俞敏、施向东、刘广和、尉迟治平和储泰松等的梵汉对音研究,项楚、刘坚、蒋绍愚、吴金华、董琨、江蓝生、曹广顺、颜洽茂、梁晓虹、袁宾、张联荣、俞理明、蔡镜浩、方一新、董志翘、李维琦、黄征、王云路和朱庆之等的汉语历史词汇和语法研究等,都不同程度地运用了佛典语料,取得了很好的成绩。此外,张永言和汪维辉等的汉语常用词的历史演变研究更有赖于佛教文献的支持。"①汉译佛教文献的利用有力地推动了汉语历史语言学的进程。

20世纪90年代中后期以来,利用汉译佛典语料研究汉语历史的工作方兴未艾,但更呈现出深入、专门、精准的趋势。首先,学术界对汉译佛教文献语言(佛教混合汉语)的特殊性质逐步有了深入的认识,对汉译佛典语料的性质(扩大化的、特殊的社会方言)与特点(架构系统、内容广博、版本众多、语词俗化、语言混合)、研究价值与局限性有了清醒的认识;其次,借由语言学

---

① 朱庆之:《代前言:佛教混合汉语初论》,《佛教汉语研究》,商务印书馆2009年版,第3—4页。

的方法及相关课题的引入,促进了佛教文献语言研究在方法论上的更新、研究向度上的转变,以及研究领域上的拓展,仅以研究领域的拓展为例,涉及语料的鉴别、疑伪经研究以及佛典文体、文例的研究等,成果可谓层出不穷,如方一新等《东汉疑伪佛经的语言学考辨研究》、卢巧琴《东汉魏晋南北朝译经语料的鉴别》,以及熊娟《汉文佛典疑伪经研究》等;亚玲的《汉译佛典文体特征及其影响研究》当也属研究领域拓展之作。

本书胜处在以下几端:

1. 深入了解汉译佛典文体是有效利用汉译佛典语料研究汉语历史的前提,本书视文体为一个由不同要素、不同层次构成的系统,将汉译佛典文体的研究纳入汉语史研究的范畴,侧重从语言学的角度对魏晋六朝汉译佛典文体进行考察、探讨,为汉文佛典研究提供了新的视野,选题独到。

2. 厘定文体的定义,厘清文体学与语言学、文体分析与文体研究的关系,在对佛典分类传统的"三藏说""九分教"与"十二分教"比较分析的基础上,述古创新,化繁为简,将浩如烟海的经、律、论三藏分为小乘经与大乘经,广律与戒本,释经论与宗经论,建构较为合理的分类体系,值得肯定。

3. 借鉴现代文体学的研究方法,采用封闭性与开放性相结合的原则,从经、律、论三藏中分别选取具有代表性的佛典,从章法、词汇、句法、修辞等角度分析其不同的文体特征,且归纳出相关义例,并将这些义例置于同类文献中加以考察,以验证其准确性和有效性,进而揭示经、律、论三藏不同的文体特征,颇有条理,方法较科学。

　　4. 突出重点,特辟专章对汉译佛典最常见的"偈颂体"和"四字体"进行论析。本书从原典文体与汉地文体两方面探讨"偈颂体"形成的原因,从时代骈体风尚、雅正观念、四字语音优势等多个层面探讨"四字体"形成原因并勾勒汉译佛典"四字体"的发展历程,同时还详尽分析了"偈颂体""四字体"给佛经语言带来的正面和负面影响,其论述颇有见地。

　　当然,本书尚存在不足,首先,尽管作者强烈地意识到汉译佛典文体很大程度上受制于原典的影响,但由于在原语(例如梵语、巴利语)上的学养不足,以及相关材料的缺乏,除了在"偈颂体"成因探讨中提及"原典文体之影响"外,没有从原典角度对汉译佛典文体的面貌、成因做出深入分析,并进行有价值的对比。其次,论证的力量较为薄弱,理论色彩不够浓厚,一些章节稍嫌粗疏,个别问题的探讨、解释还不够到位。但是,也许我们不应苛求作者,因为汉译佛典文体的语言学研究毕竟还处于起始阶段,相信随着研究的深入,这些问题一定能够得到妥善的解决。

　　友生亚玲的硕士导师陈榴教授是我师兄,为她奠定了扎实的专业基础,2004年亚玲入我门下攻读博士学位,她刻苦研读汉语言文字学,积极参与导师的国家社科基金项目和教育部人文社科重点研究基地重大资助项目研究,我们共同见证了亚玲在学术上的成长。今亚玲有专著问世,这是我所喜闻乐见的,期盼她今后在学术上做出更大的贡献,故特为序。

颜洽茂

于浙大紫金文苑

目 录

第1章 绪 论

　　佛教的传入是中国历史上首次大规模的文化接触和交流，历经千余年积淀，如今佛教已经成为中国传统文化的一种重要形态。随着佛教东渐，佛教经典也陆续传入中国，经过历代的翻译，佛典数量日益增多，卷帙可谓浩如烟海。中国人接受佛教的主要途径为阅读佛典，而阅读佛典首先接触到的是翻译文体。因此，汉译佛典文体是佛教研究者无法不去重视的一个首要问题。

1.1　汉译佛典文体研究概述

1.1.1　古人关于佛典文体的讨论

　　佛典汉译以来，在文体问题上，是讲求"文"（或称"雅"）还是"质"（或称"朴"）①，一直都是人们关注的焦点。从现存文献来看，最早提出译经"文质"问题的是《〈法句经〉序》：

---

① "文质论"是中国先秦以来传统的文学批评原则，佛典译论中的"文质"概念由此借用而来。

　　始者维祇难出自天竺，以黄武三年来适武昌。仆从受此五百偈本，请其同道竺将炎为译。将炎虽善天竺语，未备晓汉，其所传言，或得胡语，或以义出音，近于质直。仆初嫌其辞不雅。维祇难曰："佛言'依其义不用饰，取其法不以严'。其传经者，当令知晓，勿失厥义，是则为善。"座中咸曰："老氏称'美言不信，信言不美'，仲尼亦云'书不尽言，言不尽意'。明圣人深邃无极。今传胡义，实宜经达。"是以自竭，受译人口，因循本旨，不加文饰，译所不解，则阙不传，故有脱失，多不出者。①

　　此处记载了早期关于译经文质问题的一场争论。在翻译"五百偈本"之时，支谦认为竺将炎的翻译过于"质直"，"其辞不雅"，而维祇难等认为佛经本身不重藻饰，并引老子、孔子言论为有力佐证，提出"今传胡义，实宜经达"，最终说服支谦"因循本旨，不加文饰"地进行翻译。自此处将"质直"互训、"文饰"并提后，后人便惯于运用"文""质"概念对译经文体进行评说。

　　翻译文体成为一个学术问题，一般认为始自道安。道安的"文质观"散见于他所撰写的经序之中。除了在《摩诃钵罗若波罗蜜经抄序》中提出著名的"五失本，三不易"理论，指出"胡经尚质，秦人好文"的文体差异之外，道安的其他经序中也多涉及文质问题。《鞞婆沙序》载：

---

① 僧祐：《出三藏记集》，中华书局1995年版，第273页。

赵郎谓译人曰:"昔来出经者,多嫌胡言方质,而改适今俗。此政所不取也。何者?传胡为秦,以不闲方言,求知辞趣耳,何嫌文质?文质是时,幸勿易之,经之巧质,有自来矣。唯传事不尽,乃译人之咎耳。"众咸称善。斯真实言也。遂案本而传,不令有损言游字,时改倒句,余尽实录也。①

赵政认为,"文质是时,幸勿易之,经之巧质,有自来矣",佛典原本或文或质,各个时代的文质好尚不同,因此,译本一味偏文或偏质都不可取,都无法取悦于后代所有读者。道安同意赵政的见解,译经之时除"时改倒句"外,基本忠实于原文传达经义。

又,《比丘大戒序》载:

考前常行世戒,其谬多矣。或殊文旨,或粗举意。昔从武遂法潜得一部戒,其言烦直,意常恨之。而今侍戒规矩与同,犹如合符,出门应彻也。然后乃知淡乎无味,乃真道味也。而嫌其丁宁,文多反复,称即命慧常,令斥重去复。常乃避席谓:"大不宜尔。戒犹礼也,礼执而不诵,重先制也,慎举止也。戒乃径广长舌相三达心制,八辈圣士珍之宝之,师师相付,一言乖本,有逐无赦。外国持律,其事实尔。此土《尚书》及与《河》《洛》,其文朴质,无敢措手,明祗先王之法言而顺神命也。何至佛戒,圣贤所贵,而可改之以从方言

_____

① 僧祐:《出三藏记集》,中华书局 1995 年版,第 382 页。

乎?恐失四依不严之教也。与其巧便,宁守雅正。译胡为秦,东教之士犹或非之,愿不刊削以从饰也。"众咸称善。于是按梵文书,唯有言倒,时从顺耳。①

通过对比,道安感受到译经"淡乎无味,乃真道味",但仍"嫌其丁宁,文多反复",主张"斥重去复",慧常以佛戒如同儒礼相告,"礼执而不诵,重先制也,慎举止也……与其巧便,宁守雅正"。道安遂听取其意,按照梵本原来的面貌进行直译。

继道安之后,姚秦鸠摩罗什首次提出了应当重视原作文体风格的问题。《高僧传》卷2"鸠摩罗什"载:

初,沙门僧叡,才识高明,常随什传写,什每为叡论西方辞体,商略同异,云:"天竺国俗,甚重文制,其宫商体韵,以入弦为善。凡觐国王,必有赞德,见佛之仪,以歌叹为贵,经中偈颂,皆其式也。但改梵为秦,失其藻蔚,虽得大意,殊隔文体,有似嚼饭与人,非徒失味,乃令呕哕也。"②

鸠摩罗什认为,"天竺国俗,甚重文制",而"改梵为秦,失其藻蔚,虽得大意,殊隔文体",因此,他主张在"存真"的前提下"依实出华",在达意的同时再现原作的风姿。《高僧传》卷6"晋长安释僧叡"载:

---

① 僧祐:《出三藏记集》,中华书局1995年版,第413页。
② 慧皎:《高僧传》,中华书局1992年版,第53页。

　　昔竺法护出《正法华经》，"受决品"云："天见人，人见天。"什译经至此，乃言："此语与西域义同，但在言过质。"叡曰："将非人天交接，两得相见。"什喜曰："实然。"其领悟标出，皆此类也。①

　　竺法护所译《正法华经》"受决品"中"天见人、人见天"一句已经算是"质而不野"了，但鸠摩罗什重译至此仍嫌过于质直，当笔受僧叡将它改为"人天交接，两得相见"时，鸠摩罗什喜曰"实然"，大约是僧叡此译更加符合四字一顿的行文格式，"交接"一词也能够更为形象地体现出人天融合的意境。通过此处鸠摩罗什与弟子切磋译文的事例可见，对于如何表现语趣的问题，鸠摩罗什十分在意。

　　在前人"文质"探讨的基础上，慧远对译经中"文过"与"质甚"的倾向分别进行了批判，并提出"厥中"之说。《三法度经序》载：

　　自昔汉兴，逮及有晋，道俗名贤，并参怀圣典，其中弘通佛教者，传译甚众。或文过其意，或理胜其辞，以此考彼，殆兼先典。后来贤哲，若能参通晋胡，善译方言，幸复详其大归，以裁厥中焉。②

　　《大智度论抄序》载：

① 慧皎：《高僧传》，中华书局1992年版，第245页。
② 僧祐：《出三藏记集》，中华书局1995年版，第380页。

于是静寻所由，以求其本，则知圣人依方设训，文质殊体。若以文应质，则疑者众；以质应文，则悦者寡。是以化行天竺，辞朴而义微，言近而旨远。义微则隐昧无象，旨远则幽绪莫寻，故令玩常训者牵于近习，束名教者或于未闻。若开易进之路，则阶藉有由；晓渐悟之方，则始涉有津。远于是简繁理秽，以详其中，令质文有体，义无所越。①

慧远指出，从汉至晋，翻译的佛经众多，但它们或是"文过其意"，或是"理胜其辞"，都存在不足。圣人"依方设训，文质殊体"，即译经文质本各有异。如果原文质朴，用"文"去对译，就会让人怀疑译文的准确性；如果原文文丽，用质朴文体去翻译，就会令人兴味索然。因此，他提出，如果译人能够兼通汉梵语言，"详其大归，以裁厥中"，便能令"质文有体，义无所越"。梁启超评论道："此全属调和论调，亦两派对立后时代之要求也。"②

与慧远的观点一脉相承，南朝僧祐提出，"文过则伤艳，质甚则患野。野艳为弊，同失经体"。《胡汉译经音义同异记》载：

是以义之得失由乎译人，辞之质文系于执笔。或善胡义而不了汉旨，或明汉文而不晓胡意，虽有偏解，终隔圆通。……昔安息世高，聪哲不群，所出众经，质文允正。安玄、严调，既囊橐以条理，支越、竺兰亦彬彬以雅畅。凡斯数贤，并见美前代。……然文过则伤艳，质甚则患野。野艳为弊，同

---

① 僧祐：《出三藏记集》，中华书局 1995 年版，第 391 页。
② 梁启超：《佛学研究十八篇》，上海古籍出版社 2001 年版，第 186 页。

失经体。故知明允之匠难可世遇矣。[①]

　　僧祐认为，经义传达与否取决于译人，译经"文"或"质"取决于"执笔"，而译人、执笔的学识都很有限，"或善胡义而不了汉旨，或明汉文而不晓胡意"，所以，译经"虽有偏解，终隔圆通"，终究难以体现原作文风。他称赞"质文允正""彬彬以雅畅"，批判"野艳为弊，同失经体"，认为"质"胜则失之于"野"，"文"过则失之于"艳"，可见，在文质问题上，僧祐与慧远同为中庸论者。

　　南朝慧恺持"宁质勿文"的文质观。《摄大乘论序》卷 1 载：

　　　　然翻译事殊难，不可存于华绮。若一字参差，则理趣胡、越。乃可令质而得义，不可使文而失旨。故今所翻，文质相半。[②]

　　从"乃可令质而得义，不可使文而失旨"一句来看，慧恺的翻译态度为"宁质勿文"，但接下来"故今所翻，文质相半"一句又说明，在翻译实践中，其实不可能做到全"文"或全"质"。

　　隋代彦琮也持"宁质勿文"的文质观。《续高僧传》卷 2 载：

　　　　汉纵守本，犹敢遥议。魏虽在昔，终欲悬讨。或繁或简，理容未适；时野时华，例颇不定。晋、宋尚于谈说，争坏其淳；秦梁重于文才，尤从其质。……留支洛邑，义少加新。

---

① 僧祐：《出三藏记集》，中华书局 1995 年版，第 14—15 页。
② 《大正新修大藏经》，T31N1593P113a，台湾新文丰出版公司 1994 年版。

真谛陈时,语多饰异。若令梵师独断,则微言罕革;笔人参制,则余辞必混。意者宁贵朴而近理,不用巧而背源。傥见淳质,请勿嫌怪。①

此处彦琮注意到了时代对译风的影响,时代不同,译本风貌也不尽相同,"或繁或简","时野时华"。通过对比,彦琮赞成"义少加新"的译法,反对"语多饰异",主张宁可质朴而接近原意,也不能雕饰而背离本源。

北宋赞宁为折中主义者,在译经的文质问题上,他提出了"折中适时,自存法语"的观点。《宋高僧传》卷 3 载:

如童寿译《法华》,可谓折中,有天然西域之语趣矣。……苟参鄙俚之辞,曷异屠沽之谱,然则糅书勿如无书,与其典也,宁俗。傥深溺俗,厥过不轻。折中适时,自存法语,斯谓得译经之旨矣。②

此处赞宁批评了借用俗语与经典语译经的缺点,指出"与其典也,宁俗",同时又认为,"傥深溺俗,厥过不轻",理想的文体应为罗什具有"天然西域语趣"之折中体。

以上我们对译经史上具有代表性的"文质观"进行了考察,虽然经序与传记中的这些探讨多为零星的、片段的,但已大体涵盖译经史上的重要观点。古人多将"文""质"视作成对的概念对

---

① 慧皎等撰:《高僧传合集》,上海古籍出版社 1991 年版,第 119 页。
② 赞宁:《宋高僧传》,中华书局 1987 年版,第 56 页。

译经文体进行论述,所谓"质",是指用质朴的语言明白直接地表现原文,不加润饰;所谓"文",是指对译文加以修饰,在"信"的原则下使译文更加畅达、文雅。"在中国佛经翻译史上,始终存在'质朴'和'文丽'两派。"①

除了对译经"文质"问题的理论探讨之外,古人还惯于运用"文""质"概念对译经的文体进行简明扼要的点评。例如:

关于安世高

斯经似安世高译为晋言也。言古文悉,义妙理婉。②

然世高出经,贵本不饰。天竺古文,文通尚质。仓卒寻之,时有不达。③

其先后所出经凡四十五部,义理明析,文字允正,辩而不华,质而不野,凡在读者,皆亹亹而不惓焉。④

有开士世高者,安息王元子也。……译为汉文,音近雅质,敦兮若朴,或变质从文,或因质不饰,皇矣世高,审得厥旨。⑤

① 任继愈:《中国佛教史》,中国社会科学出版社1981年版,第171页。
② 僧祐:《出三藏记集》,中华书局1995年版,第250页。
③ 僧祐:《出三藏记集》,中华书局1995年版,第254页。
④ 僧祐:《出三藏记集》,中华书局1995年版,第508页。
⑤ 僧祐:《出三藏记集》,中华书局1995年版,第367页。

关于支谶

谶，月支人也。汉桓、灵之世来在中国。其博学渊妙，才思测微，凡所出经，类多深玄，贵尚实中，不存文饰。……恐是越嫌谶所译者辞质多胡音。①

安公校练古今，精寻文体，云："似谶所出。凡此诸经，皆审得本旨，了不加饰，可谓善宣法要，弘道之士也。"②

关于竺佛朔

时，有天竺沙门竺佛朔……然弃文存质，深得经意。③

朔佛赍诣京师，译为汉文，因本顺旨，转音如已，敬顺圣言，了不加饰也。④

又有沙门支曜、康巨、康孟详等，并以汉灵献之间有慧学之誉，驰于京雒。曜译成具定意小本起等，巨译问地狱事经，并言直理旨，不加润饰。⑤

关于支谦

越才学深彻，内外备通，以季世尚文，时好简略，故其出

---

① 僧祐：《出三藏记集》，中华书局 1995 年版，第 270 页。
② 僧祐：《出三藏记集》，中华书局 1995 年版，第 511 页。
③ 慧皎：《高僧传》，中华书局 1992 年版，第 10 页。
④ 僧祐：《出三藏记集》，中华书局 1995 年版，第 263—264 页。
⑤ 慧皎：《高僧传》，中华书局 1992 年版，第 11 页。

经，颇从文丽。然其属辞析理，文而不越，约而义显，真可谓深入者也。①

而恭明前译，颇丽其辞，仍迷其旨。是使宏标乖于谬文，至味淡于华艳。虽复研寻弥稔，而幽旨莫启。②

从黄武元年至建兴中，所出《维摩诘》《大般泥洹》《法句》《瑞应本起》等二十七经，曲得圣义，辞旨文雅。③

关于康僧会

会于建初寺译出众经，……并妙得经体，文义允正。又传泥洹呗声，清靡哀亮，一代模式。又注安般守意、法镜、道树等三经，并制经序，辞趣雅便，义旨微密，并见于世。④

关于竺法护

《光赞》，护公执胡本，聂承远笔受，言准天竺，事不加饰。悉则悉矣，而辞质胜文也。每至事首，辄多不使，诸反复相明，又不显灼。考其所出，事事周密耳。互相补益，所悟实多。⑤

① 僧祐:《出三藏记集》，中华书局 1995 年版，第 270 页。
② 僧祐:《出三藏记集》，中华书局 1995 年版，第 308 页。
③ 僧祐:《出三藏记集》，中华书局 1995 年版，第 517 页。
④ 慧皎:《高僧传》，中华书局 1992 年版，第 18 页。
⑤ 僧祐:《出三藏记集》，中华书局 1995 年版，第 266 页。

安公云："护公所出，若审得此公手目，纲领必正，凡所译经，虽不辩妙婉显，而宏达欣畅，特善无生，依慧不文，朴则近本。"①

关于鸠摩罗什

以弘始六年，岁次寿星，集理味沙门，与什考校正本，陶练覆疏，务存论旨。使质而不野，简而必诣，宗致尽尔，无间然矣。②

有外国法师鸠摩罗什……什自手执胡经，口译秦语。曲从方言，而趣不乖本。即文之益，亦已过半。③

什以高世之量，冥心真境，既尽环中，又善方言。时手执胡文，口自宣译，道俗虔虔，一言三复，陶冶精求，务存圣意。其文约而诣，其旨婉而彰，微远之言，于兹显然。④

从上述点评可见，译经的"文""质"具有阶段性的特点。汉代总体译风为重"质"而轻"文"。如安世高译经"贵本不饰"，支谶译经"审得本旨，了不加饰""贵尚实中，不存文饰"，竺佛朔译经"弃文存质，深得经意""敬顺圣言，了不加饰""言直理旨，不加

---

① 慧皎：《高僧传》，中华书局1992年版，第24页。
② 僧祐：《出三藏记集》，中华书局1995年版，第403页。
③ 僧祐：《出三藏记集》，中华书局1995年版，第306页。
④ 僧祐：《出三藏记集》，中华书局1995年版，第310页。

润饰"。三国时期,译风转向注重文辞典雅。如支谦译经"曲得圣义,辞旨文雅","以季世尚文,时好简略,故其出经,颇从文丽"。康僧会译经"辞趣雅便,义旨微密"。西晋竺法护针对支谦、康僧会为求词藻文雅,删削过多,文简而不完全表达原义之弊,译经"言准天竺,事不加饰",给人以"辞质胜文"的印象。南北朝时期,翻译理论与技巧进一步发展,同时,受到时代华美文风的一定影响,译文总体由"质"趋"文"。如罗什译经"质而不野,简而必诣""曲从方言,而趣不乖本""文约而诣,其旨婉而彰",在传达经义之外,更注重保存原本的语趣。

1.1.2 今人关于佛典文体的研究

近代以来,关于汉译佛典文体,梁启超、胡适等人均进行过开拓性的研究,之后,张中行、顾随、孙昌武、加定哲地、朱庆之等国内外学者也多就相关课题进行过探讨。从研究范围来看,前辈学者的研究不唯涉及汉译佛典文体特征的概括,也包括对这种文体形成原因的探讨以及这种文体在文学史上重要影响的分析。以下从三方面进行回顾。

1.1.2.1 关于汉译佛典文体特征

梁启超在《翻译文学与佛典》中曾对译经的文体进行概括,指出译经文体与他书迥异:"其最显著者:(一)普通文章中所用,'之乎者也矣焉哉'等字,佛典殆一概不用(除支谦流之译本)。(二)既不用骈文家之绮词丽句,亦不采古文家之绳墨格调。(三)倒装句法极多。(四)提挈句法极多。(五)一句中或一段中含解释语。(六)多覆牒前文语。(七)有联缀十余字乃至数十字

而成之名词。——名词中,含形容格的名词无数。(八)同格的
语句,铺排叙列,动至数十。(九)一篇之中,散文诗歌交错。
(十)其诗歌之译本为无韵的。凡此皆文章构造形式上,画然辟
一新国土。"①对此总结,有学者指出:"梁氏所论 10 条,殆推
语法(包括句法、词法)、修辞上归纳为多,偶也有失之精当
者。……'之乎者也矣焉哉'等字,也并非除了支谦流之译本外
一概不用。"②也有学者指出:"前八点都是翻译佛经所形成一种
新的说理文体的特点,也就是主要为适合印度佛经式的说理文
章的翻译而产生这八项特点。当然,佛经中的记事文章也带有
这许多特色。"③

胡适在《佛教的翻译文学》中谈及译经文体时指出:"维祇
难,竺法护,鸠摩罗什诸位大师用朴实平易的白话文体来翻译佛
经,但求易晓,不加藻饰,遂造成一种文学新体。"④

张中行在《佛教与中国文学》中认为:"佛典翻译逐渐创造出
一种雅俗之间的调和中外的平实简练的特殊风格。"⑤

顾随在《顾随说禅》中提及,汉译佛典"兼用了直译和意译,
而文辞则斟酌乎文言语体之间,这就构成了一千余年以来的译
经的文体"⑥。

---

① 梁启超:《佛学研究十八篇》,上海古籍出版社 2001 年版,第 198—199 页。
② 颜洽茂:《佛教语言阐释——中古佛经词汇研究》,杭州大学出版社 1997 年版,第 39—43 页。
③ 裴普贤:《中印文学研究》,台湾商务印书馆 1968 年版,第 166—167 页。
④ 胡适:《白话文学史》,百花文艺出版社 2002 年版,第 125 页。
⑤ 张中行:《张中行作品集》,中国社会科学出版社 1995 年版,第 372 页。
⑥ 顾随:《顾随说禅》,广西人民出版社 2005 年版,第 90 页。

　　裴普贤在《中印文学研究》中提到,佛经翻译"确立一种翻译的文体。这种文体,不求华美,只求其切原意,于是在文句的组织构造上,多倾向梵化,而语体也夹杂其间,因此形成一种新文体,这种新文体同当时流行的骈文和古文都不相同,而也有一种新的风格"①。

　　孙昌武在《文坛佛影》中指出:"长期的译经实践,形成了一种'译经体'。这是一种华梵结合、韵散间行、雅俗共赏的行文体制。"②

　　朱庆之在《佛典与中古汉语词汇研究》中指出,佛典"从总体上看它极富节奏感,但既非散文又非韵文"③,典型的汉文佛典文体有两大特点,"(1)刻意讲求节律。通常是以四字为一顿,组成一个大节拍,其间或与逻辑停顿不一致;每个大节拍又以二字为一个小节。基本上通篇如此。这与中土散文迥然不同。(2)为不押韵,不求骈偶对仗。这与中土韵文还是不同"④。在《试论佛典翻译对中古汉语词汇发展的若干影响》一文中,朱又提出"佛教混合汉语"之说,认为翻译佛典"用词雅俗兼容,含有大量的口语词,连同外来语以及在语法方面的非文言和非汉语成分,就构成了一种全新的、内容十分丰富的书面语系统,即'佛教混合汉语'"⑤。

① 裴普贤:《中印文学研究》,台湾商务印书馆 1968 年版,第 165 页。
② 孙昌武:《文坛佛影》,中华书局 2001 年版,第 32 页。
③ 朱庆之:《佛典与中古汉语词汇研究》,台湾文津出版社 1992 年版,第 9 页。
④ 朱庆之:《佛典与中古汉语词汇研究》,台湾文津出版社 1992 年版,第 11 页。
⑤ 朱庆之:《试论佛典翻译对中古汉语词汇发展的若干影响》,《中国语文》1992 年第 4 期,第 302 页。

　　俞理明在《佛经文献语言》中认为,佛经文体是"一种新的书面文体,汉语文言文之后最早的白话文"①。他指出:"汉末译师们在克服佛经汉译的一系列困难的基础上,开始注意句式的选用,大量采用四言句。"②

　　颜洽茂在《佛教语言阐释——中古佛经词汇研究》中认为:"六朝译经文体表现为散诗兼行、华梵交错、文白结合的语言风格和色彩。"③"总体上看,非偈颂部分的译文有以下几个特点:1.基本上以四字句为常,尤其是后期译经,四字句式相当整饬。2.音节句读与语法句读不尽一致。3.讲究节奏。"④"偈颂的特征,大致有以下几点:1.从总体看,译经中偈颂是不押韵的,这与传统的中国诗在句末押韵有所不同,为无韵之诗。2.译经偈颂以五字、七字偈为常见,四字偈次之,而三字偈、六字偈及七字以上的多字偈较为罕见。3.从偈颂的句数来看,虽有四、八、十二句的短偈,但此期译经更多的则是多达数十句,乃至百句以上的长偈。4.偈颂各式每句都有字数规定,为了满足字数的要求,往往有语义或词语割裂的现象。"⑤

　　丁敏在《佛教譬喻文学研究》一书中认为:"佛典的译者不采用当时流行的骈文,而是在浅近的文言散文体中,大胆地加入一

---

① 俞理明:《佛经文献语言》,巴蜀书社 1993 年版,第 23 页。
② 俞理明:《佛经文献语言》,巴蜀书社 1993 年版,第 29 页。
③ 颜洽茂:《佛教语言阐释——中古佛经词汇研究》,杭州大学出版社 1997 年版,第 39 页。
④ 颜洽茂:《佛教语言阐释——中古佛经词汇研究》,杭州大学出版社 1997 年版,第 30—31 页。
⑤ 颜洽茂:《佛教语言阐释——中古佛经词汇研究》,杭州大学出版社 1997 年版,第 35—37 页。

般文言文体少采用的当时口语语汇,构成一种雅俗折衷的新文体,这种'雅俗折衷体'是佛典文体的新创造,是佛典独有的文体。"①

以上所列各家之说多为从风格、语体角度对佛典文体作出的评价,虽然表述不尽一致,论证详密各异,但研究者们达成共识的一点是,汉译佛典文体与中土传统文体迥然不同。至于有何不同,众多的观点大致可以概括为两类:一、汉译佛典文体是一种朴实平易的白话文体;二、汉译佛典文体是一种文白结合、雅俗折中的文体。后说为越来越多的学者所赞同。关于佛典的文体特征,梁启超所做十条概括无疑具有筚路蓝缕之功,此后学者进行了更为细致的分析与总结。除了上述所引,不少研究者如刘芳薇、王晴慧、温美惠、朱惠仙、卢巧琴、荆亚玲等,从语言学角度对佛典文体风格进行了探讨。然而,汉译佛典浩如烟海,不同经典宣说主题各异,译自不同的时间、地点、译人之手,文体特征必然不尽相同,无法一概而论。若能出现更多针对单部佛经进行文体特征考察的专论,研究将会更为客观全面。

1.1.2.2 关于汉译佛典文体成因

梁启超从佛陀语言政策出发,认为:"佛恐以辞害意且妨普及,故说法皆用通俗语。译家惟知此意,故遣语亦务求喻俗。"②

胡适着眼于文体发展史,指出:"何以有新文体的必要呢?第一因为外国来的新材料装不到那对仗骈偶的滥调里去。第二因为主译的都是外国人,不曾中那骈偶滥调的毒。第三因为最

---

① 丁敏:《佛教譬喻文学研究》,台湾东初出版社 1996 年版,第 550 页。
② 梁启超:《梁任公近著》,台湾文海出版社 1978 年版,第 129 页。

初助译的很多是民间的信徒,后来虽有文人学士奉敕润文,他们的能力有限,故他们的恶影响也有限。第四因为宗教的经典重在传真,重在正确,而不重在辞藻文采;重在读者易解,而不重在古雅。"①

　　张中行从翻译与传播的角度出发,认为:"外文的佛典翻译为中文,不得不受三方面条件的限制。一方面,外文有外文的词汇、语法上的特点,为了忠实于原文,不能不保留一些异于中文的风格。另一方面,佛典译为中文,要求多数人能够理解,这就不能不通俗,因而不宜于完全用典雅的古文或藻丽的骈体写。还有一方面,佛教教义是外来的,想取得上层人士的重视,译文就不能过于俚俗,因而又要适当地采用当时雅语的表达方式。"②

　　顾随提及:"翻经的因为要忠实于佛说,所以要采用直译法。但此一国的语法规律决不会尽符合于彼一国,所以翻经者有时也不免要采用意译法,即是说,文法虽然与梵文不同,而意义却仍然是原旨。同时,翻译佛书本来为的是宣传佛教,所以译笔绝不可以太文,使其与大众绝缘。但又不能太俗,太俗了,便要为士大夫所轻视,而不能抬高佛教同佛典在社会上的地位。"③

　　朱庆之认为:"翻译佛典由于受到原典语言风格以及译者传统文化修养一般不高的限制,再加上作为大众宗教传播的实际需要,……就构成了一种全新的、内容十分丰富的书面语系统,

---

① 胡适:《白话文学史》,百花文艺出版社 2002 年版,第 99 页。
② 张中行:《张中行作品集》,中国社会科学出版社 1995 年版,第 394 页。
③ 顾随:《顾随说禅》,广西人民出版社 2005 年版,第 90 页。

即'佛教混合汉语'。"①

俞理明认为,译经者放弃文言、选择通俗口语来译写佛经,是"由于佛教在当时的社会地位、译经者本身的文化素养、佛经的内容和传统汉文化有巨大差异等因素"②。

如上所列,对于汉译佛典文体的成因,前辈学者从不同角度进行了诸多富有意义的探讨,各家之说皆有可取之处。汉译佛典文体的形成是一个十分复杂的问题,并非单一的因素所能导致,更有可能是多种因素共同作用的结果。原典文体的影响、译者的文化修养、汉语时代文风的影响、宗教传播的对象、接受者的水平等因素都是佛典文体的重要成因,不过在不同时期、不同的译本中,可能其中某一因素起到了更为突出的作用。

1.1.2.3 关于汉译佛典文体影响

关于汉译佛典的影响,前辈学者给予了相当充分的关注,并取得了不少开创性的研究成果。这其中涉及佛典文体对中国文体影响的主要观点如下。

梁启超在《翻译文学与佛典》中曾论及佛典与中国文学之间的关系:"我国自《搜神记》以下一派之小说,不能谓与《大庄严论经》一类之书无因缘,而近代一二巨制《水浒》《红楼》之流,其结体运笔,受《华严》《涅槃》之影响者实甚多。即宋明以降,杂剧、传奇、弹词等长篇歌曲,亦直接汲《佛本行赞》等书之流焉!"③

---

① 朱庆之:《试论佛典翻译对中古汉语词汇发展的若干影响》,《中国语文》1992 年第 4 期,第 302 页。
② 俞理明:《佛经文献语言》,巴蜀书社 1993 年版,第 23 页。
③ 梁启超:《佛学研究十八篇》,上海古籍出版社 2001 年版,第 199 页。

又,"尤有一事当注意者,则组织的解剖的文体之出现也。稍治佛典者,当知科判之学,为唐宋后佛学家所极重视,其著名之诸大经论,恒经数家或十数家之科判,分章分节分段,备极精密。推原斯学何以发达? 良由诸经论本身,本为科学组织的著述……"①此处指出佛典经论与中土义疏体例之间的联系,可谓独具慧眼。

胡适在《佛教的翻译文学》中指出,佛经的翻译文学"给中国文学史上开了无穷新意境、创了不少新文体,添了无数新材料"②。具体而言,"诸位大师用用朴实平易的白话文体来翻译佛经,但求易晓,不加藻饰,造成一种文学新体。……佛寺禅门成为白话文与白话诗的重要发源地"③。佛经的故事、小说、戏剧形式以及韵散夹杂的文体,"对后代小说、弹词、平话、戏剧的发达都有直接或间接的关系"④。

张中行在《佛教与中国文学》中指出:"对于一些作家的文章的气势、神理之类,佛教也有不小的影响。中国文人有不少是熟读佛典的,佛教教义的广博精微,行文的繁衍恣肆,自然会使他们的文笔受到熏染。"⑤"从文体方面看,佛经有个最大的特点,就是在散文中搀杂着不少韵文的成分。……隋唐以后的俗讲,用的也是讲唱交替的形式。……俗讲的本子,现在通称为'变文'。变文用讲唱交替的形式演述故事,在体裁方面为中国的俗

---

① 梁启超:《佛学研究十八篇》,上海古籍出版社 2001 年版,第 301—302 页。
② 胡适:《白话文学史》,百花文艺出版社 2002 年版,第 372 页。
③ 胡适:《白话文学史》,百花文艺出版社 2002 年版,第 99 页。
④ 胡适:《白话文学史》,百花文艺出版社 2002 年版,第 125 页。
⑤ 张中行:《张中行作品集》,中国社会科学出版社 1995 年版,第 394 页。

文学开了一条路,唐、宋以后不少俗文学作品是用这种体裁写下来的。"①

孙昌武在《佛教与中国文学》中,多处涉及佛典文体对中国文学形式与写作技巧上的影响。他指出,在散文方面,佛教发达的论说对中国散文的影响十分深远;佛教多用譬喻对中国寓言文体的发展产生了一定作用;佛教条分缕析的论说方式,驳论与立论相结合等给中国散文输入了不少可资借鉴的新东西②;在诗歌方面,佛典的偈颂向中国诗歌输入了不少新的表现方法;佛典对中唐诗人创造奇崛诗风、宋诗的"散文化"都有潜移默化的影响。③

李小荣指出:"汉译佛典文体影响中土文学的表现方式主要有三:一是有的文体得名直接源于佛经翻译,如偈、绝句、散文等;有的是生成过程得益于佛教宣扬的文体,如导文、散花词等;三是在外来佛教文化与本土文化共同作用下产生的新文体,如中古以后产生或成熟的多种文体,例如志怪、传奇、变文、话本、戏剧等。"④

由以上引述可见,前人对佛典文体的影响研究主要集中在三方面:一、佛典的行文结构对于中国文学体制的影响,如佛典偈散结合的文体对变文以及相类文体的影响;二、佛典的语言风格对中国文体风格的影响,如佛典朴实与华靡的不同文风对中

---

① 张中行:《张中行作品集》,中国社会科学出版社 1995 年版,第 419—420 页。
② 孙昌武:《佛教与中国文学》,上海人民出版社 2007 年版,第 173—187 页。
③ 孙昌武:《佛教与中国文学》,上海人民出版社 2007 年版,第 189—197 页。
④ 李小荣:《汉译佛典文体及其影响研究》,上海古籍出版社 2010 年版,第 593—594 页。

国诗歌与散文文风的影响;三、佛典叙事方式对中国文体的影响,如佛典发达的论说以及譬喻的运用对中国散文技巧的影响。将研究视角集中于这三个方面,可谓抓住了佛典文体影响中国文体的主要方面,但是佛典文体的影响是否仅此而已? 中土文体对佛典文体有无互动影响等问题,还值得进一步深入探讨。

1.2　文体研究的相关问题

1.2.1　关于文体的定义

关于什么是文体,中西方的说法不同,古人与今人的说法不同,语言学家与文学批评家的说法不同,而古人、今人、语言学家和文学批评家内部的说法又有不同。

中国古代,"体""文体"既指文类,也指语体、风格等。魏曹丕《典论·论文》首次正式提出文体分类的问题,把当时文体分为"奏议""书论""铭诔""诗赋"四科,并规定了不同体裁的不同语体,"盖奏议宜雅,书论宜理,铭诔尚实,诗赋欲丽"①。西晋陆机《文赋》将文学作品分为诗、赋等十类,并对每一种体裁的特征作了精要的概括,"诗缘情而绮靡,赋体物而浏亮,碑披文以相质,诔缠绵而凄怆,铭博约而温润,箴顿挫而清壮,颂优游以彬蔚,论精微而郎畅,奏平彻以闲雅,说炜晔而谲诳"②。齐梁刘勰《文心雕龙》提出以"文""笔"归类的主张,并将文体风格分为典

---

① 严可均:《全三国文》,商务印书馆 1999 年版,第 83 页。
② 张少康:《文赋集释》,人民文学出版社 2002 年版,第 99 页。

雅、远奥、精约、显附、繁缛、壮丽、新奇、轻靡八类。① 五四以后，诗歌、小说、散文、戏剧成为文学创作中的主要体裁，也逐渐成为人们所惯用的文学分类法。

在西方，style 一词的内涵也十分丰富，可以译为文体、语体、风格、文笔、笔性等，既可指某一时代的文风，如伊丽莎白时代的风格，又可指某一作家使用语言的习惯，如海明威风格，既可指某种体裁的语言特点，如文学文体、新闻文体、科技文体、法律文体等，又可指某一作品的语言特色。西方的文体观念起源于古希腊、古罗马思想家的修辞理论中，当时的人们把文体看作一种语言修辞技巧。现代文体学研究中，人们对文体概念的认识出现了百家争鸣的局面，以下是一些流行的定义：

（1）文体是附加在思想上的外衣；

（2）文体是恰当的表达方式；

（3）文体是以最有效的方式讲适当的话；

（4）文体是个人的语言特点；

（5）文体是集合特点的总合；

（6）文体是超出句子以外的语言单位之间的关系；

（7）文体是对常规的偏离；

（8）文体是选择；

（9）文体是意义；

（10）文体是语言的不同功能的表现。②

---

① 周振甫：《文心雕龙今译》，中华书局 1986 年版，第 257 页。
② 张德禄：《语言的功能与文体》，高等教育出版社 2005 年版，第 22 页。

　　究竟什么是文体，众说不一。"产生这种复杂的情况，一方面是因为这个概念本身就十分庞杂，它的对象、结构，以及对它的描述和解释都没有一定的界限，而且目前也不可能像语法研究那样有严格的规则可以遵循。另一方面，是由文体学这门学科的历史发展过程造成的，它有着众多的分支，而各个分支对各自研究的对象又有着不完全相同的理解。"①张德禄认为，当今最有影响的文体理论是："一、把文体视为选择，既包括选择意义，也包括选择适当的语言形式；二、把文体视为'偏离'，即在常规的基础上产生的意义及形式变化；三、把文体视为功能，即在特定情景语境中所起的作用。"②

1.2.2　关于文体学与语言学

　　中国传统文体学与文学批评的关系十分密切，它着重分析作家的文学风格，研究代表作品的风格特点。现代文体学则不限于对作家及作品的分析批评，而是越来越注意运用现代语言学理论研究包括文学在内的各类文体。

　　王佐良在谈及文体学、语言学、文学评论之间的关系时指出："自本世纪以来，文体学与语言学、文学批评的关系愈益密切。这有两方面的原因，一是索绪尔的语言理论改变了语言学研究的方向。他强调共时语言学的重要，强调现实生活中的语言有其本身的系统，为结构主义语言学和结构主义文体学提供了理论根据。……另一个原因在于文学评论自第一次世界大战

---

① 　李逵六：《德语文体学》，外语教学与研究出版社 2004 年版，第 6 页。
② 　张德禄：《语言的功能与文体》，高等教育出版社 2005 年版，第 23 页。

前后摈弃了旧的传统,走上了注重作品文字的轨道。在很长一段时间里,所谓文体学都是指文学文体学。也可以说是狭义的文体学。人们认为,狭义文体学是介乎语言学和文学评论之间的一门学科,是一门边缘学科。它既与语言学有着密切的关系,又与文学评论分不开。愈益精细的语言分析方法得益于语言学,使文体研究更加科学,更加准确,而分析的结果应该引导到对于作品的更深入一步的评论,这就进入了文学评论的范围。"[1]

对于文体学与语言学之间的关系,张德禄指出:"自现代文体学发展以来,每次新的语言学理论的出现都会促使新的文体理论诞生,结构文体学、形式文体学、功能文体学以及话语文体学都是语言学理论在文体学上的运用。……语言学的不断发展必将为文体学提供更加有效的分析工具。同时文体理论的不断完善也势必会加深对语言本质的理解。"[2]

刘世生认为:"文体学是一门交叉学科。它把语言学较为精确的方法跟主观性的文学批评和文艺理论连接起来,并为之提供系统的理论框架和科学的方法。文体学的发展跟语言学的发展是密不可分的。从语音、词汇、句法到语义、语用,在语言的各个层次,语言学都为文体分析提供了依据。"[3]"文体学的方法论基础是语言科学。首先,语言学理论对文体观有着直接的影响。例如,雅各布森和莱维-斯特劳斯的定义'风格即结构的对等'是

---

① 王佐良:《英语文体学引论》,外语教学与研究出版社 1987 年版,第 508 页。
② 张德禄:《语言的功能与文体》,高等教育出版社 2005 年版,第 21 页。
③ 刘世生、朱瑞青:《文体学概论》,北京大学出版社 2006 年版,第 73 页。

结构主义的,强调文体成分之间的关系;奥曼的定义'风格即语言结构的转换'是转换生成语法理论的,强调语言结构通过在不同层次间的转换所起的文体作用;韩礼德的定义'风格即意义潜势'是系统功能语言学的,注重语言的社会性所具有的文体效果。其次,文体学运用语言学的方法分析语言形式的文体作用。"①

从文体研究实践来看,现代国内语言研究者和文学研究者都注重借鉴西方文体学理论,运用语言学的工具,对文体各个层面上的语言现象进行细致的划分与分析。如王佐良《英语文体学引论》一书,在对每种文体的分析中,大致从语法、词汇、语音、语义、篇章五个方面入手。陶东风《文体演变及其文化意味》一书提出,分析作品或作家的风格特点可从如下方面入手:作品的词藻,即词语的运用;句子的结构和句法;修辞语言的频率和种类;韵律的格式、语音成分和其他形式的特征以及修辞的目的和手段。朱艳英《文章写作学(文体理论知识部分)》一书提出,文体结构的浅层因素包括五个层次,即形态格式、语言风格、表达手法、结构类型、题材内容,可从这些方面进行分析。秦秀白《文体学概论》在对各类文体的分析中,多从词汇、语法等语言学角度进行探讨。张德禄《语言的功能与文体》一书中,分别从语义特色、语法特色、词汇特色、语篇特色等方面对各类文体进行分析。刘世生《文体学概论》一书中,通过语音、语相、词汇、语义等方面的分析描述探求各类文体的特征。

①　刘世生、朱瑞青:《文体学概论》,北京大学出版社 2006 年版,第 6 页。

1.2.3　关于文体分析

《说文解字》云："体,总十二属也。"①段玉裁《说文解字注》释曰："十二属,许未详言。今以人体及许书核之,首之属有三:曰顶、曰面、曰颐;身之属三:曰肩、曰脊、曰臀;手之属三:曰肱、曰臂、曰手;足之属三:曰股、曰胫、曰足。"②由此可见,"体"原指人体,是全身的总称,又可指身体的各部分。文之有体,犹如人之有体。正如人体是由全身部位组成的整体结构一样,文体也有自身的组织结构。"一类或一篇文章的整体与局部,整体的各层面及局部的各层面,都可以称为体。以一篇文章为例,其篇幅、结构、语言、语音、思想、题材等等,都是文章的一个组成部分,都可以称为文章的体。"③语言系统在各个层面上为文体提供了众多的选择,不同的选择铸就不同的文体面貌。参考前人时贤的研究成果,以下将分别从语篇、词汇、句子、修辞角度分析其各自不同的文体效应。

1.2.3.1　语篇与文体

无论我们对文体的概念如何理解,文体总是在完整的语言篇章中显现出来的。由于语篇的内容有异,体裁有别,各类语篇的表现形式不尽相同。

语篇分析可从哪些方面着手?黄国文指出:"在语篇平面上,可以分析语篇的结构(语篇的结构和叙事结构),分析段落与

---

① 许慎:《说文解字》,中华书局 1963 年版,第 86 页。
② 段玉裁:《说文解字注》,上海古籍出版社 1981 年版,第 166 页。
③ 李士彪:《魏晋南北朝文体学》,上海古籍出版社 2004 年版,第 2 页。

段落之间的过渡、衔接、连贯,也可以分析语篇的导言、正文和结束语。如果语篇是说明文,还可以分析段落中的主题句;如果语篇是新闻报道,可以分析它的结构,即它的不同写法;如果语篇是会话结构,则可以分析话轮替换、会话结构、会话规则等等。此外,还可以分析连段成篇的逻辑联系语和其他篇章纽带的使用。"①

就结构而言,不同文体的语篇具有不同的组织结构。各种类型的语篇在长期使用中逐渐形成了一种特定的组织结构模式。例如,"故事的开头部分往往对时间、地点、人物等方面作出交代,中间部分主要是描述故事的发展,结尾是描写人物和事态的结局或给人的启示。议论性的语篇的开头往往是指出问题,说明该文章要议论什么问题,中间部分是对开头所提出的问题加以分析,对论点加以论证,结尾部分则提出解决问题的办法或得出一个结论"②。

就衔接而言,不同文体的章节安排不同,段落、句子之间的关系也不尽相同。黄国文总结出几种基本的关系结构,其中最突出的有顺序关系结构、层次关系结构、连环关系结构、平衡关系结构。所谓顺序关系结构,是指语篇中的各个句子按事物的发展过程由先而后地按照顺序排列,是一种比较简单的阐述事物关系的方法。③ 以佛典律部叙事文体为例,《四分律》中大多采用顺序关系结构,如在每条戒律之前,大体都要叙述一番佛陀

---

① 黄国文:《语篇分析概要》,湖南教育出版社 1988 年版,第 40 页。
② 黄国文:《语篇分析概要》,湖南教育出版社 1988 年版,第 25 页。
③ 黄国文:《语篇分析概要》,湖南教育出版社 1988 年版,第 31 页。

当时制定戒律的因缘。一般先交代时间、地点,然后叙述某比丘或比丘尼犯过的事件。因缘之后,便是由此因缘而制定种种具体禁戒的过程,其中包括结戒的经过、结戒的意义、所结戒的条文、对条文的解释以及对是犯非犯和所犯轻重的判决。所谓层次关系结构,是指语篇通常由几个层次的句子组成,并且有一个基础把不同的层次贯穿起来。语篇中的句子虽然并不处于同一层次上,但它们却围绕着一个中心。……有的层次关系结构也可以看作总分关系结构。总分关系结构的组织形式是先陈述两个或两个以上的对象,然后分别对它们加以说明,也就是说,先总起来说,然后分点说。① 以佛典阿含部讲述文体为例,佛陀解说名相之时,往往首先将其分类,然后分别进行说解,形成一种总分关系结构。例如《杂阿含经》卷 26 佛陀向诸比丘讲述"五根"的经文中,首先一一列举"五根"所指为何,然后分别对"信根""精进根""念根""定根""慧根"的具体内容进行解说,条分缕析,脉络清楚。

1.2.3.2 词汇与文体

"词与文体关系密切,研究英语文体的人至今还经常引用斯威夫特给文体下的定义:把恰当的词用在恰当的地方。"②"如果我们对选词以及文体上的词汇运用不加研究,那我们就会失去文体学上的一个重要方面。"③

词汇的运用总是同文体效果密切相关,有选择地使用词汇,

---

① 黄国文:《语篇分析概要》,湖南教育出版社 1988 年版,第 31—33 页。
② 王佐良:《英语文体学引论》,外语教学与研究出版社 1987 年版,第 55 页。
③ 李逵六:《德语文体学》,外语教学与研究出版社 2004 年版,第 115 页。

可以使文章呈现一定的文体色彩。然而,语言中并非所有的词汇都具有文体功能,词汇的文体色彩是在长期的使用过程形成的,是约定俗成的。秦秀白对俚语、古语词、新词、专业术语、行话等可以影响文体色彩,造成功能与文体的差异的词语进行了分析。他指出,俚语的文体功能在于立意新奇,富有形象,恰当地使用俚语可以使语言新颖、活泼、生动,增强表现力,使人耳目一新。日常谈话与通俗文艺作品中多用俚语。古语词也是一种具有文体色彩的词汇成分,恰当地使用古词语,能够给文字增添庄严、典雅的色彩,法律、宗教等正式文体当中多用古语词。新词语也具有鲜明的文体色彩,恰当运用新词语,可使文笔新颖、活泼,增添语言的时代感,新闻体、科技体以及通俗文艺作品中多用新词语。专业术语意义精确单一、不带有感情色彩,一般用于科技文体、法律文体中。行话和隐语在文艺作品中的运用多为表现人物的职业特征和言语风格,可增强语言的生动性。[1]

　　现代语言学家在研究文体学的过程中提出了语域和语类的概念。"语域指某一社会集团在特定社会场合所用的词汇、句子结构等等。语类指科技、法律、宗教、体育、新闻等各类文体(包括正式与非正式文体、口语体与书面语体)……由于语域和语类不同,作者或说话者选用的词汇差异很大。"[2]张德禄通过对英语法律文体与科技文体的分析,总结出两者不同的词汇特征。法律文体使用的词汇主要有:普通词汇,法律专业词汇,多种语域的词汇。这几类词汇各有自己的文体功能,其中,普通词汇是

① 秦秀白:《文体学概论》,湖南教育出版社1986年版,第34—47页。
② 王佐良:《英语文体学引论》,外语教学与研究出版社1987年版,第58页。

各类语域的基础,是语言的核心词汇集。法律词汇是体现法律语域的基础,是标示法律语域的共性文体的主要特征。其他语域的词汇具有标示具体的法律语篇所涉及的领域的作用。科技文体使用的词汇主要有:普通词汇,准技术词汇,专门术语。其中,普通词汇是语言的基本语汇,可出现在各个语域中。准技术词汇既可在日常生活中运用,又可用于专业语域中。专门术语专业化程度高,词义范围明确,这是科技英语的主干特征。[①] 由此可见,不同的文体往往要求使用不同的词语,呈现出不同的词汇特征。

1.2.3.3 句子与文体

司考特曾指出:"作者的文体既体现在他对词的选择上,也同样体现在他对分句和结构的选择上,而且两者同样重要。"[②] 句子同文体的关系也十分密切。

句子按其长度可分为长句和短句,长句、短句为相对而言。长句,是指修饰语较长、结构比较复杂、字数较多的句式。短句,是指结构比较简单、字数较少的句式。长句与短句各有其文体功能,长句结构复杂,容量大,可以严密细致地表达多重而又密切相关的概念,具有庄重、严谨的表达效果,因此较多地用于政论文体、科技文体。短句结构简单,语法关系明确,浅显易懂,能够产生生动活泼、直接明晰和加快节奏的表达效果,较多地用于谈话文体、广告文体。

---

① 张德禄:《语言的功能与文体》,高等教育出版社 2005 年版,第 255—256,227—228 页。
② 刘世生、朱瑞青:《文体学概论》,北京大学出版社 2006 年版,第 112 页。

在不同的佛典中,长言短句的使用情况不尽相同。例如,阿含部经文中,佛陀直说经义多采用短句,经中问答对话也以短句为主,体现出简洁明快、生动朴实的语言风格。律部经文中,叙述因缘故事多采用短句,而说明戒法多使用结构复杂的长句,体现出严谨、缜密的语言风格。

句子按语气可分为陈述句、疑问句、祈使句、感叹句四种类型。不同类型的句子具有不同的文体效果。叙述或说明事实的陈述句在各种文体里都很普遍,"它的文体特点是实在、平淡"①。疑问句分为一般疑问句与修辞性疑问句,一般疑问句用于对话当中,具有使表达生动、活泼的文体效果。修辞性的设问可以起到引起注意、启发思考、突出重点等表达效果,反问则可起到增强语气表达效果的作用。用于表达愿望和命令的祈使句"引起的文体价值,其跨度相当宽广,可以从有礼貌的询问、请求,一直到粗暴的命令"②。带有浓厚感情色彩的感叹句的应用范围有限,多见于文学文体、科技文体等不需要激发感情的文体中一般不用。

在不同文体中,各类句型的使用情况不尽相同。以佛典为例,阿含部经中,佛陀说法善用设问引起注意,突出重点。律部叙述律法的经文中则多见平铺直叙的陈述句与具有使令功能的祈使句。

1.2.3.4　修辞与文体

修辞手法在各类文体中的使用相当广泛,但在不同的文体

---

①　李逵六:《德语文体学》,外语教学与研究出版社 2004 年版,第 23 页。

②　李逵六:《德语文体学》,外语教学与研究出版社 2004 年版,第 24 页。

当中,修辞手法的使用情况往往不尽相同。例如,在文艺文体中,比喻、夸张、排比、反复等各种修辞手法的运用相当普遍,而在法律文体、科技文体中,一般较少运用修辞手法,即使运用,类型也很有限。

不同修辞手法的使用往往可以产生不同的文体效应,以排比为例,宋代陈骙《文则》指出:"文有数句用一类字,所以壮文势,广文义也。"①清代史学家章学诚认为:"排比之文,欲使顿挫抑扬,得诗人一唱三叹之意。"②排比句中,各个部分衔接紧密,结构相同,语气一致,节奏鲜明,用以叙事集中透彻,用以说理条分缕析,用以抒情气势壮阔。例如,《大智度论》卷11"释初品中赞檀波罗蜜义"中,述说布施的功德,连续使用"檀为宝藏,常随逐人;檀为破苦,能与人乐;檀为善御,开示天道;檀为善符,摄诸善人;檀为安隐,临命终时心不怖畏;檀为慈相,能济一切"③等若干排比,论点突出,气势连贯。

又如比喻。比喻具有十分重要的修辞作用,恰当地运用比喻,可以将深奥的道理浅显化,抽象的事物具体化,概念的东西形象化,使文章更为通俗、生动、易解。例如,《大智度论》卷30"释初品中善根供养"中阐述戒律之利,连续使用"戒为一切众生众乐根本,譬如大藏,出诸珍宝;戒为大护,能灭众怖,譬如大军破贼;戒为庄严,如著缨络;戒为大船,能度生死巨海;戒为大乘,能致重宝,至涅槃城;戒为良药,能破结病。戒为善知识,世世随

---

① 黎运汉、盛永生:《汉语修辞学》,广东教育出版社2006年版,第288页。
② 黎运汉、盛永生:《汉语修辞学》,广东教育出版社2006年版,第288页。
③ 《大正新修大藏经》,T25N1509P140a,台湾新文丰出版公司1994年版。

逐不相远离,令心安隐"①等数十譬喻,将抽象、深刻的道理具体、生动地表述出来。

1.2.4   本书研究内容与方法

近年来,汉译佛典对于汉语研究的重要意义逐渐为学术界所认识,一些学者专以汉译佛典语言为研究对象或以汉译佛典语言为重要参考资料,在语音、文字、词汇、语法等方面取得了不少成果。但是,汉译佛典经、律、论三藏的文体面貌究竟为何?这方面的专书还没有,专文研究也不多见,本书将汉译佛典文体纳入汉语史研究的视野,从语言学的角度对汉译佛典文体进行考察,力图揭示出经、律、论三藏不同的文体特征,同时论述汉译佛典特殊的文体形式给汉语带来的一些具体影响。

笔者将语料选定在中古(魏晋南北朝)时期。魏晋南北朝处于佛典翻译的发展、成熟期,译人水平的提高、译经程序的规范、译本之原的广至、译经理论的深入等因素都使得译经的质量较东汉大为提高,经、律、论三藏文体也在这一时期逐渐发展并成型。

魏晋南北朝时期的译经多达四千余卷,资料相当琐碎而繁多。虽然在本书写作初期笔者阅读了大量的佛典文献,但是囿于时间与精力,在选择语料的时候,只好采用封闭性与开放性结合的原则,试图通过个案研究,以点带面地辐射到汉译佛典文体研究的整体状况。具体做法是,在阅读中古大量佛典文献的基

①　《大正新修大藏经》,T25N1509P280c,台湾新文丰出版公司1994年版。

础上，从经、律、论三藏中分别选取具有代表性的佛典，经过细致
的比较和深入的思考，归纳出相关问题的义例，并将这些义例置
于同类文献中进行考察，验证其准确性和有效性。

　　由于文体概念的复杂性，我们不取体裁、语体等术语进行表
述，而将文体视作一个由不同要素、不同层次构成的一个系统，
侧重从语言学角度，对其不同层面进行探讨。例如，对于汉译佛
典"偈颂体"与"四字体"两大文体形式，本书以专章分别进行论
述；对于经、律、论所选语料，本书借鉴现代文体学的相关研究方
法，从章法、词汇、句法、修辞角度分析其不同的文体特征。

第 2 章　佛典的分类

　　分门别类,是人类认识客观世界的一种最基本的方法。根据事物之间的相似与差异,将事物区分为不同种类,是人们区分事物、组织事物的一种逻辑方法。关于佛典的认识与分类,通常有"三藏"说、"九分教"与"十二分教"说。

2.1　"三藏"说

　　言及佛典时,人们通常以经、律、论"三藏"称之。何者为藏?《善见律毗婆沙》卷 1 云:"藏者,器也,何谓为器? 器者,能聚集众义也。"①《释摩诃衍论》卷 1 云:"持其行法,随应不失,所以立名曰藏焉。"②《一切经音义》卷 44 云:"梵本云名箧,以藏替之也。"③由此,经典如同箧、器,能够蕴积教义,故称为藏。

　　经藏,梵文作 Sūtrapiṭaka,音译为修多罗或素怛缆藏,意译作经藏、契经藏。《瑜伽师地论》卷 25 云:"能贯穿、缝缀种种,能

---

① 《大正新修大藏经》,T24N1462P676c,台湾新文丰出版公司 1994 年版。
② 《大正新修大藏经》,T32N1668P593b,台湾新文丰出版公司 1994 年版。
③ 《大正新修大藏经》,T54N2128P599c,台湾新文丰出版公司 1994 年版。

引义利,能引梵行真善妙义,是名契经。"①《大乘法苑义林章》卷
2 云:"虽以贯穿之义释契经,然以教贯义,以教摄生,名之为经,
犹如缍之贯花,经之持纬。"②佛陀所说犹如缍之贯花鬘,贯穿诸
法,因此广义而言,佛陀所说一切教法均可称之为经,但一般多
系狭义而言,即专指由佛陀弟子们结集的佛陀说教。

律藏,梵文作 Vinayapiṭaka,音译为毗尼藏、毗奈耶藏、鼻奈
耶,意译为律藏、调伏藏。《华严经探玄记》卷 1 云:"毗奈耶,此
云调伏。调者,和御,伏者,制灭,调和控御身语等业,制伏除灭
诸恶行故。"③《一切经音义》卷 59 云:"案《尔雅》:律,法也,谓法
则也。又云律,诠也,法律所以诠量轻重也。又云律,常也,言可
常行也。《释名》云:律者,缧也,缧因人心使不得放肆。"④由此,
毗尼藏为佛陀所制定的各种禁戒规范的集合,此类禁戒规范具
有调伏众生心性、除灭恶行的作用。

论藏,梵文作 Abhidharmapiṭaka,音译为阿毗昙藏、毗昙或
阿毗达摩藏,意译为对法藏。《瑜伽师地论释》卷 1 云:"问答决
择诸法性相,故名为论。"⑤《一切经音义》卷 67 云:"阿毗昙,或
言阿毗达磨,或云阿鼻达磨,皆梵音转也。此译云胜法,或言无
比法,以诠慧故。或云向法,以因向果故。或名对法,以智对境
故。"⑥《大乘起信论义记》卷 1 云:"今译为对法,谓阿毗是能对

①　《大正新修大藏经》,T30N1579P418c,台湾新文丰出版公司 1994 年版。
②　《大正新修大藏经》,T45N1861P273a,台湾新文丰出版公司 1994 年版。
③　《大正新修大藏经》,T35N1733P109a,台湾新文丰出版公司 1994 年版。
④　《大正新修大藏经》,T54N2128P698c,台湾新文丰出版公司 1994 年版。
⑤　《大正新修大藏经》,T30N1580P885a,台湾新文丰出版公司 1994 年版。
⑥　《大正新修大藏经》,T54N2128P749a,台湾新文丰出版公司 1994 年版。

智,达磨是所对境法,谓以正智,妙尽法源,简择法相,分明指掌,如对面见,故云对法。"①由此,论藏为佛陀及其弟子论议问答、阐明义理之典籍。

佛典"三藏"并非一蹴而就,而是佛陀弟子们通过结集的方式产生并逐渐完善的。历史上著名的结集有三次:第一次结集是在佛陀涅槃后不久,以大迦叶为首的五百人在王舍城外毗婆罗山的七叶窟进行的结集,由号称持律第一的优婆离和号称多闻第一的阿难陀分别诵出律(毗尼藏)和经(修多罗或法藏);第二次结集是在佛入灭百年时,以耶舍为首的七百比丘在毗舍离城举行的结集,此次结集以律藏为主;第三次结集是在佛入灭二百三十六年时,以目犍连子帝须为首的一千僧众在摩揭陀国华氏城举行的结集,此次结集以经、律、论三藏为主。至此,完整的经、律、论三藏组织形式成型。

依照教乘的不同,经、律、论三藏通常有大小乘之别,汉译大小乘佛典在《开元释教录》《阅藏知津》《大正藏》等藏经目录中皆有详细分类,以下分别举例说明。

2.1.1　小乘经

小乘经,为小乘佛学经典的总称,主要宣说四谛、八正道、十二因缘等义理,如四部阿含经等。

一般认为,第一次结集之时已经确定了阿含经的基本内容,但直至部派佛教时期,阿含才经过系统的整理,形成文字。依据

①　《大正新修大藏经》,T44N1846P241c,台湾新文丰出版公司1994年版。

所收经典篇幅的长短,同时也照应到各经所说的义理,阿含部经分为《长阿含》《中阿含》《杂阿含》和《增一阿含》四大部。《长阿含经》,二十二卷,姚秦佛陀耶舍与竺佛念译。经中主要解说有四谛、八正道、四禅、五蕴、缘起等佛教的基本教理,驳斥外道异说,讲述佛陀及其弟子过去久远的修道与传教事迹。《长阿含经》的别生经有:后汉安世高译《长阿含十报法经》《人本欲生经》《尸迦罗越六方礼经》等。《中阿含经》,六十卷,东晋僧伽提婆译。经中主要讲述各种修行规定之间的相互关系,联系社会现实阐述善恶因果报应,论说四谛、八正道、缘起、六界等佛教基本教理。《中阿含经》的别生经有:后汉安世高译《四谛经》《一切流摄守因经》《是法非法经》《漏分布经》等。《增一阿含经》,五十一卷,东晋僧伽提婆译。经中主要讲述施、戒、涅槃等事理及各种因缘故事,论述小乘佛教的主要教义。《增一阿含经》的别生经有:后汉安世高译《婆罗门避死经》。《杂阿含经》,五十卷,刘宋求那跋陀罗译。主要内容为联系比丘修习禅定讲述佛教教义。《杂阿含经》的别生经有:后汉安世高译《五阴譬喻经》《转法轮经》《八正道经》等。

2.1.2　大乘经

大乘经,为小乘经典的对称,所说之主要内容侧重成佛之途径、菩萨道之内涵,六波罗蜜、佛性等教义。

汉译大乘经典主要有般若经、华严经、法华经、净土经等经类。《大品般若经》,又名《摩诃般若波罗蜜经》,二十七卷,姚秦鸠摩罗什译。经中主要讲述般若空观以及信解般若的功德。异译本有：西晋竺法护译《光赞般若经》、无罗叉等译《放光般若经》等。《小品般若经》，又名《小品般若波罗蜜经》，十卷，姚秦鸠摩罗什译。主要内容为讲述般若空观。异译本有：后汉支娄迦谶译《道行般若经》、吴支谦译《大明度经》、苻秦昙摩蜱与竺佛念译《摩诃般若钞经》等。《金刚经》，全称《金刚般若波罗蜜经》，一卷，姚秦鸠摩罗什译。经中主要讲述诸法性空的理论。异译本有：北魏菩提流支译《金刚般若波罗蜜经》、陈真谛译《金刚般若波罗蜜经》、隋达摩笈多译《金刚能断般若波罗蜜经》等。《心经》，全称《般若波罗蜜多心经》，一卷，唐玄奘译。全经共二百六十字，主要讲述大般若精要诸法皆空之理。异译本有：姚秦鸠摩罗什译《摩诃般若波罗蜜大明咒经》、唐法月译《普遍智藏般若波罗蜜多心经》、般若等译《般若波罗蜜多心经》等。《大般若经》，全称《大般若波罗蜜多经》，六百卷，唐玄奘译，为宣说诸法皆空教义的大乘般若类经典汇编。《华严经》，全称《大方广佛华严经》，主要记述佛陀之因行果德，广大圆满、无尽无碍之妙旨。异译本有三种：六十卷本，东晋佛驮跋陀罗译；八十卷本，唐武周时实叉难陀译；四十卷本，唐贞元中般若译。《法华经》，全称《妙法莲华经》，七卷，姚秦鸠摩罗什。主要论述声闻、缘觉、菩萨"三乘"同归于佛乘，一切众生皆可成佛的理论，佛菩萨的大慈大悲以及受持此经的功德。异译本有：西晋竺法护译《正法华经》、隋阇那崛多译《添品妙法莲华经》。《维摩经》，全称《维摩诘所说经》，三卷，姚秦鸠摩罗什译。此经旨在阐说维摩所证之不可思议解脱法门，故又称不可思议解脱经。异译本有：吴支谦译《维摩诘说不思议法门经》、唐玄奘译《佛说无垢称经》等。《无量寿

经》,二卷,曹魏康僧铠译。主要叙述过去世法藏菩萨经历累劫
修行成为无量寿佛的经过,西方极乐世界的种种胜妙等。此经
与刘宋畺良耶舍译《观无量寿佛经》、姚秦鸠摩罗什译《阿弥陀
经》合称为"净土三经"。

2.1.3　小乘律

　　为规范僧众行为,维护僧团正常的修行秩序,佛陀制定了种
种止恶修善的具体规范。佛陀灭度之后,大弟子摩诃迦叶会集
五百比丘在王舍城举行了第一次结集,由优婆离尊者诵出律法,
是为小乘律。

　　小乘律自古有五部戒律之说,五部即昙无德部《四分律》、萨
婆多部《十诵律》、弥沙塞部《五分律》、迦叶遗部《解脱律》、大众
部《僧祇律》。《四分律》,六十卷,姚秦佛陀耶舍与竺佛念等共
译。全书由四部分组成,故名四分律。初分,包括比丘二百五十
条戒律条目,共二十卷;二分,包括比丘尼三百四十八条戒律条
目及受戒、说戒、安居、自恣(上)等四犍度,共十五卷;三分,包括
自恣(下)、皮革、衣、药、迦绨那衣、拘睒弥、瞻波、呵责、人、覆藏、
遮、破僧、灭净、比丘尼、法等十五犍度,共十四卷;四分,包括房
舍犍度、杂犍度及五百集法、七百集法、调部毗尼、毗尼增一,共
十一卷。汉译律典中,历来持诵最多、影响最著、现存最为完整
者为《四分律》。《摩诃僧祇律》,略称《僧祇律》,四十卷,东晋佛
陀跋陀罗与法显译。全书分为比丘戒法与比丘尼戒法两大部
分。卷 1 至卷 35 为比丘戒法,列举比丘戒二百十八条,杂诵跋
渠法一百十三条、威仪法五十条;卷 36 至卷 40 为比丘尼戒法,

列举比丘尼戒二百七十九条,杂跋渠法三十四条。《五分律》,全称《弥沙塞部和醯五分律》,略称《弥沙塞律》,三十卷,刘宋佛陀什与竺道生等译。全书由五部分组成,故名五分律。主要宣说戒律条文及僧团中各种制度,规定比丘戒二百五十一条,比丘尼戒三百七十条。《十诵律》,六十一卷,姚秦弗若多罗与鸠摩罗什译。全书因分十次诵出而得名。首举比丘戒法,波罗夷法四条、僧残法十三条、不定法二条、舍堕法三十条、波逸提法九十条、波罗提提舍尼四条、众学法一〇七条、灭净法七条,合计二五七条,除戒条外,一一解说。其次为七法、八法、杂诵二法等十七法,系说明僧伽之组织与管理,约为他律之犍度部。再次,说明比丘尼戒,计三五五条。最后附增一法、优波离问法与比丘诵。上述诸部律典内容虽然互有参差,但大同小异,皆详细叙述制戒因缘与戒法,后人称为"广律"。除广律之外,今存的小乘律藏还有戒本等形式。

戒本,分为比丘戒本和比丘尼戒本。其内容相当于广律中的比丘戒和比丘尼戒。绝大多数的戒本都源于广律。如姚秦佛陀耶舍译《四分律比丘戒本》《四分比丘尼戒本》、姚秦鸠摩罗什译《十诵比丘波罗提木叉戒本》、东晋佛陀跋陀罗译《摩诃僧祇律大比丘戒本》,分别相当于《四分律》中的比丘戒和比丘尼戒、《十诵律》中的比丘尼戒、《摩诃僧祇律》中的比丘戒。

2.1.4　大乘律

大乘律,为大乘菩萨应当受持的戒律。大乘律中的重要律典有《梵网经》《菩萨戒本》《优婆塞戒经》等。大乘律关于各种禁戒的规定比小乘律简略,仅分轻、重两种。《梵网经》,二卷,姚秦鸠摩罗什译。此经为一部完整的戒经,除了提到十重、四十八轻戒的大乘戒戒相之外,还论及受戒的作法、大乘布萨的集会作法等。十重即"杀生、劫盗、无慈行欲、妄语、酤酒"等十波罗夷罪。四十八轻戒,为"不敬师长、饮酒、食肉、食五辛、不举教忏、住不请"等。《菩萨戒本》,又名《地持戒经》,一卷,北凉昙无谶译。为大乘律藏中记载菩萨戒条文、说明戒相的律典。书中列举四种重戒与四十八种轻戒,将菩萨戒相分为摄律仪戒、摄善法戒和饶益有情戒三大类。异译本有:刘宋求那跋摩译《菩萨善戒经》、失译《优婆塞五戒威仪经》、唐玄奘译《菩萨戒本》。《优婆塞戒经》,又称《善生经》《优婆塞戒本》,七卷,北凉昙无谶译。佛为善生长者叙说大乘优婆塞戒的经典。全经内容分二十八品,说明菩萨之发心、立愿、修学、持戒、精进、禅定、智慧等。受持品中,除说明在家菩萨应受五戒之外,还提出六重、二十八失意等大乘独有的戒条。

2.1.5　小乘论

小乘论,为小乘佛学所属论书的总称,又称小乘阿毗达磨、小乘阿毗昙等。小乘佛教兴起之后,各个部派对原始佛教的基本经典——阿含的教说进行了种种注释、整理和组织,进一步发挥了原始佛教的教义,形成众多阿毗达磨论书。小乘阿毗达摩按部派可以分为大众部与上座部。《阿毗昙心论》,四卷,东晋僧伽提婆与慧远译。为有部重要论书之一,主要内容为论释"有漏、无漏、色法、十八界、十二因缘"等小乘佛教的基本概念。全书分为十品,即界品、行品、业品、使品、贤圣品、智品、定品、契经品、杂品、论品。《四谛论》,四卷,婆薮跋摩造,陈真谛译,为解说苦、集、灭、道四圣谛教义的论典。全书分为六品:思择品、略说品、分别苦谛品、思量集谛品、分别灭谛品、分别道谛品。《三法度论》,三卷,东晋僧伽提婆译。此书依四阿含经,说德(施、戒、修三真度)、恶(恶行、爱、无明三真度)、依(阴、界、入三真度)等三法九真度,并阐释解脱之道。

2.1.6　大乘论

大乘论,又称大乘阿毗昙、菩萨对法藏,指敷陈六度与诸法皆空等大乘义理以及注解大乘经的论著。其中,对某一部佛经加以疏解,明经旨,释难句的论典,后人称之为"释经论",如《大智度论》《十住毗婆沙论》《十地经论》等;将佛经义理和名相作分门别类的辨析与阐发,而不拘泥于原有叙述程序的论典,后人称之为"宗经论",如《中论》《百论》《十二门论》等中观派与瑜伽行派两大派的重要论典。

《大智度论》,略称《大论》《释论》,一百卷,龙树造,姚秦鸠摩罗什译。此书为解释大品般若经而作的释经论,其所引用之经论遍及大小乘,被誉为"佛教百科全书",对千余年来的中国佛学影响极其深远。《大智度论》最初之三十四卷为全译本,系大品般若初品之注释,其后各卷所译,皆经罗什加以节略。《中论》,又名《中观论》《正观论》,四卷,龙树菩萨造,青目菩萨释,姚秦鸠摩罗什译。论中主要阐述"八不缘起""实相涅槃"以及"诸法皆空"义理的大乘中观学说。全书分为二十七品,始于《观因缘品》,终于《观邪见品》,共收龙树所造偈颂四百四十五首。《百论》,二卷,提婆菩萨造,天亲菩萨释,姚秦鸠摩罗什译。论中主要在以空观立场驳斥数论、胜论、正理等外道诸派的世界观、人性论及解脱论,并彰显大乘佛教的正见。依提婆之梵本,原有二十三品,每一品有五偈,合有百偈。故称百论。《十二门论》,一卷,龙树造,姚秦鸠摩罗什译。全书分十二门(章)解释大乘空观,为《中论》的纲要书,由二十六颂及注释组成。

2.2 "九分教"与"十二分教"说

除"三藏"之外,较早涉及佛典分类的还有"九分教"(或称"九部经")与"十二分教"(或称"十二部经")之说。"九分教"与"十二分教"不仅包括了佛典文体形式的划分,还揭示出不同内容、不同叙事方法的佛典类别。关于"九分教"与"十二分教"的具体名目,不同佛典的说法不尽相同。

"九分教",《大般涅槃经》卷 3 云:"能师子吼广说妙法,谓修多罗、祇夜、受记、伽陀、优陀那、伊帝目多伽、阇陀伽、毗佛略、阿浮陀达磨,以如是等九部经典为他广说。"①《法华经》卷 1 云:"或说修多罗、伽陀及本事、本生、未曾有、亦说于因缘、譬喻并祇夜、优波提舍经……我此九部法,随顺众生说。"②《摩诃僧祇律》卷 1 云:"有如来不为弟子广说修多罗、祇夜、授记、伽陀、忧陀

---

① 《大正新修大藏经》,T12N374P383c,台湾新文丰出版公司 1994 年版。
② 《大正新修大藏经》,T09N262P7c,台湾新文丰出版公司 1994 年版。

那、如是语、本生、方广、未曾有经。"①

　　"十二分教",《大智度论》卷 33 云："十方诸佛所说十二部经,修多罗、祇夜、受记经、伽陀、优陀那、因缘经、阿波陀那、如是语经、本生经、广经、未曾有经、论议经。"②《四分律》卷 1 云："为诸弟子说法,契经、祇夜经、授记经、偈经、句经、因缘经、本生经、善道经、方等经、未曾有经、譬喻经、优波提舍经。"③《增一阿含经》卷 17 云："所谓契经、祇夜、受决、偈、本末、因缘、已说、生经、颂、方等、未曾有法、譬喻,如是诸法。"④

　　参照《大般涅槃经》《摩诃僧祇律》《大智度论》《法华经》《增一阿含经》诸经说解,"九分教"为修多罗、祇夜、伽陀、伊帝目多伽、阇陀伽、阿浮陀达磨、尼陀那、阿波陀那、优波提舍九部,"十二分教"是在"九分教"基础上增加"和伽罗那""优陀那""毗佛略"三部而成。

2.2.1　修多罗

　　修多罗,梵文作 Sūtra,音译为修多罗或素呾缆,意译为契经。《大乘阿毗达磨杂集论》卷 11 云："契经者,谓以长行缀缉,略说所应说义。"⑤《阿毗达磨大毗婆沙论》卷 126 云："契经云何? 谓诸经中散说文句。"⑥《瑜伽师地论》卷 81 云："契经者,谓

---

①　《大正新修大藏经》,T22N1425P227b,台湾新文丰出版公司 1994 年版。
②　《大正新修大藏经》,T25N1509P306c,台湾新文丰出版公司 1994 年版。
③　《大正新修大藏经》,T22N1428P569b,台湾新文丰出版公司 1994 年版。
④　《大正新修大藏经》,T02N125P635a,台湾新文丰出版公司 1994 年版。
⑤　《大正新修大藏经》,T31N1606P743b,台湾新文丰出版公司 1994 年版。
⑥　《大正新修大藏经》,T27N1545P 659c,台湾新文丰出版公司 1994 年版。

贯穿义长行直说,多分摄受意趣体性。"①九分教或十二分教中,
所谓修多罗,是指不限制字数而连续缀辑之散体。

　　梵文原典中,"修多罗"是与"伽陀""祇夜"(均为诗歌形式)
相对应的散体形式,散体与诗体交替进行,构成了佛典的主要文
体特征。汉译佛典中,偈散结合构成主要文体形式,这与原典文
体特征相互对应。但与梵典体制截然不同的是,梵文原典中,
"修多罗"句子长短自由灵活,并无固定字数要求,而汉译之后,
散体不"散",并逐渐形成了以四字为主的独特句式面貌。

2.2.2　祇夜与伽陀

　　祇夜,梵文作 Geya,意译为应颂、重颂。《阿毗达磨大毗婆
沙论》卷 126 云:"应颂云何? 谓诸经中,依前散说契经文句,后
结颂而讽诵之。"②《阿毗达磨顺正理论》卷 44 云:"言应颂者,谓
以胜妙缉句言词,随述赞前契经所说。"③《瑜伽师地论》卷 25
云:"云何应颂? 谓于中间,或于最后,宣说伽陀,或复宣说未了
义经。"④《显扬圣教论》卷 6 云:"应颂者:谓诸经中,或于中间,
或于最后,以颂重显,及诸经中不了义说,是为应颂。"⑤由此可
知,祇夜是指经中重复阐释契经所说之偈颂,其内容与前文直接
相关。

　　伽陀,梵文作 Gāthā,又音译为伽他,意译为讽颂、偈颂、孤

---

① 　《大正新修大藏经》,T30N1579P753a,台湾新文丰出版公司 1994 年版。
② 　《大正新修大藏经》,T27N1545P659c,台湾新文丰出版公司 1994 年版。
③ 　《大正新修大藏经》,T29N1562P595a,台湾新文丰出版公司 1994 年版。
④ 　《大正新修大藏经》,T30N1579P418c,台湾新文丰出版公司 1994 年版。
⑤ 　《大正新修大藏经》,T31N1602P508c,台湾新文丰出版公司 1994 年版。

起颂、不重颂等。《阿毗达磨顺正理论》卷 44 云："言讽颂者,谓以胜妙缉句言词,非随述前而为赞咏,或二、三、四、五、六句等。"①《妙法莲华经玄赞》卷 2 云："梵云伽陀,此翻为颂。颂者,美也,歌也,颂中文句极美丽故,歌颂之故。"②《显扬圣教论》卷 6 云："讽颂,谓非诸经中长行直说,然以句结成,或二句、或四句、或五句、或六句等,是为讽颂。"③《大乘义章》卷 1 云："伽陀,此翻名为不重颂偈,直以偈言显示诸法,故名伽陀。"④《妙法莲华经玄义》卷 6 云："伽陀者,一切四言、五言、七、九等偈,不重颂者,皆名伽陀也。"⑤由此可知,伽陀所指主要有二:一、指全部以偈颂形式呈现之经文;二、前有长行散体之偈颂,偈颂所说内容与前文散体并不相同。

　　佛典汉译之后,"伽陀"与"祇夜"被合称为"偈颂"。"偈"为梵文 gāthā 之音译,"颂"为译经者依据中国传统文体"颂"所作的对应意译,"偈颂"为音意合璧词。鸠摩罗什曾指出,天竺偈颂的内容以"赞德"为主,"凡觐国王,必有赞德。见佛之仪,以歌咏为尊。经中偈颂,皆其式也"。而在传统文体中,"颂者,容也,所以美盛德而述形容也"。⑥可见,在"赞德"这一点上,中土传统文体与天竺"偈颂"具有相似之处,"偈颂"的名称本身即为华梵文化交融的产物。

---

① 《大正新修大藏经》,T29N1562P595a,台湾新文丰出版公司 1994 年版。
② 《大正新修大藏经》,T34N1723P684a,台湾新文丰出版公司 1994 年版。
③ 《大正新修大藏经》,T31N1602P509a,台湾新文丰出版公司 1994 年版。
④ 《大正新修大藏经》,T44N1851P470a,台湾新文丰出版公司 1994 年版。
⑤ 《大正新修大藏经》,T33N1716P753a,台湾新文丰出版公司 1994 年版。
⑥ 周振甫:《文心雕龙今译》,中华书局 1986 年版,第 84 页。

2.2.3　伊帝目多伽

伊帝目多伽，梵文作 Itivrtaka，又译作伊帝曰多伽，意译为如是语，如是说。《大乘阿毗达磨集论》卷 6 云："何等本事？谓宣说圣弟子等前世相应事。"[1]《阿毗达磨大毗婆沙论》卷 126云："本事云何？谓诸经中宣说前际所见闻事，如说：过去有大王都，名有香茅，王名善见。过去有佛，名毗钵尸，为诸弟子说如是法。过去有佛，名为式企、毗湿缚浮、羯洛迦孙驮、羯诺迦牟尼、迦叶波为诸弟子说如是法，如是等。"[2]《瑜伽师地论》卷 81 云："本事者，谓除本生，宣说前际诸所有事。"[3]《大般涅槃经》卷 15云："何等名为伊帝曰多伽经？如佛所说，比丘当知，我出世时所可说者名曰戒经，鸠留秦佛出世之时名甘露鼓，拘那含牟尼佛时名因法镜，迦叶佛时名分别空，是名伊帝曰多伽经。"[4]由诸经解说可知，"本事"为叙述佛陀及弟子在过去世中种种事迹之经文。如《妙法莲华经》卷 23"药王菩萨本事品"记载了药王菩萨本昔的苦行之事。

2.2.4　阇陀伽

阇陀伽，梵文作 Jātaka，音译作阇多伽、阇陀伽、阇陀等，意译为生、本起、本生。《成实论》卷 1 云："阇陀伽者，因现在事说

---

① 《大正新修大藏经》，T31N1605P686b14，台湾新文丰出版公司 1994 年版。
② 《大正新修大藏经》，T27N1545P660a，台湾新文丰出版公司 1994 年版。
③ 《大正新修大藏经》，T30N1579P753a，台湾新文丰出版公司 1994 年版。
④ 《大正新修大藏经》，T12N374P451c，台湾新文丰出版公司 1994 年版。

过去事。"①《大般涅槃经》卷 15 云:"何等名为阇陀伽经? 如佛世尊本为菩萨修诸苦行。所谓此丘当知:我于过去作鹿、作罴、作麝、作兔,作粟散王、转轮圣王、龙、金翅鸟,诸如是等行菩萨时所可受身,是名阇陀伽。"②《阿毗达磨大毗婆沙论》卷 126 云:"本生云何? 谓诸经中,宣说过去所经生事。如熊、鹿等诸本生经。"③《瑜伽师地论》卷 25 云:"云何本生? 谓于中宣说世尊在过去世彼彼方分,若死若生行菩萨,行难行行,是名本生。"④由此可知,本生为叙述佛陀于过去世中或为人或为动物时修行轮回故事之经文。汉译佛典之"本生"多见于《六度集经》《生经》《贤愚经》《杂宝藏经》《大庄严论经》诸经中。

2.2.5　阿浮陀达磨

阿浮陀达磨,梵文作 Adbhutad-harma,音译为阿浮陀达磨、阿浮多达磨、阿浮达磨,意译为未曾有法、希有法、奇特法等。《翻译名义集》卷 4 云:"阿浮达摩,此云未曾有。妙玄云'佛现种种神力、众生怪未曾有。'"⑤《成实论》卷 1 云:"阿浮陀达磨者,未曾有经。如说劫尽大变异事诸天身量,大地震动。有人不信如是等事,是故说此未曾有经。现业果报诸法势力不思议故。"⑥《大般涅槃经义记》卷 5 云:"阿浮陀达磨者,此翻名为未

---

① 《大正新修大藏经》,T32N1646P245a,台湾新文丰出版公司 1994 年版。
② 《大正新修大藏经》,T12N374P452a,台湾新文丰出版公司 1994 年版。
③ 《大正新修大藏经》,T27N1545P 660a,台湾新文丰出版公司 1994 年版。
④ 《大正新修大藏经》,T30N1579P418c,台湾新文丰出版公司 1994 年版。
⑤ 《大正新修大藏经》,T54N2131P1111c,台湾新文丰出版公司 1994 年版。
⑥ 《大正新修大藏经》,T32N1646P245a,台湾新文丰出版公司 1994 年版。

曾有经。青牛行钵、白狗听法、诸天身量、大地动等、旷古希奇，名未曾有。辩说斯事，名未曾有经。"①《瑜伽师地论》卷 81 云："未曾有法者，谓诸如来、若诸声闻，若在家者，说希奇法。如诸经中，因希有事，起于言说。"②由此可知，未曾有是记录种种不可思议神力、种种奇特境界之经文。《大智度论》卷 28 指出，讲述未曾有法实为宗教宣传之需要，"菩萨离五欲，得诸禅，有慈悲故，为众生取神通，现诸希有奇特之事，令众生心清净。何以故？若无希有事，不能令多众生得度"③。

2.2.6　尼陀那

尼陀那，梵文作 Nidāna，音译为尼陀那，意译为因缘、缘起。《成实论》卷 1 云："尼陀那者，是经因缘。所以者何？诸佛圣贤所说经法要有因缘，此诸经缘，或在修多罗中，或在余处，是名尼陀那。"④《大智度论》卷 33 云："尼陀那者，说诸佛法本起因缘。佛何因缘说此事？修多罗中有人问故为说是事。毗尼中有人犯是事，故结是戒。一切佛语缘说事，皆名尼陀那。"⑤《阿毗达磨大毗婆沙论》卷 126 云："因缘云何？谓诸经中遇诸因缘而有所说，如义品等种种因缘，如毗奈耶作如是说，由善财子等最初犯罪，是故世尊集苾刍僧制立学处。"⑥《瑜伽师地论》卷 81 云："缘

①　《大正新修大藏经》，T37N1764P747c，台湾新文丰出版公司 1994 年版。
②　《大正新修大藏经》，T30N1579P753b，台湾新文丰出版公司 1994 年版。
③　《大正新修大藏经》，T25N1509P264b，台湾新文丰出版公司 1994 年版。
④　《大正新修大藏经》，T32N1646P245a，台湾新文丰出版公司 1994 年版。
⑤　《大正新修大藏经》，T25N1509P307b，台湾新文丰出版公司 1994 年版。
⑥　《大正新修大藏经》，T27N1545P660a，台湾新文丰出版公司 1994 年版。

起者,谓有请而说,如经言世尊一时依黑鹿子为诸苾刍宣说法
要;又依别解脱因起之道,毗奈耶摄所有言说;又于是处说如是
言。世尊依如是如是因缘,依如是如是事,说如是如是语。"①
《一切经音义》卷22云:"尼陀那,此云因缘。然有三类:一、因请
而说,二、因犯制戒,三、因事说法也。"②佛陀说法必有由致,尼
陀那系经典中叙说经、律由来之经文。专门叙述因缘业报的故
事多见于《贤愚经》《撰集百缘经》《杂宝藏经》等经典。此外,律
藏中也保留了许多因缘故事。

2.2.7　阿波陀那

阿波陀那,梵文作 Avadāna,略译作婆陀,意译为譬喻、出
曜。《大般涅槃经》卷15云:"何等名为阿波陀那经? 如戒律中
所说譬喻,是名阿波陀那经。"③《阿毗达磨大毗婆沙论》卷126
云:"譬喻云何? 谓诸经中所说种种众多譬喻。如长譬喻、大譬
喻等。"④《大智度论》卷33云:"阿波陀那者,与世间相似,柔软
浅语,如《中阿含》中长阿波陀那经,《长阿含》中大阿波陀那。"⑤
《显扬圣教论》卷6云:"譬喻者,谓诸经中有譬喻说。由譬喻故,
本义明白,是为譬喻。"⑥由此可知,凡经典中以譬喻或寓言方式
阐说义理之部分,即称阿波陀那。佛典中随处可见譬喻情节,专

①　《大正新修大藏经》,T30N1579P753a,台湾新文丰出版公司1994年版。
②　《大正新修大藏经》,T54N2128P442c,台湾新文丰出版公司1994年版。
③　《大正新修大藏经》,T12N374P451c,台湾新文丰出版公司1994年版。
④　《大正新修大藏经》,T27N1545P660a,台湾新文丰出版公司1994年版。
⑤　《大正新修大藏经》,T25N1509P307b,台湾新文丰出版公司1994年版。
⑥　《大正新修大藏经》,T31N1602P509a,台湾新文丰出版公司1994年版。

以"譬喻"立名的经典有多部,如题为支娄迦谶所出《杂譬喻经》、题为康僧会所出《旧杂譬喻经》、失译《杂譬喻经》、题为求那毗地所出《百喻经》、题为法炬共法立出《法句譬喻经》等。

2.2.8 优波提舍

优波提舍,梵文作 Upadeśa,音译为优婆提舍、优婆题舍、优波替舍,意译为说义、广演、章句、宣说、论义等。《大乘义章》卷1 云:"优婆提舍,此正名论,论诸法故。"①《大般涅槃经》卷 15 云:"何等名为优波提舍经? 如佛世尊所说诸经,若作议论,分别广说,辨其相貌,是名优波提舍经。"②《成实论》卷 1 云:"优波提舍者,摩诃迦栴延等诸大智人广解佛语,有人不信,谓非佛说,佛为是故,说有论经,经有论故,义则易解。"③《大智度论》卷 33 云:"论议经者,答诸问者,释其所以,又复广说诸义,如佛说四谛……如是等问答广解其义,是名优波提舍。复次,佛所说论议经,及摩诃迦栴延所解修多罗,乃至像法凡夫人如法说者,亦名优波提舍。"④《阿毗达磨大毗婆沙论》卷 126:"论议云何? 谓诸经中,决判默说,大说等教。又如佛一时略说经已,便入静室宴默多时,诸大声闻共集一处,各以种种异文句义,解释佛说。"⑤由此可知,优波提舍主要是对佛陀所说教法进行的注释或衍义,

---

① 《大正新修大藏经》,T44N1851P468a,台湾新文丰出版公司 1994 年版。
② 《大正新修大藏经》,T12N374P452a,台湾新文丰出版公司 1994 年版。
③ 《大正新修大藏经》,T32N1646P245b,台湾新文丰出版公司 1994 年版。
④ 《大正新修大藏经》,T25N1509P308a,台湾新文丰出版公司 1994 年版。
⑤ 《大正新修大藏经》,T27N1545P660b,台湾新文丰出版公司 1994 年版。

既包括佛陀本人对某些较为深奥的义理和名相所作的阐释，也包括摩诃迦梅延等诸大智人以及其他人的阐释。大正藏中，诠释某一经典之书不乏以"优波提舍"为名者，如《妙法莲华经论优波提舍》《无量寿经优波提舍》等。

2.2.9　和伽罗那

和伽罗那，梵文作 Vyākaraṇa，略称和罗那、和伽那、和伽罗，意译为授记、授决、记别。《大乘义章》卷 1 云："第三名为和伽罗那，此名授记。行因得果，目之为记，圣说示人，故称为授。"①《妙法莲华经玄义》卷 6 云："和伽罗那者，说三乘六趣九道劫数，当得作佛。若后尔所岁，当得声闻支佛。后尔所岁，当受六趣报。皆名授记。"②《大般涅槃经》卷 15 云："何等名为授记经？如有经律，如来说时为诸大人受佛记别，汝阿逸多，未来有王，名曰蠰佉，当于是世而成佛道，号曰弥勒，是名授记经。"③《阿毗达磨顺正理论》卷 44 云："言记别者，谓随余问酬答辩析，如波罗衍拏等中辩。或诸所有辩曾当现真实义言，皆名记别。"④《瑜伽师地论》卷 81 云："记别者，谓广分别略所摽义，及记命过弟子生处。"⑤由此可知，授记指佛陀对弟子将来证果所作预言之经文。如《法华经》第六品专名"授记品"，佛陀为中根之迦叶、须菩提、迦旃延、目犍连四大声闻宣说未来证果等事。

① 《大正新修大藏经》，T44N1851P470a，台湾新文丰出版公司 1994 年版。
② 《大正新修大藏经》，T33N1716P753a，台湾新文丰出版公司 1994 年版。
③ 《大正新修大藏经》，T12N374P451c，台湾新文丰出版公司 1994 年版。
④ 《大正新修大藏经》，T29N1562P595a，台湾新文丰出版公司 1994 年版。
⑤ 《大正新修大藏经》，T30N1579P753a，台湾新文丰出版公司 1994 年版。

2.2.10 优陀那

优陀那,梵文作 Udāna,又作乌拖南、嗢拖那、邬陀南、优檀那、忧陀那、郁陀那,意译为无问自说。《大乘义章》卷 1 云:"第五名为优陀那经,此翻名为无问自说,不由咨请而自宣唱,故名无问自说经也。"①《大般涅槃经》卷 15 云:"何等名为优陀那经?如佛晡时入于禅定,为诸天众广说法要。时,诸比丘各作是念,如来今者为何所作? 如来明旦从禅定起,无有人问,以他心智即自说言:比丘当知,一切诸天寿命极长,汝诸比丘,善哉为他不求己利,善哉少欲,善哉知足,善哉寂静。如是诸经无问自说,是名优陀那经。"②《瑜伽师地论》卷 81 云:"自说者,谓无请而说。为令弟子得胜解故,为令上品所化有情安住胜理,自然而说。如经言:世尊今者自然宣说。"③由此可知,自说是指无人发问而佛陀自说之经文。一般经文中,佛陀说法皆有菩萨或罗汉等发起因缘,佛陀应他人的请求而说法,而自说经中无人问法和请法,是未经他人请求而佛陀主动说法的经文。如《佛说阿弥陀经》,记叙西方净土之清净庄严,诸佛赞叹众生往生西方净土等内容,并无弟子请求和发问,完全由佛陀自说而出。

---

① 《大正新修大藏经》,T44N1851P470a,台湾新文丰出版公司 1994 年版。
② 《大正新修大藏经》,T12N374P451c,台湾新文丰出版公司 1994 年版。
③ 《大正新修大藏经》,T30N1579P753a,台湾新文丰出版公司 1994 年版。

2.2.11　毗佛略

毗佛略,梵文作 Vaipulya,又作鞞佛略、毗富罗、斐佛略。意译为方广、方等、广大、广解、无比等。《大乘义章》卷 1 云:"毗佛略经,此名方广。理正曰方,义备名广。教从旨因名方广经。若依小乘,诸正称方,言多曰广。"①《大般涅槃经》卷 15 云:"何等名为毗佛略经? 所谓大乘方等经典,其义广大犹如虚空,是名毗佛略。"②《阿毗达磨大毗婆沙论》卷 126 云:"方广云何? 谓诸经中,广说种种甚深法义。如五三经、梵网、幻网、五蕴、六处、大因缘等。胁尊者言:此中般若,说名方广,事用大故。"③《瑜伽师地论》卷 81 云:"方广者,谓说菩萨道。如说七地,四菩萨行,及说诸佛百四十种不共佛法。谓四一切种清净,乃至一切种妙智,如菩萨地已广说。又复此法广故,多故,极高大故,时长远故。谓极勇猛、经三大劫阿僧企耶,方得成满,故名方广。"④由此可知,方广为佛说方正、广大真理之经文,一切大乘经皆为方广经。例如,《大方广佛华严经》为记叙佛陀广大圆满、无尽妙旨之要典。

以上十二部经的分类基本涵盖了经、律、论三藏,因此,我们可以把其视作对全部佛典所作的分类。从十二部经采取的分类原则来看,一些是依据表现形式来分类(如契经、应颂、孤起颂),

① 《大正新修大藏经》,T44N1851P470b,台湾新文丰出版公司 1994 年版。
② 《大正新修大藏经》,T12N374P452a,台湾新文丰出版公司 1994 年版。
③ 《大正新修大藏经》,T27N1545P660a,台湾新文丰出版公司 1994 年版。
④ 《大正新修大藏经》,T30N1579P753b,台湾新文丰出版公司 1994 年版。

一些是依据叙述方法来分类（如自说、论议、譬喻），还有一些是依据内容性质来分类（如因缘、本生、本事、未曾有、方广、授记）。由于这些类别在每一部经、每一部律、每一部论里往往同时兼备几种，所以，我们很难确指这十二部类究竟对应于经、律、论三藏何者之中。

第3章 汉译佛典"偈颂体"论析

梵文佛典中,"祇夜"与"伽陀"均为诗体形式,是与"修多罗"相对的主要文体形式,诗体与散体交替进行,构成了梵典的主要文体特征。那么,汉译佛典文体形式如何?隋代释吉藏在《百论疏》中曾指出:"总谈设教,凡有三门:一、但有长行无有偈颂,如《大品经》之类;二、但有偈颂而无长行,如《法句经》之流;三、具存二说,如《法华经》等。在经既尔,论亦例之:一、但有偈无有长行,如《中论》也;二、但长行无有偈颂,即是斯文;三、具二种,如《十二门论》。"①此处"长行"即原典散体"修多罗","偈颂"即原典"伽陀"与"祇夜"之总称。偈散结合,构成了汉译佛典鲜明的文体特征。

3.1 汉译佛典"偈颂体"发展概述

汉译佛典中,诗体形式的偈颂随处可见。若按照时间顺序

---

① 《大正新修大藏经》,T42N1827P238b,台湾新文丰出版公司 1994 年版。

进行考察,可以发现,东汉以来,"偈颂体"经历了一个逐步调整、适应的发展历程。

　　早期汉译佛典中,翻译实践尚处于草创之际,如何运用中土文体形式恰切地对译原典偈颂,成为困扰译经者的一个问题。此期译经中,原典偈颂部分有些被翻译成诗体形式,有些则被译为散体形式。安世高所译《五阴譬喻经》中,译为五言偈颂者一首。而同为安公所译《七处三观经》中,原典偈颂部分有些却被译为散体形式,如"从后说绝"①之后紧跟散文段落:

　　　　闻如是,一时佛在舍卫国,行在祇树给孤独园。佛便告比丘:若贤者家中居法行侵,四家得欢喜。何等为四?一者父母妻子,二者儿客奴婢,三者知识亲属交友,四者王天王鬼神沙门婆罗门。<u>从后说绝</u>:父母亦监沙门亦婆罗门,天祠亦尔。居家信祠,若干人故,能事持戒亲属,亦彼人见在生者,亦不犯天王亲属,亦自身一切人亦受恩,如是居黠生,是闻善行得豪,亦名闻现世无有说尽,后世上天。(后汉安世高译《七处三观经》卷 1)②

---

①　"绝"与"偈"音近,意与"竭"通,故安世高等人用"绝"对译 gāthā。(参见李小荣、吴海勇《佛经偈颂与中古绝句的得名》,《贵州社会科学》2000 年第 3 期,第 58—63 页)又,《杂阿含经》"从后说绝"之后多处接诗体偈颂,亦可证明此处"绝"即为"偈"。

②　《大正新修大藏经》,T02N1508AP78a,台湾新文丰出版公司 1994 年版。

支娄迦谶译经中,偈颂段落已不鲜见,如《般舟三昧经》①
(三卷本)中,译为五言、六言、七言偈颂者就有多首,但原典偈颂
被译为散体的情形也时有发生。比较《般舟三昧经》三卷本与一
卷本"行品"的相同段落,原典相应部分在前者译为散体形式,而
在后者译为诗体形式:

佛告飓陀和菩萨:若有菩萨所念现在,定意向十方佛,
若有定意,一切得菩萨高行。何等为定意?从念佛因缘,向
佛念意不乱,从得黠不舍精进,与善知识共行空,除睡眠,不
聚会,避恶知识,近善知识,不乱精进,饭知足,不贪衣,不惜
寿命,子身避亲属离乡里,习等意得悲意心,护行弃盖习禅,
不随色,不受阴,不入衰,不念四大……(后汉支娄迦谶译
《般舟三昧经》)②

佛告飓陀和:菩萨欲疾得是定者,常立大信,如法行之,
则可得也。勿有疑想如毛发许,是定意法,名为菩萨超
众行。

立一念,信是法,随所闻,

---

① 《般舟三昧经》,现存的汉译本,共四部。一、《般舟三昧经》,一卷。二、《般舟三
昧经》,三卷,此二本均题支娄迦谶译。三、《拔陂菩萨经》,一卷,失译。四、《大
方等大集贤护经》,五卷,隋阇那崛多译;……依译语来考察,现存的三卷本,与
支谶的译语相近,作为支谶所译,是近代学者所能赞同的。(与《开元释教录》说
相合)现存的一卷本,部分与三卷本的文句相合,但"涅槃""总持"等译语及序
文,都不可能是汉译的,近于晋代的译品。(参见印顺《初期大乘佛教之起源与
开展》,台湾正闻出版社1981年版,第839—840页)
② 《大正新修大藏经》,T13N418P904c,台湾新文丰出版公司1994年版。

念其方，宜一念，断诸想，

立定信，勿狐疑，精进行，

……

勿中忽，除睡眠，精其意，

常独处，勿聚会，避恶人，

近善友，亲明师，视如佛，

执其志，常柔弱，观平等，

于一切，避乡里，远亲族，

弃爱欲，履清净，行无为，

断诸欲，舍乱意，习定行，

学文慧，必如禅，除三秽，

去六入，绝淫色，离众受，

勿贪财，多畜积，食知足，

勿贪味，众生命，慎勿食……（后汉支娄迦谶译《般舟三昧经》)①

查考隋阇那崛多译五卷本《大方等大集贤护经》"行品"，以上相应段落也译为诗体形式，由此比对可知，应是支谶译经将原典偈颂译为散体形式。偈颂在支谶译经中虽不鲜见，但在运用诗体形式对译原典偈颂的问题上，仍处探索阶段。

稍后的译经中，随着翻译实践的渐入佳境，偈颂的运用也更为频繁。在支曜译《成具光明定意经》、康孟详译《修行本起经》

---

① 《大正新修大藏经》，T13N418P898b，台湾新文丰出版公司 1994 年版。

《中本起经》三经中,偈颂大多被译作四言、五言、七言、九言的诗体形式。

至魏晋南北朝时期,译经事业进一步发展并成熟,译人水平的提高、译经程序的规范、译本之原的广至等因素都使得译经的质量较东汉大为提高。从文体形式来看,历经支谦、康僧会、竺佛念、竺法护、鸠摩罗什等一大批译师的努力,不仅偈颂数量已颇具规模,偈颂形式也呈现出以五言、七言为主的鲜明特点。

按一句字数分,汉译佛典偈颂既有由三言构成者,亦有由四言、五言、六言、七言、八言、九言等构成者,而其中以五言偈颂最为常见。一般一偈纯用一种句式,也有同一偈中混用几种句式的情形。(见"部分佛典偈颂翻译情况统计表")

按一偈句数分,汉译佛典偈颂以四句一偈最为常见,亦有二句、六句、八句、十二句构成一偈者。据孙尚勇统计,中古偈颂中,数量在千首以上者依次为四句式、八句式、十二句式和六句式,分别占到汉译偈颂总数的 46.13%、12.87%、4.54% 和 4.35%。[①] 值得注意的是,长达百句以上的偈颂在汉译佛典中也大量存在。如"东汉支谶所译《般舟三昧经》,其中有七言偈颂,长至 188 句;吴支谦所译《菩萨本业经》,亦有一首四言偈颂,句数多达 540 句;西晋竺法护所译《度世品经》,更有长达 888 句的五言偈颂,而其《贤劫经》中,亦有三言偈颂,长达 1052 句;而东晋佛陀跋陀罗所译《达摩多罗禅经》,亦有长达 644 句的五言偈颂;姚秦鸠摩罗什所译《十住经》中,亦有五言偈颂 360 句;另

---

① 孙尚勇:《佛经偈颂的翻译体例及相关问题》,《宗教学研究》2005 年第 1 期,第 66 页。

外,北魏菩提流支所译《入楞伽经》中,亦有长达 1858 句的五言偈颂"①。

　　纵览东汉至六朝的汉译佛典,偈颂形式非常普遍,不仅经藏大量使用偈颂,律藏如《摩诃僧祇律》《四分律》《十诵律》,论藏如《中论》《大智度论》《大乘起信论》等也都有使用。三藏偈颂的使用主要有如下几种情形:

　　一、偈颂与散体交互连用,偈前一般由"××尔时颂偈曰""××而说偈曰""××歌颂偈言"等固定开头引出所说内容。

　　有时偈颂置于散体之后,重宣散体意义或者总结前文。例如:

　　　　尔时,舍利弗踊跃欢喜,即起合掌瞻仰尊颜而白佛言:今从世尊,闻此法音,心怀勇跃,得未曾有。所以者何?我昔从佛闻如是法,见诸菩萨授记作佛,而我等不豫斯事,甚自感伤。失于如来无量知见。世尊,我常独处山林树下,若坐若行,每作是念……欲重宣此义,而说偈言:

　　　　　　我闻是法音,得所未曾有。
　　　　　　心怀大欢喜,疑网皆已除。
　　　　　　昔来蒙佛教,不失于大乘。
　　　　　　佛音甚希有,能除众生恼。
　　　　　　我已得漏尽,闻亦除忧恼。
　　　　　　我处于山谷,或在树林下。

---

① 王晴慧:《浅析六朝汉译佛典偈颂之文学特色——以经藏偈颂为主》,《佛学研究中心学报》2001 年第 6 期,第 35 页。

若坐若经行，常思惟是事……（姚秦鸠摩罗什译《妙法莲华经》卷 2）①

此段先以长行散体叙述其事，后以偈颂重宣散体的涵义，偈颂与散体二者内容是重复的。

有时先以长行散体叙述其事，末尾用偈颂进行总结：

譬如二人至陶师所，观其蹑轮而作瓦瓶，看无厌足。一人舍去，往至大会，极得美膳，又获珍宝。一人观瓶，而作是言，待我看讫。如是渐冉，乃至日没，观瓶不已，失于衣食。愚人亦尔，修理家务，不觉非常。

今日营此事，明日造彼业。

诸佛大龙出，雷音遍世间。

法雨无障碍，缘事故不闻。

不知死卒至，失此诸佛会。

不得法珍宝，常处恶道穷。

背弃放正法，彼观缘事瓶。

终常无竟已，是故失法利，

永无解脱时。（萧齐求那毗地译《百喻经》卷 3）②

有时偈颂还置于经文之首，引出下文。例如：

---

① 《大正新修大藏经》，T09N262P10b，台湾新文丰出版公司 1994 年版。
② 《大正新修大藏经》，T04N209P551c，台湾新文丰出版公司 1994 年版。

不生亦不灭,不常亦不断。

不一亦不异,不来亦不出。

能说是因缘,善灭诸戏论。

我稽首礼佛,诸说中第一。

问曰:何故造此论?答曰:有人言万物从大自在天生,有言从韦纽天生,有言从和合生,有言从时生,有言从世性生,有言从变生,有言从自然生,有言从微尘生,有如是等谬故堕于无因邪因断常等邪见,种种说我我所,不知正法。佛欲断如是等诸邪见令知佛法故,先于声闻法中说十二因缘,又为已习行有大心堪受深法者,以大乘法说因缘相。……(姚秦鸠摩罗什译《中论》卷 1)①

更多的时候是偈颂穿插于长行之间,二者相互衔接地表现内容。如东晋佛陀跋陀罗共法显所译《摩诃僧祇律》:

尔时,世尊自起迦叶佛塔,下基四方周匝栏楯,圆起二重方牙四出,上施盘盖长表轮相。佛言:作塔法应如是,塔成已世尊敬过去佛故,便自作礼。诸比丘白佛言:世尊,我等得作礼不?佛言:得。即说偈言:

人等百千金,持用行布施。

不如一善心,恭敬礼佛塔。

尔时,世人闻世尊作塔,持香华来奉世尊。世尊恭敬过

---

① 《大正新修大藏经》,T30N1564P1b,台湾新文丰出版公司 1994 年版。

去佛故,即受华香持供养塔。诸比丘白佛言:我等得供养
不? 佛言:得。即说偈言:

　　百千车真金,持用行布施。

　　不如一善心,华香供养塔。(东晋佛陀跋陀罗共法显
《摩诃僧祇律》卷33)①

此外,经中互相问答之时也多采用偈颂形式。例如:

　　如是我闻。一时,佛住舍卫国祇树给孤独园,时,有异
比丘在拘萨罗人间,住一林中。时,彼比丘身体疲极,夜着
睡眠时,有天神住彼林中者,而觉悟之。即说偈言:

　　可起起比丘,何故着睡眠。

　　睡眠有何义,修禅莫睡眠。

　时彼比丘说偈答言:

　　不肯当云何,懈怠少方便。

　　缘尽四体羸,夜则着睡眠。

　时,彼天神复说偈言:

　　且汝当执守,勿声而大呼。

　　汝已得修闲,莫令其退没。

　时,彼比丘说偈答言:

　　我当用汝语,精勤修方便。

　　不为彼睡眠,数数覆其心。

---

① 《大正新修大藏经》,T22N1425P497c,台湾新文丰出版公司1994年版。

时,彼天神如是觉悟彼比丘。时,彼比丘专精方便,断诸烦恼,得阿罗汉。时,彼天神复说偈言:

汝岂能自起,专精勤方便。

不为众魔军,厌汝令睡眠。(刘宋求那跋陀罗译《杂阿含经》卷 50)①

二、除与长行散体交互连用之外,一些经文通篇以偈颂形式颂出,毫无长行杂陈其间。例如《法句经》,兹引其中一段:

睡眠解寤,宜欢喜思,听我所说。

撰记佛言,所行非常,谓兴衰法。

夫生辄死,此灭为乐,譬如陶家。

埏埴作器,一切要坏,人命亦然。(吴维祇难等译《法句经》卷上)②

汉译佛典中如《法句经》全篇皆以偈颂颂出者为数并不少,《佛五百弟子自说本起经》(西晋竺法护译)、《佛本行经》(宋宝云译)、《佛所行赞》(北凉昙无谶译)等皆为此类。见表 3-1。

① 《大正新修大藏经》,T02N99P370c,台湾新文丰出版公司 1994 年版。
② 《大正新修大藏经》,T04N210P559a,台湾新文丰出版公司 1994 年版。

表 3-1　部分佛典偈颂翻译情况统计

朝代	译者	经名	偈颂数目							
			三言	四言	五言	六言	七言	八言	九言	杂言
后汉	安世高	《五阴譬喻经》			1					
后汉	支谶	《般舟三昧经》			4	2	13			
后汉	支曜	《成具光明经》		1	5					
后汉	康孟详	《修行本起经》			26		1		1	1
吴	支谦	《太子瑞应本起经》			3		1			1
吴	康僧会	《六度集经》		1	5					1
西晋	竺法护	《修行道地经》卷1			32	1	10			
西晋	竺法护	《生经》卷1		1	22		13			1
东晋	僧伽提婆	《增一阿含经》卷1			5		1			
东晋	僧伽提婆	《阿毗昙心论》卷1			70					
东晋	佛陀跋陀罗	《摩诃僧祇律》卷1			12					
姚秦	鸠摩罗什	《大庄严论经》卷1			26					
姚秦	鸠摩罗什	《十二门论》			26					
北凉	昙无谶	《大方等大集经》卷1			1		19			
刘宋	求那跋陀罗	《过去现在因果经》		1	19					

3.2　汉译佛典"偈颂体"成因探讨

汉译佛典中,偈颂的运用十分普遍,与散体长行构成了两大主要文体形式。为何除了长行散体,汉译佛典还要利用大量诗体形式的偈颂弘法?为何这种诗体形式的偈颂汉译之后又是以五言四句作为主体?

3.2.1　原典文体之影响

翻译不同于一般的写作,其行文体制必然会受到原本文体的影响。汉译佛典渊源有自,梵本体制对其文体的形成具有十分重要的作用。

梵文佛典中,除以散体"修多罗"记载佛陀所说之外,还穿插以大篇幅诗体形式的"伽陀"与"祇夜"。鸠摩罗什《成实论》卷 1 谓:"何故以偈颂修多罗? 答曰:欲令义理坚固,如以绳贯华,次第坚固;又欲严饰言辞,令人喜乐,如以散华或持贯华,以为庄严;又义入偈中,则要略易解,或有众生乐直言者,有乐偈说。又先直说法后以偈颂,则义明了,令信坚固。又义入偈中,则次第相著,亦可赞说。是故说偈。或谓佛法不应造偈,似如歌咏。此事不然,法应造偈。所以者何? 佛自以偈说诸义故。又如经言,一切世间微妙言辞,皆出我法。是故偈颂有微妙语。"①由此可知,梵典之所以采用偈颂弘法,主要是因为:一、利用偈颂重复述说长行内容,能够使义理深入人心,进一步坚定众生信念;二、偈颂形式简略而蕴含丰富,言辞庄严而微妙,诵读时可使人心生喜乐;三、可满足众生喜好长行或偈颂的不同需求。此外,便于记忆也是偈颂广为采用的原因之一,如《善见律毗婆沙》载:"此偈名为忧陀那,世尊自判忧波离,为未来世律师易忆识故,说此偈颂。"②

若进一步追溯偈颂渊源,即可知晓,古印度的许多撰述都采

① 《大正新修大藏经》,T32N1646P244c,台湾新文丰出版公司 1994 年版。
② 《大正新修大藏经》,T24N1462P724c,台湾新文丰出版公司 1994 年版。

用偈颂之体,例如吠陀文学,主要是以诗体形式对诸神进行赞美、恳求或劝说,印度教的一些宗教典籍,哲学著作也多使用颂体诗的形式,至于《摩诃婆罗多》和《罗摩衍那》两大史诗,更是长篇颂体诗的典范。由此不难理解,汉译佛典之中为何存在如此众多或长或短的偈颂,实际上,这与古印度利用诗体形式进行抒写的叙事传统一脉相承。

由形态观之,为与散体区别,汉译佛典偈颂往往另行排列,一般一行两句,亦有一行三句者,句间留有空格以为分别,这显然是承袭了原典体制。梵文原典中,偈颂为诗体形式,"主要靠音节的长短来表达节奏,一偈有四个音步,每音步至少有四个音节,多则有九个以上,每音步音节数有相同、间隔相同、不相同等三类。一偈四句一般作两行书写,与散文相区别"①。从句数构成上看,汉译佛典偈颂以四句一偈最为常见②,这也与原典体制密切相关。"梵语中最常见的诗律是随颂律(Anustabh 或 slo-ka),它规定每偈一般为四句(亦可写成两大行),共 32 个音节,

---

① 吴海勇:《中古汉译佛经叙事文学研究》,学苑出版社 2004 年版,第 403 页。
② 我们常见的佛经四句偈,很少是四句成为一诗句而独立成段的,大多是十几行、几十行甚至数百行连贯而下,这就造成不是四句成偈的假象。但我们仔细研读佛经偈颂的话,如以下事例:1.竺法护译《佛说海龙王经》卷 4 有言"此偈"共七言八句,然后复诵时又明确地说是"此二偈";2.真谛译《大宗地玄文本论》卷 1 开篇有云"八句七言偈",论则径称之为"此二行偈";3.失译人名附梁录的《陀罗尼杂集》卷 2,在偈前直接标明数字,如"化乐天王所说二偈半"为五言十句,"阿那婆达多龙王欲说四偈"为五言十六句;4.失译人名今附西晋录的《佛使比丘迦旃延说法没尽揭百二十章》,计有 472 句五言偈,8 句六言偈。我们只要用数学方法计算一下,就不难发现以上诗偈都是四句偈。之所以有时译文中反映不出这一点,乃是因为梵汉语文的差异所致。"(引自李小荣、吴海勇:《佛经偈颂与中古绝句的得名》,《贵州社会科学》2000 年第 3 期,第 60 页)

每句八个音节。……不论是哪种梵文诗律,不管其音步如何变化,每一偈的音步数目一般都为四。这就是汉译佛经偈颂主要为四句偈的成因所在。"①

在古印度,用于颂赞的偈颂大多可以入弦歌唱,具有"宫商"之美。汉译之后,偈颂虽然保持了原典句式整齐的特点,却失去了原有的韵味。正如鸠摩罗什所指出的:"天竺国俗,甚重文制,其宫商体韵,以入弦为善。凡觐国王,必有赞德;见佛之仪,以歌叹为贵。经中偈颂,皆其式也。但改梵为秦,失其藻蔚,虽得大意,殊隔文体,有似嚼饭与人,非徒失味,乃令呕哕也。"②不过汉译偈颂之前"歌颂"之类的导入语,依然透露出原典偈颂可入弦歌唱的音乐性。如西晋竺法护译《佛说须真天子经》卷9"尔时文殊师利便为天子歌颂偈言"之后紧接五言偈颂。又如,东晋僧伽提婆译《中阿含经》卷33"阿罗诃相应偈,而歌颂曰"之后紧接五言偈颂。

3.2.2 汉地文体之影响

原典体制对汉译佛典偈颂文体的定型起到了决定性的作用,这毋庸置疑;但另一方面,汉译佛典偈颂为中印文体形式相互融合的产物,汉地文体对其形成的影响也至关重要。

肇自东汉末年,佛典偈颂就随着经典传译进入中土,但如何运用中土文体形式恰切地对译原典偈颂,成为困扰早期译经者

---

① 李小荣、吴海勇:《佛经偈颂与中古绝句的得名》,《贵州社会科学》2000 年第 3 期,第 61—62 页。
② 《大正新修大藏经》,T01N026P775a,台湾新文丰出版公司 1994 年版。

的一个问题。安世高、支谶等人的译经中,偈颂之体虽已初露端倪,但原典偈颂部分有些被翻译成为诗体形式,有些则被译为散体形式。历经支曜、康孟详、支谦、康僧会、竺佛念、竺法护、鸠摩罗什等一大批译师的努力之后,偈颂形式最终固定下来,呈现出以五言、七言为主的鲜明特点。

如果说三言、四言、五言、六言以及杂言等各种形式是早期译经者对偈颂翻译尚不成熟的尝试,那么,偈颂最终呈现出以五言为主的局面,绝非偶然,应与当时汉地流行的诗体密切相关。对此,一些学者已经认识到:"所谓的'七言'以及'四言'、'五言'、'六言'之类的说法,这些无非都是中国古代诗歌里的概念。如果按照印度梵偈的情况而论,几乎别无例外地都是每一句很整齐的八个音节。"①"偈颂翻译用了中国诗歌的形式,主要是五言,也有四言、七言、六言的。这与汉以后五言诗在诗坛上流行的形势恰好相应。"②

刘勰《文心雕龙·明诗》指出:"汉初四言,韦孟首唱,匡谏之义,继轨周人。孝武爱文,柏梁列韵。严马之徒,属辞无方。至成帝品录,三百余篇,朝章国采,亦云周备;而辞人遗翰,莫见五言,所以李陵、班婕妤见疑于后代也。按《召南·行露》,始肇半章;孺子《沧浪》,亦有全曲;《暇豫》优歌,远见春秋;邪径童谣,近在成世;阅时取证,则五言久矣。"③

考察文献,《诗经》中已有五言诗的萌芽。如《召南·行露》

---

① 陈允吉:《古典文学佛教溯缘》,复旦大学出版社 2002 年版,第 27 页。
② 孙昌武:《佛教与中国文学》,上海人民出版社 2007 年版,第 189 页。
③ 周振甫:《文心雕龙今译》,中华书局 1986 版,第 58 页。

篇中即有"谁谓雀无角,何以穿我屋? 谁谓女无家,何以速我狱?
谁谓鼠无牙,何以穿我墉? 谁谓女无家,何以速我讼?"的五言诗
句。相对于四言,五言的承载量与表现力大大增强,正如刘熙载
所言:"五言上二字下三字足当四言两句,如'终日不成章'之于
'终日七襄,不成报章'是也。是则五言乃四言之约。"①五言能
够更为灵活细致地抒情和叙事,更加适应日益丰富的社会生活,
因此逐步取代了四言诗的正统地位,成为古代诗歌的主要形式
之一。西汉之初,五言诗还不登大雅之堂,主要流行于民间。汉
成帝时,出现了诸如《邪径败良田》《何以孝悌为》《长安中歌》等
为数不少的民间歌谣和谚语。汉武帝以后,五言民间谣谚被大
量采入乐府,成为乐府歌辞,并逐渐引起文人的注意与模仿。最
早的文人五言诗,一般认为是班固的《咏史》,其后有张衡的《同
声歌》等。东汉末年,秦嘉、蔡邕、赵壹、辛延年等越来越多的文
人开始创作五言诗歌,五言诗的表现技巧渐趋成熟。无名氏《古
诗十九首》的出现,标志着五言诗已经达到成熟阶段。至魏晋南
北朝时期,五言诗已"居文词之要"(钟嵘《诗品》),成为诗歌创作
的主流。

　　东汉时期,大量的佛教经典随着佛教传入被相继译出。从
文献记载来看,此时的译经事业属于民间性质,尚未得到政府的
直接支持,译经活动主要是在一批家有资财的文人信士的资助
下进行,如安世高译经有严浮调等人襄助,支谶译经也得到孟福
等文人学士的配合。在汉地五言诗歌创作日渐蓬勃之时,早期

---

① 　刘熙载:《艺概》,上海古籍出版社 2001 年版,第 58 页。

的民间文人学士对于五言应该并不陌生，充当助译的他们对于
译经中五言偈颂的大量涌现，无疑起到了重要的推动作用。魏
晋南北朝时期，译经事业进一步发展并成熟，译经者语言文化素
养较前期大为提高，译经程序也逐步走向规范，翻译活动中有越
来越多的文人学士参与进来。此时五言已成为文人创作的主流
诗体，译经者在翻译佛经之时，借用汉地流行的五言诗体为主来
对译梵典诗体形式，既驾轻就熟，又便于本土信众接受与阅读，
即为顺理成章之事。

　　汉译偈颂尽管采用了中土诗歌形式对应原典体制，但作为
翻译文体，仍然不免"改梵为秦，失其藻蔚，虽得大意，殊隔文
体"。它既不像梵语偈颂那样讲究长短音节规则搭配，也不像
汉地诗歌那样讲平仄押韵，诗律工整，从内容来看，佛典偈颂以
叙述抽象的佛理为主，无论如何也难以纳入"缘情绮靡"的汉语
传统诗歌范畴，仅仅是一种分行排列、似诗而非诗的文体。
例如：

　　　　是身亦非身，于身已度脱。
　　　　亦无作无有，坏亦无所得。
　　　　一切诸法相，双亦非不双。
　　　　欲见诸佛身，所处皆如是。
　　　　不是非不是，非忧非不忧。
　　　　不取亦不放，不等亦不长。

不乐亦不住,一切无从生。(吴支谦译《佛说慧印三昧经》)①

当然,佛典中也有一些偈颂,或描摹叙述,或抒写情志,或表达对人生、社会、宇宙事相的看法,不乏诗意,"给我们诗坛以清新的一种哲理诗的空气"②。

3.3　汉译佛典"偈颂体"影响分析

文体特征必然表现为一定的语言形式,语言与文体关系密切。那么,汉译佛典偈颂文体在语言方面又产生了哪些影响?以下我们将通过例举,分析偈颂句式的构成,反观其带来的一些具体影响。

汉译佛典偈颂句式齐整,每句对字数都有着严格的规定性,这便需要译经者具有较高的文字技巧,在翻译的过程中斟字酌句,在准确传达经义的前提下,采用各种手段凑足音节,整齐句式。从句平面观之,译经中比较常见的方式是利用虚词补足字数,例如:

> 彼诸世界,皆自然现,又见诸佛。
>
> 各各自由,端正姝妙,紫磨金色。
>
> 如瑠璃中,而有众宝,在于会中。

---

① 《大正新修大藏经》,T15N632P462a,台湾新文丰出版公司 1994 年版。

② 郑振铎:《插图本中国文学史》,北京出版社 1999 年版,第 190 页。

为雨法教，其诸声闻，不可称计。（西晋竺法护译《正法华经》卷1）①

本从亿诸佛，依因而造行。

入于深妙谊，所现不可及。

于无央数劫，而学佛道业。

果应至道场，犹如行慈愍。（西晋竺法护译《正法华经》卷1）②

尔时失火，寻烧屋宇，周回四面。

而皆燔烧，无数千人，惊怖啼哭。（西晋竺法护译《正法华经》卷2）③

其心踊跃，欲令觉了，如来所诏。

常以知时，为其众生，而行智慧。（西晋竺法护译《正法华经》卷7）④

未曾思念，亦不有求，还闻弘教。

心怀踊跃，譬如长者，而有一子。

兴起如愚，亦不暗冥，自舍其父。

---

① 《大正新修大藏经》，T09N263P66c，台湾新文丰出版公司1994年版。

② 《大正新修大藏经》，T09N263P68a，台湾新文丰出版公司1994年版。

③ 《大正新修大藏经》，T09N263P77a，台湾新文丰出版公司1994年版。

④ 《大正新修大藏经》，T09N263P115b，台湾新文丰出版公司1994年版。

行诣他国,志于殊域,仁贤百千。(西晋竺法护译《正法华经》卷 3)①

常行平等,得至解脱,灭度无为。

或在门前,而说经典,则为造立。(西晋竺法护译《正法华经》卷 3)②

观斯长者子,施与财宝藏。

然后行出家,家家而行乞。

从定光如来,曾闻如斯义。

如是像三昧,精勤敬奉行。(西晋竺法护译《贤劫经》卷 1)③

过去无数劫,佛号光明王。

常放大光明,普照无量土。

无边光菩萨,于佛初成道。

而启问此经,佛即为演说。(东晋佛陀跋陀罗译《大方等如来藏经》卷 1)④

以贪瞋痴故,则作大恶咒。

---

① 《大正新修大藏经》,T09N263P81b,台湾新文丰出版公司 1994 年版。
② 《大正新修大藏经》,T09N263P84b,台湾新文丰出版公司 1994 年版。
③ 《大正新修大藏经》,T14N425P8a,台湾新文丰出版公司 1994 年版。
④ 《大正新修大藏经》,T16N666P460a,台湾新文丰出版公司 1994 年版。

当结恶咒时,恶鬼取其语。

于诸罪众生,而行恼害事。

佛断贪瞋痴,慈悲广饶益。(姚秦鸠摩罗什译《大庄严论经》卷 1)①

　　"而"在古汉语中使用比较频繁,其词性灵活多样,含义十分丰富。"至于'而'在具体句中为何种词性,决定的因素是'而'与前后词语、句子的结构和意义的关系。……'而'字所含有的词汇意义,其决定因素与其词性的确定是一样的……有时还要根据句子语气的关系来确定。"②佛典中"而"字有一类比较特殊的用法,从"而"所在句子的结构、"而"与前后词语的关系、"而"在语境中的意义考察以上诸例,在多数情况下,"而"字并无实际语义,去掉"而",意义上并无影响,但会破坏齐整的偈颂句式结构。因此,此处"而"字衬字足句的作用十分突出。"而"的此类用法不仅见于偈颂形态,还多见于以四字为主的散体之中,总之多见于对字数有严格要求的句式之中。如"我于尔时而作是念"(《中阿含经》卷 2),"尔时阿难而白佛言"(《大般涅槃经》卷 3),"譬如病者而有疾苦"(《修行地道经》卷 2)。

　　又如:

为父母亲族,修行于恶法。

---

① 　《大正新修大藏经》,T04N201P258a,台湾新文丰出版公司 1994 年版。
② 　金幼华:《"而"字词性及释义谈》,《浙江大学学报》2005 年第 6 期,第 88 页。

命终堕三趣,无有随逐者。(吴支谦译《菩萨本缘经》卷上)①

恶言骂詈,骄陵蔑人,兴起是行。
疾怨滋生,逊言顺辞,尊敬于人。(吴维祇难等译《法句经》)②

所讲犹日明,照弟子若兹。
了知于尘劳,除畏如蓉华。(西晋竺法护译《修行地道经》卷1)③

犹如师子步,遍观于四方。
堕地行七步,人师子亦然。(后秦佛陀耶舍共竺佛念译《长阿含经》卷1)④

灭愁苦得大智,疗治于一切人。
诸一切佛所疗,终不归于恶道。(西晋竺法护译《佛说方等般泥洹经》卷2)⑤

譬人持金像,行诣于他国。

① 《大正新修大藏经》,T03N153P54a,台湾新文丰出版公司1994年版。
② 《大正新修大藏经》,T04N210P561c,台湾新文丰出版公司1994年版。
③ 《大正新修大藏经》,T15N60P183b,台湾新文丰出版公司1994年版。
④ 《大正新修大藏经》,T01N01P4c,台湾新文丰出版公司1994年版。
⑤ 《大正新修大藏经》,T12N378P923b,台湾新文丰出版公司1994年版。

裹以弊秽物,弃之在旷野。(东晋佛陀跋陀罗译《大方等如来藏经》卷1)①

往昔有群贼,劫掠坏聚落。
剥脱系缚人,大取于财物。(失译《别译杂阿含经》卷6)②

清净广严饰,庄校于诸塔。
或有起石庙,栴檀及沈水。(姚秦鸠摩罗什译《妙法莲华经》卷1)③

如是人难得,是故叹希有。
不但叹于汝,亦叹外诸论。(姚秦鸠摩罗什译《大庄严论经》卷1)④

若人能布施,断除于悭贪。
若人能忍辱,永离于嗔恚。
若人能造善,则远于愚痴。
能具此三行,速至般涅槃。
(刘宋求那跋陀罗译《过去现在因果经》卷4)⑤

---

① 《大正新修大藏经》,T16N666P458c,台湾新文丰出版公司1994年版。
② 《大正新修大藏经》,T02N100P412c,台湾新文丰出版公司1994年版。
③ 《大正新修大藏经》,T09N262P8c,台湾新文丰出版公司1994年版。
④ 《大正新修大藏经》,T04N201P260c,台湾新文丰出版公司1994年版。
⑤ 《大正新修大藏经》,T03N189P651—652a,台湾新文丰出版公司1994年版。

考察以上诸例,介于动词与宾语之间的"于"并无实际语义,其去留并不妨碍句子意义的表达,衬字足句的作用十分明显。对此现象,周一良曾指出:"(于)大约最先是在韵文中凑字数,逐渐在散文里也流行起来。虽然文人著作里没有沿用,唐代变文和讲经文里却数见不鲜,而且变本加厉。第一,因为讲经文是敷衍佛经,变文也多采取佛典资料,逐渐受它影响。第二,因为民间作家比较自由,不受传统的拘束,并不认为这个用法有什么不合。"① 颜洽茂认为:"由于'于'身兼介、助、连、语气词多种功能,先秦作为助词在诗文中有凑足音节、舒缓语气的作用,它的语法位置又常处于动词之后,这三者的结合使之成为译经动宾之间助词填充物的最合适'词选'。"② 陈祥明在考察了动宾之间的"于"在汉语各个发展阶段的大致使用情况后,认为这类"于"的性质为助词,主要用来舒缓语气、凑足音节。"在东汉后在翻译佛经中动宾间'于'的用法得到了扩展,但这种用法以后只在接近口语的俗文学语言作品,如敦煌变文、元杂剧以及明清白话小说中保存了下来,在正统的中土文言文献中,动宾间用'于'的用法在西汉后一直处于残存消亡的状态(即使有也只是仿古的语言现象),并没有能够得以'复活'。"③

译经中的诸多用例可以证明,"而""于"的此类用法主要是为满足句式整齐化的要求而产生。与此类似,译经文体形式的

---

① 周一良:《周一良学术论著自选集》,首都师范大学出版社 1995 年版,第 432 页。
② 颜洽茂:《佛教语言阐释——中古佛经词汇研究》,杭州大学出版社 1997 年版,第 212 页。
③ 陈祥明:《先秦至六朝汉语中"于"的一种用法辨析》,《大理师专学报》2000 年第 4 期,第 60 页。

制约在很大程度上促成了某些语法现象的产生与发展。

　　译经中,为了凑足五言、七言等齐整的偈颂句式,除了利用虚词填补音节之外,还不惜割裂词语以及语义来足句,因此,译经偈颂经常会出现语音停顿与语义逻辑互不一致的情形。例如:

> 我所以于无,数劫以妻子。
>
> 舍国及头目,用索佛法故。
>
> 无行者用供,养故坏佛法。
>
> 便展转起诤,欲得供养故。
>
> 时坐八十亿,人垂泪而言。
>
> 若法尽时吾,等当护后法。
>
> 说经动三千,刹诸天散华。
>
> 快善哉世间,人乃闻是经。(吴支谦译《佛说慧印三昧经》)①

　　为营造齐整的句式效果,无数劫、供养、吾等、三千刹、八十亿人等词语被拆分在前后两句之中,连读起来才能准确获知完整句意。

　　又如:

> 我自念无央,数恒边沙劫。

----

① 《大正新修大藏经》,T15N632P465b,台湾新文丰出版公司 1994 年版。

　　尔时于世有,佛名为福明。(吴支谦译《佛说慧印三昧经》)①

　　此偈中,词组"无央数"被拆分在前后两句之中,本应紧密结合在一起的动宾"有"与"佛"也被截然分开在两句之中。

　　邻国所以,来讨我国。

　　正为人民,库藏珍宝。(吴支谦译《菩萨本缘经》卷上)②

　　此偈中,"邻国所以来讨我国,正为人民、库藏、珍宝"语义上为一完整句子,为形成偈颂句式,分别被划分在四个句子之中。

　　汝今已建立,希有之功德。

　　最后得供饭,佛及比丘僧。(东晋法显译《大般涅槃经》卷中)③

　　此偈中,"建立希有之功德""供饭佛及比丘僧"皆为结合紧密的动宾式结构,为形成五言句式,"建立"与"希有之功德""供饭"与"佛及比丘僧"分别被划分在前后句子当中。

　　我欲弃捐此,朽故之老身。

---

① 《大正新修大藏经》,T15N632P464c,台湾新文丰出版公司 1994 年版。
② 《大正新修大藏经》,T03N153P55a,台湾新文丰出版公司 1994 年版。
③ 《大正新修大藏经》,T01N07P197b,台湾新文丰出版公司 1994 年版。

> 今已舍于寿,住命留三月。
>
> 所应化度者,皆悉已毕竟。
>
> 是故我不久,当入般涅槃。(东晋法显译《大般涅槃经》卷上)①

此偈中,为形成五言句式,语义上本应紧接一起的"此朽故之老身","不久当入般涅槃",分别被划分在前后两句之中。

上述例子进一步说明,译经中文体句式的制约作用无形而又强大,在其制约之下,各式破格的语法逐步发展起来。

从词平面观之,为满足偈颂各式对字数的要求,最为常见的方法是利用同义或近义词语连文凑足音节。以译经中的三音节同义连用词语为例,这些形式多半并非出于表义需求而产生,更有可能是为满足句式需求而进行的临时拼凑,因为就表义而言,以下加点的三音形式中,任一单音词的意义都与连文之后的整体意义相同,但就形式而言,连文之后的三音形式显然都更易凑足音节,整齐句式。

> 淑女年幼童清净,颜貌端正殊妙好。
>
> 一一观容无等伦,吾意志愿共和同。(西晋竺法护译《生经》卷1)②

> 吾心常存志在卿,心怀恩爱思想念。

---

① 《大正新修大藏经》,T01N07P193a,台湾新文丰出版公司1994年版。

② 《大正新修大藏经》,T03N154P71a,台湾新文丰出版公司1994年版。

以是之故而相问，当以何法而得会。（西晋竺法护译
《生经》卷 1）①

晓了知世间，于尘离尘垢。
比丘无忧患，心无所染著。（刘宋求那跋陀罗译《杂阿
含经》卷 49）②

所应化度者，皆悉已毕竟。
是故我不久，当入般涅槃。（东晋法显译《大般涅槃经》
卷 1）③

随汝之所欲，则与不违心。
应时使梵志，皆得欢喜悦。（西晋竺法护译《生经》卷
5）④

所贵能修福，除灭去众恶。
净修梵行者，是名为长老。（姚秦鸠摩罗什译《大庄严
论经》卷 1）⑤

设得为国长，横制于万民。

---

① 《大正新修大藏经》，T03N154P71b，台湾新文丰出版公司 1994 年版。
② 《大正新修大藏经》，T02N99P362a，台湾新文丰出版公司 1994 年版。
③ 《大正新修大藏经》，T01N07P193a，台湾新文丰出版公司 1994 年版。
④ 《大正新修大藏经》，T03N154P101b，台湾新文丰出版公司 1994 年版。
⑤ 《大正新修大藏经》，T04N201P261b，台湾新文丰出版公司 1994 年版。

以至地狱界，考治百亿年。

堕于镬汤中，在釜而见煮。

以火烧煮之，譬若如煮豆。（西晋竺法护译《修行地道经》卷 3）①

若能劝助德具足，若复执持讽诵读。

众生不能尽思际，何况闻之能奉行。（西晋竺法护译《贤劫经》卷 8）②

父母诸尊长，兄弟亲眷属。

实非阿罗汉，自显罗汉德。（刘宋求那跋陀罗译《杂阿含经》卷 4）③

能谛晓了是，慧印三昧者。

其福欲譬之，若海取一滴。（吴支谦译《佛说慧印三昧经》）④

所有僮仆奴，教学立其信。

随如方便随，令人得乐法。（吴支谦译《佛说维摩诘经》卷 2）⑤

---

① 《大正新修大藏经》，T15N60P203c，台湾新文丰出版公司 1994 年版。
② 《大正新修大藏经》，T14N425P64b，台湾新文丰出版公司 1994 年版。
③ 《大正新修大藏经》，T02N99P29a，台湾新文丰出版公司 1994 年版。
④ 《大正新修大藏经》，T15N632P462b，台湾新文丰出版公司 1994 年版。
⑤ 《大正新修大藏经》，T14N474P530c 台湾新文丰出版公司 1994 年版。

疾病忧悲恼，诸非义盈满。

欲火轮炽然，众难竞来集。（东晋法显译《佛说大般泥洹经》卷 1）①

犹如昼夜，兴大云雨，新水入海。

充盈满实，佛世尊之，无量巨海。

梵志等见，洪满盈溢，便欲以手。

接取洒弃，洒弃巨海，欲令枯竭。（刘宋宝云译《佛本行经》卷 4）②

　　同义或类义连文在汉语中自上古就有，在中古得到较大发展，数量激增。胡敕瑞通过对比东汉佛典与《论衡》的词语指出："三个意义相同或相近的字（实际上都是词）组合在一起，共同表达一个相同或相近的意思，它们之间的结合关系并不紧密，分开可以单独表义。这种结构的三音词语，东汉以前就有，但尚不多见……《论衡》与佛典中这种三字分式三音词语有增无减，而佛典尤多。"③对此类三音节词的增加原因，胡的解释为："恐怕与这一时期复音化的大发展有关。复音化既然可以使两个意义相同（或相近的）字合成一个双音词，那么三个意义相同（或相近）的字结合成一个三音词语应该也是可能的。"④胡敕瑞从双音化

①　《大正新修大藏经》，T12N376P859a，台湾新文丰出版公司 1994 年版。
②　《大正新修大藏经》，T04N193P85b，台湾新文丰出版公司 1994 年版。
③　胡敕瑞：《〈论衡〉与后汉佛典词语比较研究》，巴蜀书社 2002 年版，第 280 页。
④　胡敕瑞：《〈论衡〉与后汉佛典词语比较研究》，巴蜀书社 2002 年版，第 282 页。

的总趋势分析三音同义词语的形成原因,不无道理。但具体到为何佛典之中出现了如此众多的三音同义词语,朱庆之的说法似乎更为精当:"为了满足这种文体,翻译家一方面尽力搜求汉语已有的双音词,另一方面则不得不临时创造一些双音甚至多音的表义形式。……可以肯定,这些双音形式的产生大都不是出于表意的需要,它们只是原有的单音词的同义扩展,它们当中的一部分可能来自口语,另一部分则是翻译佛典时的创造。"①与双音同义词语类似,译经中三音节同义词语多半也是为凑足音节而进行的拼凑,同样,当三音节仍然无法满足音节需求时,便会产生四音甚至更多音节的同义连用形式。因此,译经特殊文体形式的制约应该是一大批三音乃至多音节词语产生的直接原因。

为满足偈颂固定字数的要求,译经者一方面利用同义连文等方法扩充音节以足句,另一方面还采取省缩词语音节的办法整齐句式。例如:

> 时菩萨母,手攀树枝,不坐不卧。时四天子,手奉香水,于母前立言:"唯然天母,今生圣子,勿怀忧戚,此是常法。"
> 尔时世尊,而说偈言:
> 佛母不坐卧,住戒修梵行。
> 生尊不懈怠,天人所奉侍。(后秦佛陀耶舍共竺佛念译

---

① 朱庆之:《试论佛典翻译对中古汉语词汇发展的若干影响》,《中国语文》1992 年第 4 期,第 302 页。

《长阿含经》卷 1)①

此偈中的"不坐卧"与散体中的"不坐不卧"相对应,显然是为满足五言句式而进行的缩略。除此之外,外来词的缩略也体现出文体的制约,如:

比丘及尼清信士,奉玄妙法上义句。
常以经道衰世间,宣畅方等普流化。(后汉支娄迦谶《般舟三昧经》卷 2)②

是故比丘比丘尼,及清信士清信女。
持是经法嘱汝等,闻是三昧疾受行。(后汉支娄迦谶《般舟三昧经》卷 3)③

如来今者集大会,难见犹如优昙花。
若有信心成就者,悉为听法至佛所。(北凉昙无谶《大方等大集经》卷 1)④

愿共父王到佛所,礼拜供养大法王。
诸佛世尊甚难值,亦如优昙波罗华。(北凉昙无谶《大

① 《大正新修大藏经》,T01N01P4b,台湾新文丰出版公司 1994 年版。
② 《大正新修大藏经》,T13N417P911c,台湾新文丰出版公司 1994 年版。
③ 《大正新修大藏经》,T13N417P919a,台湾新文丰出版公司 1994 年版。
④ 《大正新修大藏经》,T13N397P2b,台湾新文丰出版公司 1994 年版。

方等大集经》卷 16)①

> 愿母放我等，出家作沙门。
> 诸佛甚难值，我等随佛学。
> 如优昙钵罗，值佛复难是。
> 脱诸难亦难，愿听我出家。（姚秦鸠摩罗什《妙法莲华
> 经》卷 7)②

以上例句中，"尼""比丘尼"的梵文原词为 Bhiksuni，"优昙
钵罗""优昙花""优昙波罗华"的梵文原词为 Udumbara。显而
易见，此二词无论译为何种音节形式，均能够适应五言、七言等
各种偈颂句式，应该说，这是译经者的有意为之。类似的几种节
译形式与全译形式并存的外来词在译经中比比皆是，究其根本
原因，是为适应汉语语言习惯及发展规律而出现，但译经句式的
限制因素也不可忽略，因其为一些缩略形式的产生提供了先决
条件。

综上，由于译经"偈颂体"对句子字数的限制，译经者不得不
人为地创造出许多新的语言形式以适应文体需求。由于这种创
造，语言中增加了许多新的语法现象以及词语形式，当然，这些
语言现象中一些是不稳固的、临时性的，但一些却随着宗教的传
播渗透到汉语文献之中，逐渐成为常见的词汇或语法现象。

---

① 《大正新修大藏经》，T13N397P108c，台湾新文丰出版公司 1994 年版。
② 《大正新修大藏经》，T09N262P60a，台湾新文丰出版公司 1994 年版。

第4章　汉译佛典"四字体"论析

就文体形式而论,佛典主要包含修多罗、伽陀、祇夜这三类最基本的文体形式。梵文原典中,"伽陀"与"祇夜"均为诗歌体式,"修多罗"则是与之相对应的散文形式,诗体与散体交替进行,构成了梵文佛典的主要文体特征。与原典文体相对应,偈散结合,构成了汉译佛典的主要文体特征。然而,在梵文原典中,散体"修多罗"对句子字数并无要求,句式自由灵活,汉译之后,散体不"散",并逐渐形成了以四字为主的独特面貌。

4.1　汉译佛典"四字体"发展概述

任何一种文体的形成都不可能一蹴而就,汉译佛典"四字体"①的定型也并非一朝一夕之事。荷兰学者 Erik Zürcher 在谈及早期佛经风格时曾指出:"按时间顺序来考察就可以发现其中包含着明显的层次,甚至在中国佛教活动的这个最初阶段,我

---

① "四字体"是指汉译佛典非偈颂部分以四字一句为主的行文格式,为便于表述采用"四字体"之名。

们也看到从异域传入中国的异己文化逐渐被消化。"①同样,若以译经先后时间为序纵览佛典,不难发现,从东汉至六朝,汉译佛典散体形式也经历了一个逐步发展的过程。

早期汉译佛典中,散体形式一如原典,对句式、字数的多少没有限制。盖由于此时翻译实践尚处草创之际,梵客华僧"或善胡义而不了汉旨,或明汉文而不晓胡意"②,译经往往是"听言揣意,方圆共凿,金石难和,椀配世间,摆名三昧,咫尺千里,觌面难通"③,因而译经者多采用"敬顺圣言,了不加饰"④的翻译方式,主要关注经义的再现,文体形式则不拘一格。如以安世高与支娄迦谶为代表的早期译经者,译经时三字、四字、五字、七字等各种句式参差错落。

　　时有千比丘、诸天神,皆大会,侧塞空中。于是有自然法轮飞来,当佛前转,佛以手抚轮,曰:止。往者吾从无数劫来,为名色转,受苦无量,今者痴爱之意已止,漏结之情已解,诸根已定,生死已断,不复转于五道也。轮即止。(后汉安世高译《佛说转法轮经》)⑤

　　去是间二万里,国名揵陀越。王治处其国丰熟,炽盛富

①　许理和:《关于初期汉译佛经的新思考》,《汉语史研究集刊》第 4 辑,巴蜀书社 2001 年版,第 287—312 页。
②　僧祐:《出三藏记集》,中华书局 1995 年版,第 14 页。
③　赞宁:《宋高僧传》,中华书局 1987 年版,第 53 页。
④　僧祐:《出三藏记集》,中华书局 1995 年版,第 264 页。
⑤　《大正新修大藏经》,T02N09P503b,台湾新文丰出版公司 1994 年版。

乐,人民众多。其城纵广四百八十里,皆以七宝作城,其城
七重,其间皆有七宝琦树,城上皆有七宝,罗縠缇缦以覆城
上,其间皆有七宝交露间垂铃,四城门外皆有戏卢,绕城有
七重池水。(后汉支娄迦谶译《道行般若经》卷9)①

　　稍后的译经中,随着翻译实践的渐入佳境,不仅经义的表达
较先前更为畅达,文体形式也呈现出一些前所未有的特点,散体
句式渐趋整饬,四字句的运用愈来愈多。在支曜译《成具光明定
意经》,康孟详译《修行本起经》《中本起经》三经中,首先出现了
大篇幅齐整有序的四字句。

　　　于时有贵姓子,名曰善明,从同辈五百,人人各有侍者,
执盖相随,来诣佛所。稽首如来足下,起住观众四面甚盛。
仰视空中,率皆上人。天尊在座,端严直立。兴心念言:今
日大福,遇此众会。欲设饮食,以供一日。计身所有,不能
供办,施不等接,则非施也,我将如何?(后汉支曜译《佛说
成具光明定意经》)②

　　　于时鹿园中间,有大众会,饮食歌舞。时有一女,端正
非凡。于会中舞,众咸喜悦,意甚无量。女舞未竟,忽然不
见,众失所欢,惆怅屏营。乃复于彼百步现形,大众驰趣,女

---

① 《大正新修大藏经》,T08N224P471c,台湾新文丰出版公司1994年版。
② 《大正新修大藏经》,T15N630P451,台湾新文丰出版公司1994年版。

引诣佛,奄然隐焉。(后汉昙果共康孟详译《中本起经》卷上)①

至魏晋南北朝时期,译经事业进一步发展并成熟,译人水平的提高、译经程序的规范、译本之原的广至等因素都使得译经的质量较东汉大为提高。从文体形式来看,此期四字句式似已得到译经者的普遍认可,成为译经者在表义明确前提下对文体形式进行的一种共同追求。随意选取两例,以窥一斑:

佛告纯陀及诸弟子:当端汝心,守护汝意,谛自思惟,知身非我身,所有财物,亦非我许。当谛计校所有,父母兄弟妻子,五种亲属,朋友知识,官爵俸禄,念欲得之,无有厌足,谓有益于我身。(吴支谦译《佛说四愿经》)②

乃往久远,无数劫时,有五仙人,处于山薮。四人为主,一人给侍。供养奉事,未曾失意。采果汲水,进以时节。一日远行,采果水浆,懈废眠寐,不以时还。日以过中,四人失食,怀恨饥恚。(西晋竺法护译《生经》卷1)③

当然,四字句是汉译佛典散体的基本句式,而非唯一句式。为避免因文害义,四字句式经常与其他长言短句交错使用。而

---

① 《大正新修大藏经》,T04N196P149b,台湾新文丰出版公司1994年版。
② 《大正新修大藏经》,T17N735P536c,台湾新文丰出版公司1994年版。
③ 《大正新修大藏经》,T03N154P77a,台湾新文丰出版公司1994年版。

且,在不同经文中,四字句的使用情况也不尽相同。[①]

　　为了说明问题,我们以东汉至六朝的十二部佛典作为考察对象,选取每部经中一段约百句的散体经文,分析其中四字句式的比例。四字句式的判定主要依据《大正藏》的断句与我们对句意与节奏的分析。在句意完整的前提下,将八字、十二字句也视为两个或多个四字句。见表 4-1。

表 4-1　部分佛典四字句占散体经文比例分析

朝代	译者	经名	散句句数	四言句数	四言比例
后汉	安世高	《佛说转法轮经》	97	27	28%
后汉	安世高	《道地经》	100	21	21%
后汉	支娄迦谶	《佛说兜沙经》	102	19	19%
后汉	支娄迦谶	《般舟三昧经》	105	21	20%
后汉	支曜	《成具光明定意经》	92	39	42%
后汉	康孟详	《修行本起经》	100	61	61%
吴	支谦	《佛说四愿经》	112	88	79%
西晋	竺法护	《生经》	100	79	79%
东晋	佛陀跋陀罗	《大方等如来藏经》	105	80	76%
东晋	僧伽提婆	《中阿含经》	100	81	81%
姚秦	鸠摩罗什	《妙法莲华经》	118	95	81%
北凉	昙无谶	《大般涅槃经》	89	84	94%

---

① 　据俞理明的研究,本缘部、鸠摩罗什以后译出的经藏和长篇戒律,四言句式的使用率比较高,六朝僧人著作中的四言句式的使用率也很高,密教部和论藏诸经的经文中,四言句式的使用率就很低,许多经文基本不用四言句。(俞理明:《佛经文献语言》,巴蜀书社 1993 年版,第 32 页)

从表 4-1 中反映的情况来看,四字句是贯穿译经始终的一种常用句式,东汉至魏晋六朝的译经中都不同程度地使用了四字句式。相对而言,东汉译经中,四字句所占比例还不算高,尽管支曜、康孟详的两部译经中,四字句式占到了半数甚至更高的比例,但与数量众多的东汉译经相比,这两部译经中的大篇幅四字句式仅属个别现象,应该说,四字特征在东汉末年已经初露端倪,但尚未形成主流文体形式。至魏晋六朝,四字句式在散体经文中的比例明显提高,均占 70% 以上,并且成为译经中较为普遍的文体现象,数量上的绝对优势以及广泛性足以说明,汉译佛典"四字体"在此期正式确立。

4.2　汉译佛典"四字体"成因探讨

从东汉至魏晋南北朝,佛典翻译从草创逐渐走向成熟,散体形式也从最初的并无定制逐渐趋于四字句式。那么,为何四字句最终在汉译佛典定于一尊？对此问题,近年来的学者已从不同角度进行了一些颇有启发意义的思考。例如,朱庆之提出,这种形式是受佛教原典偈颂文体影响而成。[①] 此说受到俞理明的质疑,俞认为,译经四字文体特征与原典散体部分相对应,说它受原典偈颂影响缺乏直接对应性,应该从当时流行的文体形式进行考察。[②] 但是,胡适先生早先便指出,汉译佛典"不曾中那

① 　朱庆之:《佛典与中古汉语词汇研究》,台湾文津出版社 1992 年版,第 11—12 页。
② 　俞理明:《佛经文献语言》,巴蜀书社 1993 年版,第 23 页。

骈偶滥调的毒"①。那么,当时流行的文体究竟是否以及如何影响了汉译佛典文体,尚可进一步研究。丁敏指出,句型短小,有节奏性,便于听、诵、记,是四字句被选用为译经的主要句式的主要原因。② 但是,汉语中的三字句如《三字经》同样短小、易记易诵,何以不选三字而选四字? 此说也存在局限性。受前人研究的启发,我们认为,汉译佛典"四字体"的形成可能与多重因素相关,可以从多个方面进行探讨。

首先,汉译佛典作为融摄印度文化与汉文化的产物,既体现了印度文化的独有风貌,也必然折射出汉文化的时代特征。魏晋六朝时期,尽管不同译者、不同译经在文体上呈现出这样那样的差别,但一个共同的倾向就是尽可能多地使用四字句式。这种普遍的文体现象并非由个别译者一时的兴趣所至引起,更有可能是受到整个时代骈体风尚的影响而发生。

风靡于六朝的骈体并非一时兴起,而是由秦汉以来的散文逐步骈化、演化而成的一种新形式。先秦经史诸子散文中,整齐对称的句式并不鲜见,但散句仍占多数。两汉散文中,骈化的迹象渐趋明显,尤其在赋体作品中,对仗工整的句式往往贯穿全篇。例如,班固的《两都赋》中,全篇以四字句式为主体,张衡的《归田赋》通篇丽辞,无一散句。魏晋六朝,在唯美主义文学思潮的影响下,文人作品更加注重语言形式的声文形文之美,骈体在语言结构上形成的全新模式渐染一切文体。例如:

---

① 胡适:《白话文学史》,百花文艺出版社 2002 年版,第 126 页。
② 丁敏:《佛教譬喻文学研究》,台湾东初出版社 1996 年版,第 550 页。

每念昔日南皮之游，诚不可忘。既妙思六经，逍遥百氏，弹棋闲设，终以六博，高谈娱心，哀筝顺耳。驰骛北场，旅食南馆，浮甘瓜于清泉，沈朱李于寒水。皦日既没，继以朗月，同乘并载，以游后园，舆轮徐动，宾从无声，清风夜起，悲笳微吟，乐往哀来，凄然伤怀。（魏曹丕《与吴质书》）

有贵介公子，缙绅处士，闻吾风声，议其所以。乃奋袂攘襟，怒目切齿，陈说礼法，是非锋起。先生于是方捧罂承槽，衔杯漱醪。奋髯箕踞，枕曲藉糟，无思无虑，其乐陶陶。兀然而醉，豁尔而醒。静听不闻雷霆之声，熟视不睹泰山之形，不觉寒暑之切肌，利欲之感情。（魏刘伶《酒德颂》）

风烟俱净，天山共色。从流飘荡，任意东西。自富阳至桐庐，一百许里，奇山异水，天下独绝。水皆缥碧，千丈见底。游鱼细石，直视无碍。……鸢飞戾天者，望峰息心；经纶世务者，窥谷忘反。横柯上蔽，在昼犹昏；疏条交映，有时见日。（南朝吴均《与朱元思书》）

《文心雕龙·章句》指出："笔句无常，而字数有常，四字密而不促，六字格而非缓，或变之以三、五，盖应变之权节也。"[①]就是说，骈体一般以四字、六字句作为主体。在骈体一统天下文坛的

---

① 周振甫：《文心雕龙今译》，中华书局1986年版，第310页。

时代,译经者对于四六这种语言形式应该十分熟悉①,许多佛教撰述如《高僧传》《出三藏记集》《弘明集》等或多或少流露出对中土骈偶文体形式的模仿痕迹。例如:

> 自大教东流,乃译文者众,而传声盖寡。良由梵音重复,汉语单奇。若用梵音以咏汉语,则声繁而偈迫;若用汉曲以咏梵文,则韵短而辞长。是故金言有译,梵响无授。(梁慧皎《高僧传》卷 13)

> 夫意也者,众苦之萌基,背正之元本。荒迷放荡,浪逸无崖,若狂夫之无所丽;爱恶充心,耽昏无节,若夷狄之无君。微矣哉,即之无像,寻之无朕,则毫末不足以喻其细;迅矣哉,奔跷惚怳,昫匝宇宙,则奔电不足以比其速。(梁僧祐《出三藏记集》卷 6)

胡适先生曾指出:"两晋南北朝的文人用那骈俪化了的文体来说理,说事,谀墓,赠答,描写风景,造成一种最虚浮,最不自然,最不正确的文体。……外国来的新材料装不到那对仗骈偶的滥调里去。……主译的都是外国人,不曾中那骈偶滥调的

---

① 就来华的译人而言,由于久居中土,博览汉典,已具备了相当的文化素养。如《出三藏记集》卷 13 载,支谦"博览经籍,莫不究练";康僧会"博览六典";竺法护"博览六经,涉猎百家之言"。就中土的助译而言,魏晋之际,僧人与文人交往频繁,僧人译经多有文士润色,如竺法护的助译聂承远父子,擅长文章,译文水准较高,为人称美,而鸠摩罗什的助手学问文章均极优胜。由此可以推断,译经者对于骈体应是熟悉的。

毒。……最初助译的很多是民间的信徒,后来虽有文人学士奉
敕润文,他们的能力有限,故他们的恶影响也有限。"①我们认
为,胡适先生此说未必尽然。骈文的华美辞藻并不适于表达抽
象的佛理,这是正确的。但是,骈文的语言形式风行一时,想不
受其一点影响几乎为不可能。前面提及,魏晋六朝时期的主译
与助译都已具备了较好的语言文化素养,这便为他们在"信"的
前提下追求"达""雅"提供了可能。那么,在能力允许的条件下,
利用人们所熟悉的语言形式米翻译、润饰佛典文体,使之更加适
合中国人的阅读习惯,将会更有利于宗教的传播,译经者何乐而
不为呢?

　　其次,既然汉译佛典"四字体"是骈体文风影响下而发生,那
么,为何四六文体形式中译经者唯独选择了四字而不是六字作
为主流句式?英国柯勒律治谈到文体时曾指出:"文体只能是清
晰而确切地传达意蕴的艺术,不问这个意蕴是什么,作为文体的
一个标准就是它不能在不伤害意蕴的情况下用另外的语言去加
以复述。"②这里的意蕴其实就是文体效果,也就是说为了表达
某一种文体效果,只能有唯一的表达方式,要根据意蕴进行恰当
的选择。③

　　我们认为,译经者之所以选择四字句,与四字句在汉文化中
独特的意蕴即文体效果密切相关。众所周知,四字句是汉语句
子的基本格式,源远流长。汉语发展的历史上,最早的诗集《诗

---

① 　胡适:《白话文学史》,百花文艺出版社 2002 年版,第 98—99 页。
② 　王元化:《文学风格论》,上海译文出版社 1982 年版,第 37 页。
③ 　刘世生、朱瑞青:《文体学概论》,北京大学出版社 2006 年版,第 21 页。

经》以四字句为主,而《诗》中又以"雅""颂"部分四字句所占比例为最高,这充分说明了汉语使用者对四字句式的偏爱,也体现出四字句式的重要历史地位。儒家文化传统重《诗》,并尊《诗》为经典,因而四字句也长期被奉为诗歌的"正体",如挚虞的《文章流别论》认为:"雅音之韵,四言为正,其余虽备曲折之体,而非音之正也。"①刘勰《文心雕龙·明诗》也说:"若夫四言正体,则雅润为本。"②尽管作为一种诗体形式,四字句式后来逐渐式微,为五字所取代,但作为一种典雅庄重,节奏整齐、简洁凝练的"雅正之体",却被广泛运用于各种文体之中,特别是在一些庄重正式的场合,表达郑重恭谨的态度之时,四字句式仍为最主要的媒介形式。如后世的赋、颂、赞、铭、箴、诔、碑等文体中,基本皆以四字句式作为主体。仅举数例:

　　其阳则崇山隐天,幽林穹谷,陆海珍藏,蓝田美玉,商、洛缘其隈,鄠、杜滨其足,源泉灌注,陂池交属,竹林果园,芳草甘木,郊野之富,号曰近蜀。(西汉班固《两都赋》)

　　穆穆我祖,世笃其仁。其德克明,惟懿惟醇。宣慈惠和,无竞伊人。岩岩我考,莅之以庄。增崇丕显,克构其堂。是用祚之,休征惟光。厥征伊何?(后汉蔡邕《祖德颂》)

　　士元弘长,雅性内融。崇善爱物,观始知终。丧乱备

---

①　挚虞:《文章流别论》,《全晋文》,商务印书馆 1999 年,第 819 页。
②　周振甫:《文心雕龙今译》,中华书局 1986 年版,第 332 页。

矣,胜途未隆。先生标之,振起清风。绸缪哲后,无妄惟时。
夙夜匪解,义在缉熙。三略既陈,霸业已基。(西晋袁宏《三
国名臣序赞》)

惟蜀之门,作固作镇。是曰剑阁,壁立千仞。穷地之
险,极路之峻。世浊则逆,道清斯顺。闭由往汉,开自有晋。
(西晋张载《剑阁铭》)

初至承前,未知深浅。然观地形,察土宜,西带恒山,连
罔平代,北邻柏人,乃高帝之所忌也。重以泒水,渐渍疆宇,
喟然叹息。思淮阴之奇谲,亮成安之失策。(魏吴质《在元
城与魏太子笺》)

可以看出,在传统文献尤其是此类正式文体当中,四字"正
体"常被作为主要句式广泛使用。佛法庄严肃穆,佛典文体庄重
正式,以汉语文化传统中具有雅正、庄重特征的四字句式体现这
种宗教文体的文风,无疑是最为合适的,因此在经历了漫长的探
索之后,译经者最终选择了四字而不是其他形式作为汉译佛典
的主流句式,从根本上说,这种选择是符合汉人审美心理的,有
利于宗教的传播与深入人心。

最后,对称平衡、和谐统一是汉民族独特的美学观,生活中,
人们对以成双成对形式出现的事物格外偏好。这种文化心理反
映在语言形式上,便是"以偶为佳"的审美观念。四字句式作为
一种两两相对的音节结构,正好满足了人们"偶语易安"的心理

诉求与韵律习惯。考察四字句语音形式,无论其内部结构如何不同,人们都习惯于把它们读成"二二"的节奏模式。例如:

　　我昔/曾闻,有一/比丘,在一/园中。城邑/聚落,竞共/供养。同出/家者,憎嫉/诽谤。比丘/弟子/闻是/诽谤,白其/师言:"某甲/比丘,诽谤/和上。"时彼/和上,闻是/语已,即唤/谤者,善言/慰喻,以衣/与之。(姚秦鸠摩罗什译《大庄严论经》卷6)①

　　昔者/菩萨,时为/逝心,恒处/山泽,专精/念道,不犯/诸恶。食果/饮水,不畜/微余。慈念/众生/愚痴/自衰。每觌/危厄,没命/济之。行索/果蓏,道逢/乳虎,虎乳/之后,疲困/乏食,饥馑/心荒,欲还/食子。(吴康僧会译《六度集经》卷1)②

　　这些四字句式语音上大多表现为前后两段,同时又呈现出两段一体的均衡节奏与稳定语感。对于四字句式的语音节奏,古人早已注意到。《文心雕龙·章句》云:"四字密而不促。"③虽然字数紧密,句式短小,但音节并不急促。句子的节奏与人的呼吸相应,节奏均衡自然易于诵读,而节奏鲜明发音又会比较清晰。佛教重视诵读的教化作用,认为好的诵读能够使人"听音可

---

① 《大正新修大藏经》,T04N201P292c,台湾新文丰出版公司1994年版。
② 《大正新修大藏经》,T03N152P2b,台湾新文丰出版公司1994年版。
③ 周振甫:《文心雕龙今译》,中华书局1986年版,第335页。

以娱耳,聆语可以开襟"。四字句语音节奏均匀而清晰,可以很好地满足佛教诵读教化的需求。若不采用四言短句,而用结构复杂的长句,不仅诵读起来呼吸紧促,听闻起来也不容易理解与记忆。

从语音风格来看,四字句式"二二"一顿,节奏简洁、自然、和谐、平稳,这与儒家"以中正平和为原则,以庄严肃穆为标准"①的礼乐文化精神基本一致,也与佛教庄严肃穆的整体风格相互吻合。从接受者的角度来看,平稳和谐的音声效果更容易使人沉静,也更容易将人带入庄重宏远的宗教氛围之中。综上种种,四字句语音上的优势可能也是其成为译经主流句式的原因之一。

4.3   汉译佛典"四字体"影响分析

文体特征必然表现为一定的语言形式,文体与语言关系密切。那么,汉译佛典"四字体"形成之后,在语言方面又产生了哪些影响? 以下我们将通过例举,分析四字句式的构成,反观其带来的一些具体影响。

---

① 儒家重视乐教,认为:"乐者,德之华也。"强调音乐必须配合道德,以中正平和为原则,以庄严肃穆为标准,反对繁声淫奏,提倡简单、庄重、自然,所谓"大乐必易,大礼必简","大乐与天地同和,大礼与天地同节","广其节奏,省其文采"。(刘焕阳:《节奏与中国古代诗歌体式的演变》,《烟台师范学院学报》1994 年第 3期,第 25 页)

4.3.1　"足四"对句平面的影响

"四字体"对字数具有严格的规定性,这一点无形地制约着译经者的遣词造句。措词时,译经者不得不充分考虑到词语对四字句式的适应性,灵活择用语言中现有的单音节或者双音节词语。当找不到适合的单音节或双音节词以凑足四字时,译经者往往会通过增删词语等方式,有意识地对句式进行调控。以元魏慧觉等译《贤愚经》中被动意义的几种表达形式为例:

常见的表达形式是"为……所 V":

无由致死,复作是念:当犯官法,为王所杀。(《贤愚经》卷 1)①

我从久远,为汝所困,轮回三界,酸毒备尝。(《贤愚经》卷 1)②

自责罪咎,而作是言:"我种何罪? 为夫所憎。"(《贤愚经》卷 2)③

数旬之中,复出劫盗,为主所觉。(《贤愚经》卷 3)④

---

① 《大正新修大藏经》,T04N202P355b,台湾新文丰出版公司 1994 年版。
② 《大正新修大藏经》,T04N202P352a,台湾新文丰出版公司 1994 年版。
③ 《大正新修大藏经》,T04N202P357c,台湾新文丰出版公司 1994 年版。
④ 《大正新修大藏经》,T04N202P368a,台湾新文丰出版公司 1994 年版。

还有在"为……所 V"基础上形成的两种变式。一是删减虚词"为",略为"……所 V"：

众生之类，尘垢所弊，乐着世乐，无有慧心。(《贤愚经》卷 1)①

佛于是日，口中放光，金色赫奕，遍大千土，光明所触。(《贤愚经》卷 2)②

饥饿所逼，现身从乞所担之食。(《贤愚经》卷 3)③

二鸟闻法，喜悦诵习……其暮宿树，野狸所食。(《贤愚经》卷 12)④

二是增加虚词"之"，形成"为……之所 V"式：

我在家时，为家大小/之所刺恼。(《贤愚经》卷 4)⑤

我通事时，每为黄门/之所抴缩。(《贤愚经》卷 1)⑥

---

① 《大正新修大藏经》，T04N202P349a，台湾新文丰出版公司 1994 年版。
② 《大正新修大藏经》，T04N202P362c，台湾新文丰出版公司 1994 年版。
③ 《大正新修大藏经》，T04N202P037b 台湾新文丰出版公司 1994 年版。
④ 《大正新修大藏经》，T04N202P436c，台湾新文丰出版公司 1994 年版。
⑤ 《大正新修大藏经》，T04N202P377c，台湾新文丰出版公司 1994 年版。
⑥ 《大正新修大藏经》，T04N202P353c，台湾新文丰出版公司 1994 年版。

　　此诸人等,世世常为/鸯仇摩罗/之所杀害。(《贤愚经》卷 11)①

　　今来出家,望得休息,而复为此/诸年少辈/之所激切。(《贤愚经》卷 4)②

　　可以看到,在同一经中,采用何种被动意义的表达形式,主要是服从句式需要。在"为……所 V"式中,"为""所"之后皆为单音节词,凑足四字。在"……所 V"式中,由于"为"引进的对象为双音节词,"所"后为单音节词,便略去"为",凑足四字。在"为……之所 V"式中,语义上"为……之所 V"为完整一句,但由于"之"的衬入,节奏上仍可划分为两个或多个四字句式。以上三种形式表义相同,理论上可以互相替换,但事实上,它们在译经中各得其所,并不互换,因为一旦互换,便破坏了四字一顿的韵律节奏。柳士镇先生在考察了《百喻经》中全部二十三例"为……之所 V"被动式后也认为,译经中"……所 V"式与"为……之所 V"式主要是适应句式节奏的需要而出现。③

　　上例说明,通过增删二途,译经有效地实现了凑足四字的目

①　《大正新修大藏经》,T04N202P427a,台湾新文丰出版公司 1994 年版。
②　《大正新修大藏经》,T04N202P377c,台湾新文丰出版公司 1994 年版。
③　"为……之所 V"被动句在大量运用了"为……所"式被动句的《史》《汉》《三国志》中均称少见。……"为……之所"式被动句的出现是文句中调整音节的需要,直接受到文章语体风格的制约,因不宜运用"为……所"式被动句,才产生了这一变式。(柳士镇:《〈百喻经〉中的被动式》,《南京大学学报》1985 年第 2 期,第 36 页)

的,同时也说明,译经中不少表达形式的生成与这种调控密切相
关。当然,一种语法现象的产生途径并不是单一的,文体形式的
影响仅为我们提供了一个思考问题的角度。

4.3.2 "足四"对词平面的影响

前文提到,四字句的基本节奏模式为"二二"式,这种节奏模
式需要语言中有大量的双音形式作为基础,然后这些双音形式
两两组合,形成四字句式。也就是说,"足四"层面之下还隐含着
一个"足二"的过程。为满足四字"二二"节奏对双音形式的需
要,译经者往往采取同义连文、添加词缀、省缩音节等方式延长
或简缩词语形式。不可否认,由于译经者的这些努力,语言中生
成了众多的双音新形式。

译经中,最常见的构造双音新形式的方法为同义或近义连
文。这其中,有些形式并非出于表义需求而产生,更有可能是为
满足句式需求而进行的临时拼凑。例如:

恣民所欲,布施讫竟,贫者皆富。(吴康僧会译《六度集
经》卷 2)①

佛及大众,饭食讫已,却钵澡手。(高齐那连提耶舍译
《月灯三昧经》卷 2)②

---

① 《大正新修大藏经》,T03N202P8b,台湾新文丰出版公司 1994 年版。
② 《大正新修大藏经》,T15N639P561c,台湾新文丰出版公司 1994 年版。

尊者罗云,遥见佛来,即便往迎。(东晋僧伽提婆译《中阿含经》卷 3)①

若我虚妄,应即燋死。(元魏吉迦夜与昙曜共译《杂宝藏经》卷 10)②

世尊先昔,本何因缘,发此大乘,无上之心。(元魏慧觉等译《贤愚经》卷 10)③

作种种衣,持用奉佛。(元魏慧觉等译《贤愚经》卷 13)④

　　从表义上看,以上加点的双音形式中,任一单音词的意义都与连文之后的整体意义相同。从形式上看,连文之后的双音形式与其中任一单音节词相较,显然更易与其他双音形式再度组合,形成四字句式。当然,这些新生的双音形式中,有些并不稳固,只是临时性用法,如"先昔""讫已"仅见于佛经,"讫竟"多用于佛经,中土文献鲜见。有些则由于使用频繁而为中土文献袭用,逐渐纳入汉语词汇系统,如"应即""即便",《周书》卷 34《列传第二十六》:"灵洗乃以大舰临逼,拍干打楼,应即摧碎,弓弩矢

①　《大正新修大藏经》,T01N26P436a,台湾新文丰出版公司 1994 年版。
②　《大正新修大藏经》,T04N203P497b,台湾新文丰出版公司 1994 年版。
③　《大正新修大藏经》,T04N202P421b,台湾新文丰出版公司 1994 年版。
④　《大正新修大藏经》,T04N202P439a,台湾新文丰出版公司 1994 年版。

石,昼夜攻之。"《后汉书》卷66《陈王列传第五十六》:"侵暴百姓者,即便举奏,更选清贤奉公之人。"

值得注意的是,虚词同义连文现象在译经中十分突出,如仅以"皆、悉、咸、俱、普、共、都、尽"几个单音节词为例,几经组合,便形成了"皆悉、皆共、皆同、皆尽","悉皆、悉共、悉遍、悉都","咸共、咸皆、咸悉、咸同","俱共、俱同","普悉、普皆、普共","共同、共俱","尽皆、尽共","都悉"等一系列复式虚词。我们认为,这固然是适应汉语词汇双音化发展趋势的必然结果,但同时也不能忽略佛典文体句式的影响,因为在译经中,其凑足音节,形成四字的特点十分明显。

译经中,较为常用的构造双音新形式的方式还有加缀法,即通过添加一些"于义为缀,于音则所以足词"的构词成分,补足音节,将原本不足四字的形式凑成四字结构。例如:

其妇端正殊好,见夫舍家作沙门,便复行嫁。(西晋竺法护译《生经》卷1)①

女人年五百岁乃行出嫁(吴康僧会译《六度集经》卷8)②

其人困极,遍求子妇,无肯与者。(西晋竺法护译《生

_____

① 《大正新修大藏经》,T03N154P70a,台湾新文丰出版公司1994年版。
② 《大正新修大藏经》,T03N152P49c,台湾新文丰出版公司1994年版。

经》卷 4)①

一国远之，行求子妇，无肯与者。（西晋竺法护译《生
经》卷 4)②

四远乞者，来诣其国。闻此急教，不敢行乞。（西晋竺
法护译《生经》卷 3)③

尊者满慈子过夜平旦，着衣持钵，入舍卫国而行乞食。
（东晋僧伽提婆译《中阿含经》卷 2)④

彼于异时，其人不现，普遍行索，不知所凑，观察藏中，
大亡财宝，不可称计，见无财宝，遍行求索，不知所凑。（西
晋竺法护译《生经》卷 1)⑤

这些句子中，"行"既可附于单音节前，也可附于双音节前，
构成双音或多音新形式。对比"行嫁"与"行出嫁"，"行求""行
索"与"行求索"，"行乞"与"行乞食"，不难看出，"行"本身的意义
在此处已经弱化，去留并不影响意义的表达，其存在的主要作用
为凑足音节，形成四字。

① 《大正新修大藏经》，T03N152P96c，台湾新文丰出版公司 1994 年版。
② 《大正新修大藏经》，T03N152P96c，台湾新文丰出版公司 1994 年版。
③ 《大正新修大藏经》，T03N152P91c，台湾新文丰出版公司 1994 年版。
④ 《大正新修大藏经》，T01N26P430b，台湾新文丰出版公司 1994 年版。
⑤ 《大正新修大藏经》，T03N152P72b，台湾新文丰出版公司 1994 年版。

又如"复"的添加：

汝等若饥，欲须食者，来取我肉，若复食饱，可赍持去。（元魏慧觉等译《贤愚经》卷7）①

虽得医药，糜粥含之，必复苦极，不能消化。（西晋竺法护译《生经》卷2）②

其人家富，既复豪贵，妇家贫侠，且复不贵，见彼家富，贪与其女。（西晋竺法护译《生经》卷4）③

譬如愚人，与淫女通。而彼淫女，巧作种种谄媚现亲，悉夺是人所有钱财，钱财既尽，便复驱逐。（东晋法显译《大般涅槃经》卷13）④

设复有人，得十万车金，亦不如以一钵之食，施持戒者。（元魏吉迦夜与昙曜共译《杂宝藏经》卷4）⑤

以上句子中，"复"附于单音节语素后，只起轻微的附加作用，所构成的双音新形式的意义主要在前一个语素上。如"若复

---

① 《大正新修大藏经》，T04N202P402b，台湾新文丰出版公司1994年版。
② 《大正新修大藏经》，T03N154P83a，台湾新文丰出版公司1994年版。
③ 《大正新修大藏经》，T03N154P96c，台湾新文丰出版公司1994年版。
④ 《大正新修大藏经》，T12N07P440c，台湾新文丰出版公司1994年版。
⑤ 《大正新修大藏经》，T04N203P470b，台湾新文丰出版公司1994年版。

食饱"即"若食饱","必复苦极"即"必苦极","既复豪贵"即"既豪贵",等等,"复"的存在主要是为协调音节,构成四字句式。类似"行""复"的构词语素在译经中还有很多,如"为、加、取、自、当、相、修",等等,不一一例举。

除了利用同义连文、添加词缀等方式扩充音节凑足四字外,译经者还经常采取省缩音节的办法整齐句式,凑足四字。例如:

美音问曰:道士何来? 今欲所之? (后汉昙果共康孟详译《中本起经》卷 2)①

主人问曰:卿至何所? 而所从来? (西晋竺法护译《生经》卷 1)②

有人问言:汝所乘马,今为所在? 何以不乘? (萧齐求那毗地译《百喻经》卷 4)③

若有人问:汝前火聚,然从何来? 灭何所至? (东晋法显译《大般涅槃经》卷 39)④

如子见父,因相劳问:何所从来? (西秦圣贤译《太子须

① 《大正新修大藏经》,T04N196P157a,台湾新文丰出版公司 1994 年版。
② 《大正新修大藏经》,T03N154P78a,台湾新文丰出版公司 1994 年版。
③ 《大正新修大藏经》,T04N209P554c,台湾新文丰出版公司 1994 年版。
④ 《大正新修大藏经》,T12N07P597a,台湾新文丰出版公司 1994 年版。

大挈经》)①

　　行远问言：摩诃斯那，为何所在？答某房中。（元魏慧
觉等译《贤愚经》卷4)②

　　对比前后三例，"所"与"何所"表义相同，"所"应为"何所"的
省缩形式。在前三例中，若采用"何所"，势必影响四字结构的形
成，因此，在借助语境可以明确省缩形式意义的情形下，"何所"
省为"所"，便于形成四字，和谐韵律。
　　又如，"四字体"中，原有多音节外来词常因受到字数限制而
省缩为三音节、双音节或者单音节词。

　　须陀洹人，尚不犯禁，况阿罗汉。若长老言，我是罗汉，
阿罗汉者，终不生想，我得罗汉。（东晋法显译《大般涅槃
经》卷18)③

　　明旦如来，唯将目连，往诣王宫，上殿而坐。（后汉昙果
共康孟详译《中本起经》卷1)④

　　时目犍连，还阿难所，语阿难言，吾已为汝，启请三事。

---

① 《大正新修大藏经》，T03N171P419b，台湾新文丰出版公司1994年版。
② 《大正新修大藏经》，T04N202375a，台湾新文丰出版公司1994年版。
③ 《大正新修大藏经》，T12N07P473c，台湾新文丰出版公司1994年版。
④ 《大正新修大藏经》，T04N196P155c，台湾新文丰出版公司1994年版。

（东晋法显译《大般涅槃经》卷 36）①

　　尔时世尊，心自思惟：过去诸佛，用钵多罗，而以盛食。
（刘宋求那跋陀罗译《过去现在因果经》卷 3）②

　　有一猕猴，持佛钵去。诸比丘诃，恐破佛钵。（东晋僧
伽提婆译《中阿含经》卷 8）③

　　以上加点词语中，"阿罗汉""罗汉"梵文原词为"Arhat"；
"目犍连""目连"梵文原词为"Maudgalyāyana"；"钵多罗""钵"
梵文原词为"Pātra"。显而易见，这些句子中的外来词无论译为
何种音节形式，均可适应四字一顿的句式节奏。当然，译经中这
种外来词的省缩现象主要是受汉语语音特点的制约而出现，但
同时，译经句式所限也是重要的外因之一，四字句为一些缩略形
式的产生提供了先决条件。
　　汉语词汇发展有许多内在和外部的因素，汉译佛典"四字
体"形成之后，成为重要的外因之一，在译经中产生了一些重要
的影响。如前所举，语言中许多表达形式的生成与译经者对四
字句式的调控密不可分，同时，为满足四字"二二"节奏而生成的
大量双音形式，既适应了汉语词汇在魏晋六朝的双音化发展趋
势，客观上也对汉语的双音化起到了一定的促进作用。

---

① 　《大正新修大藏经》，T12N07P849c，台湾新文丰出版公司 1994 年版。
② 　《大正新修大藏经》，T03N189P643b，台湾新文丰出版公司 1994 年版。
③ 　《大正新修大藏经》，T01N26P471a，台湾新文丰出版公司 1994 年版。

第5章　经藏文体分析

经藏分为大乘经与小乘经。就造经方式而言,小乘经主要是通过公开结集的方式而产生,大乘经则是通过一批大乘学者以匿名编集的方式产生,虽然有大乘为文殊、弥勒等于铁围山与阿难共同结集之说,但可信成分少。就经文主旨而言,小乘经主要宣说四谛、十二因缘等佛教义理,大乘经所说侧重成佛之途径,菩萨道之内涵,六波罗蜜、佛性等教义。就经中主要角色而言,小乘经的主要人物为释迦牟尼佛及其弟子,大乘经中则是十方诸佛与众菩萨等。就表述形式而言,小乘经多为释迦牟尼佛的言行实录,而大乘经多玄想与虚构的成分。由于造经方式、思想内容、表述方式等方面的差异,大乘经与小乘经在文体上呈现出不同的特点。

5.1　小乘经

在林林总总的小乘经典中,阿含经占有十分重要的地位,为小乘佛教之根本经典。《长阿含经·序》谓阿含经乃"万善之渊府,总持之林苑"①。《翻译名义集》译"阿含"为"无比法",言阿含典籍为法之最上者。因此,本节中将以阿含经作为主要考察对象,分析其文体特征。

5.1.1　章法特征

5.1.1.1　固定的起首与结尾

小乘阿含经由众多聆听过佛陀教导的弟子们共同结集,以会诵的方式来组织经文内容。经文通常以"如是我闻,一时佛在……""我闻如是,一时,佛在(游)……""闻如是,一时,佛在……""如是我闻,一时,佛住……"等形式开头,记录佛陀确实曾经历过这些事情。紧接着交代说法的时间、地点、对象以及因由等,围绕某一主题展开具体说法内容,最后以听者"闻佛所说,欢喜奉行""闻佛所说,欢喜随喜奉行""闻佛所说,踊跃欢喜,作礼而去""闻佛所说,欢喜随喜,作礼而去"或"闻佛所说,皆大欢喜"之类言辞结尾。例如《杂阿含经》卷1讲述"正观"的一段经文,为典型的阿含经叙述模式:

> 如是我闻:一时,佛住舍卫国祇树给孤独园。尔时,世尊告诸比丘:"当观色无常,如是观者,则为正观。正观者,则生厌离;厌离者,喜贪尽;喜贪尽者,说心解脱。如是观受、想、行、识无常,如是观者,则为正观。正观者,则生厌离;厌离者,喜贪尽;喜贪尽者,说心解脱。如是,比丘!心

---

① 《大正新修大藏经》,T31N1593P113a,台湾新文丰出版公司1994年版。

解脱者,若欲自证,则能自证:我生已尽,梵行已立,所作已作,自知不受后有。如观无常,苦、空、非我亦复如是。"时,诸比丘闻佛所说,欢喜奉行!（刘宋求那跋陀罗译《杂阿含经》卷1）[①]

此段经文以"如是我闻"开头,紧接着说明佛陀说法的时间、地点、对象,展开具体的说法内容,最后以比丘"闻佛所说,欢喜奉行"结尾。

5.1.1.2　偈散结合的表达形式

佛陀说法形式不拘一格,既以长行散句平铺直叙,也利用诗歌体式的偈颂随意问答。因此,经文呈现出以散体为主、偈散结合的文体形式。例如《增一阿含经》卷4佛陀讲述"布施之报"的一段经文,在以长行散体叙说之后,又以偈颂形式重复阐述:

尔时,世尊告诸比丘:"如我今日审知众生根原所趣,亦知布施之报。最后一抟之余,己不自食,惠施他人。尔时,不起憎嫉之心如毛发许。以此众生不知施之果报,如我皆悉知之。施之果报,平等之报,心无有异。是故,众生不能平等施而自堕落,恒有悭嫉之心,缠裹心意。"尔时,世尊便说偈曰:

众生不自觉,如来之言教。

常当普惠施,专向真人所。

---

①　《大正新修大藏经》,T31N1593P113a,台湾新文丰出版公司1994年版。

　　　　志性以清净,所获福倍多。

　　　　等共分其福,后得大果报。

　　　　所施今善哉,心向广福田……（东晋僧伽提婆译
《增一阿含经》卷 4)①

　　类似于此,以偈散结合的形式展开说法在经中十分普遍,为
何除了长行散句,经中还要以偈颂形式进行叙事说理?《成实
论》卷 1 谓:"欲令义理坚固,如以绳贯华,次第坚固;又欲严饰言
辞,令人喜乐,如以散华或持贯华,以为庄严;又义入偈中,则要
略易解,或有众生乐直言者,有乐偈说。又先直说法后以偈颂,
则义明了,令信坚固。又义入偈中,则次第相著,亦可赞说。是
故说偈。"②由是可知,偈颂形式简略而蕴含丰富,具有使义理深
入人心,进一步坚定众生信念的说教作用,同时,偈颂言辞庄严
而微妙,诵读时可使人心生喜乐,又可满足众生喜好长行或偈颂
的不同需求,因此在说法中被广泛采用。

5.1.1.3　"直说"与"对话"的叙事模式

　　佛陀善于运用不同的方式来宣说教义。总揽阿含经文叙事
模式,主要有"直说经义"与"对话说法"两种类型。佛陀直说经
义者,即以"世尊告诸比丘"开篇之经文。此类经文内容饶益众
生,却又超越了一般人的思想发问范畴,故佛陀直接宣讲,以启
迪世人领悟真谛。例如《杂阿含经》卷 26 佛陀向诸比丘讲述"五
根"的一段经文,前面并无任何铺垫,为直说经义之典型。

---

① 《大正新修大藏经》,T31N1593P113a,台湾新文丰出版公司 1994 年版。
② 《大正新修大藏经》,T31N1593P113a,台湾新文丰出版公司 1994 年版。

　　尔时,世尊告诸比丘:"有五根。何等为五?谓信根、精进根、念根、定根、慧根。何等为信根?若比丘于如来所起净信心……是名信根。何等为精进根?已生恶不善法令断……是名精进根。何等为念根?若比丘内身身观住……是名念根。何等为定根?若比丘离欲恶不善法……是名定根。何等为慧根?若比丘苦圣谛如实知,苦集圣谛、苦灭圣谛、苦灭道迹圣谛如实知,是名慧根。"(刘宋求那跋陀罗译《杂阿含经》卷26)①

　　此段经文首先一一列举"五根"所指为何,然后分别对"信根""精进根""念根""定根""慧根"的具体内容进行解说。相对于笼统讲述,此类将佛教名相分类进行说解的叙事方式更有利于听众理解与接受,也体现出佛教重思辨、讲求逻辑性的思维特点。佛陀直说经义的经文多采用此类逐层次、条理化的叙事方式。

　　对话说法者,即通过对话来展现繁杂而深奥的经义。此类经文多为他人提出疑问、佛陀作答,或者针对某些具体的人事,佛陀与弟子发表各自不同的意见并逐渐引出经旨。例如《中阿含经》卷40"阿伽罗诃那经第八",为典型的对话说法模式:

　　　　尔时,阿伽罗诃那梵志中后彷徉,往诣佛所,共相问讯,却坐一面,白曰:"瞿昙!欲有所问,听乃敢陈。"世尊告曰:

---

①　《大正新修大藏经》,T31N1593P113a,台湾新文丰出版公司1994年版。

"恣汝所问。"梵志即便问曰:"瞿昙！梵志经典何所依住?"
世尊答曰:"梵志经典依于人住。"梵志即复问曰:"瞿昙！人
何所依住?"世尊答曰:"人依稻麦住。"梵志即复问曰:"瞿
昙！稻麦何所依住?"世尊答曰:"稻麦依地住。"……世尊告
曰:"梵志意欲依无穷事,汝今从我受问无边,然涅槃者无所
依住,但涅槃灭讫,涅槃为最。梵志！以此义故,从我行梵
行。"(东晋僧伽提婆译《中阿含经》卷40)[①]

此段通过阿伽罗诃那梵志与佛陀之间的对话展现经义。先
以阿伽罗诃那梵志向佛陀发问开始,之后梵志不断追问究竟,佛
陀不厌其烦地答疑解惑,层层深入,最终引出"涅槃为最"的佛教
义理。类似于此,借由往复问答以显扬教义的经文在阿含经中
比比皆是。相对于直说佛理,问答对话的方式更为具体生动、真
实可感。

5.1.2　词汇特征

从词汇特征来看,由于经文内容以及叙述方式的差异,不同
经文段落的词汇面貌往往不尽相同。在纯说佛理的经文中,反
映佛教概念的新词语连篇累牍,而在以日常生活事例和寓言故
事阐发教义的经文段落中,多运用朴实通俗的日常词语。

5.1.2.1　佛教词语
佛教教义大量使用烦琐复杂的名相表达概念。通过分析、

① 《大正新修大藏经》,T01N26P682b,台湾新文丰出版公司1994年版。

阐释这些概念,佛教组织起一整套独特的思想体系。阿含部经以叙述佛教基本教义为主要内容,必然会出现许多反映佛教概念的词语。例如《增一阿含经》卷7佛陀讲述"二涅槃界"的一段经文:

> 尔时,世尊告诸比丘:"有此二涅槃界。云何为二? 有余涅槃界、无余涅槃界。彼云何名为有余涅槃界? 于是,比丘灭五下分结,即彼般涅槃,不还来此世,是谓名为有余涅槃界。彼云何名为无余涅槃界? 于是,比丘尽有漏,成无漏,意解脱、智慧解脱,自身作证而自游戏:生死已尽,梵行已立,所作已办,更不受有,如实知之,是谓为无余涅槃界。此二涅槃界,当求方便至无余涅槃界。"(东晋僧伽提婆译《增一阿含经》卷7)①

当然,不仅仅在阿含经中,在所有佛典文献中,佛教词语都是最为核心的词语组成部分,只是在不同的经文中,它们所占的比例不尽相同,在纯说佛理的经文中,佛教语词往往较一般经文中更为多见。例如,以上所引短短一段文字中,便涉及"涅槃""有余""无余""五下分结""有漏""无漏""梵行"等众多佛教词语,若不了解这些词语的具体内涵,便难以领会经文之微言大义。"涅槃",原指吹灭,其后转指烦恼之火灭尽,达到安乐无为,解脱自在的境界。涅槃虽无界畔,然相对于生死界,则称"涅槃

---

① 《大正新修大藏经》,T02N125P579a,台湾新文丰出版公司1994年版。

界"。"有余涅槃",意指烦恼既断,但尚有残余之依身的涅槃。"无余涅槃",意指身智皆灰灭之涅槃。"五下分结",指系缚有情于欲界的五种烦恼。"漏"为烦恼之异名。离烦恼之法云"无漏"。"解脱",为脱离束缚而得自在之义。"智慧",指明见一切世相,通达真理的能力。"梵行",指清净的行为,即断绝淫欲的行为。"方便",谓以灵活方式因人施教,使悟佛法之真义。

以产生途径而论,这些佛教词语的产生主要有音译与意译两种方式,音译者如"比丘""涅槃"等,意译者如"世尊""漏""解脱""方便""智慧"等。以构成类型而言,这些佛教词语多利用汉语原有词语合成,一些是将旧词赋予新义,如赋予原表"聪明才智"的"智慧"以特定的佛教意义;一些是通过比喻引申新义,如以含有"流注漏泄"义的"漏"比喻佛教"日夜流注漏泄之烦恼"。

值得注意的是,佛教词语中多见由数字组成的词语形式,即将一组相关语句中的相同词语或意义提取出来,标上跟项数相同的数字而形成的词语形式,如"三界、四谛、五蕴、八正道、十二因缘",等等,不胜枚举。

> 尊者阿难告瞿师罗长者:"有三界。云何三? 谓欲界、色界、无色界。"(刘宋求那跋陀罗译《杂阿含经》卷 17)[1]

> 是时,世尊告五比丘:"汝等当知:有此四谛。云何为四? 苦谛、苦集谛、苦尽谛、苦出要谛。"(东晋僧伽提婆译

---

[1]　《大正新修大藏经》,T02N99P118a,台湾新文丰出版公司 1994 年版。

《增一阿含经》卷 14)①

　　尔时,世尊告诸比丘:"有五根。何谓为五? 谓信根、精进根、念根、定根、慧根。"(刘宋求那跋陀罗译《杂阿含经》卷26)②

　　云何五法向善趣? 谓持五戒:不杀、不盗、不淫、不欺、不饮酒。(姚秦佛陀耶舍共竺佛念译《长阿含经》卷 10)③

　　尔时,世尊告诸比丘:"有九力。何等为九力? 谓信力、精进力、惭力、愧力、念力、定力、慧力、数力、修力。"(刘宋求那跋陀罗译《杂阿含经》卷 26)④

　　优陀夷! 有四种乐。何等为四? 谓离欲乐、远离乐、寂灭乐、菩提乐。"(刘宋求那跋陀罗译《杂阿含经》卷 17)⑤

　　云何六法向恶趣? 谓六不敬:不敬佛、不敬法、不敬僧、不敬戒、不敬定、不敬父母。云何六法向善趣? 谓六敬法:敬佛、敬法、敬僧、敬戒、敬定、敬父母。云何六法向涅槃? 谓六思念:念佛、念法、念僧、念戒、念施、念天。(姚秦佛陀

耶舍共竺佛念译《长阿含经》卷 10）①

　　这种选取具有代表性的字词来概括复杂内容的词语形式，简明精炼，不仅可以突出表达丰富的内容，也能使听众更为迅速、准确地领悟、把握经义。

5.1.2.2　一般词语

　　大量的佛教名相对于一般的听众而言陌生乏味，而平实通俗、朴实无华、条理清晰、说理充分的语言才是理想的传播载体。佛陀讲经之时，往往会采用一些生动的寓言故事，结合日常生活事例，这自然使得经文用词趋向通俗、平易、朴实。例如，《中阿含经》卷 55"晡利多经第二"，佛陀宣讲"欲如树果，乐少苦多，多有灾患，当远离之"的道理之时，以缘木取果与斫树取果的事例作为譬喻，寓深意于生动朴实、明白晓畅的叙述语言之中：

> 　　居士！犹去村不远，有大果树，此树常多有好美果。若有人来，饥饿羸乏，欲得食果。彼作是念：此树常多有好美果，我饥羸乏，欲得食果，然此树下无自落果可得饱食及持归去。我能缘树，我今宁可上此树耶？念已便上。复有一人来，饥饿羸乏，欲得食果，持极利斧，彼作是念：此树常多有好美果，然此树下无自落果可得饱食及持归去。我不能缘树，我今宁可斫倒此树耶？即便斫倒。于居士意云何？若树上人不速来下者，树倒地时，必折其臂、余肢体耶？"居

---

① 《大正新修大藏经》，T01N01P59c，台湾新文丰出版公司 1994 年版。

上答曰："唯然，瞿昙！""于居士意云何？若树上人速来下者，树倒地时，宁折其臂、余肢体耶？"居士答曰："不也，瞿昙！""居士！多闻圣弟子亦复作是思惟：欲如树果，世尊说欲如树果，乐少苦多，多有灾患，当远离之。"（东晋僧伽提婆译《中阿含经》卷 55）①

　　此段主要选用普通、常用的生活化词语。名词如：村、果树、果、念、斧、臂、肢体、欲、灾患、乐、苦。动词如：去、有、欲、得、食、作、可、持、归去、能、上、缘、斫倒、来、下、折。形容词如：大、多、饥饿、羸乏、好美、极、利、速。副词如：常、无、宁可、复、即便、必。连词如：若、然、及、便。代词如：我、此、彼。语气词如：耶、唯然。显而易见，日常习见、普通的词语构成了此段经文叙事语言的主体。

　　除了纯说佛理的经文之外，阿含部中更多的是援引现实生活中的生动事例，将深刻的佛理寓于人间百态、世事万象之中的经文。富有生活气息的事例，通俗生动的语词，能够让人在最为切近的事理与通俗的语言当中领悟到深刻而简单的道理。

5.1.3　句法特征

5.1.3.1　结构简单的短句

　　长句和短句各有自己的表达作用，相对而言，短句简洁明快，自然有力，明白易懂，而长句结构复杂、内容丰富，讲起来费

---

① 《大正新修大藏经》，T01N026P775a，台湾新文丰出版公司 1994 年版。

劲,听起来有急迫感,也不容易记忆。古罗马思想家贺拉斯曾指出:"在你教育人的时候,话要说得简短,使听的容易接受,容易牢固地记在心里。一个人的心里记得太多,多余的东西必然溢出。"①佛陀说法要言不烦,多用简明扼要的短句。问答对话之中,也多采用结构简单的短句表达见解、交流思想。总体而言,阿含经文呈现出多用短句②、少用长句的特征。为了说明问题,以下分别从四部阿含中选取一段经文,考察其句式使用情况:

尔时,世尊告诸比丘:"譬如驴随群牛而行,而作是念:我作牛声。然其彼形亦不似牛,色亦不似牛,声出不似,随大群牛,谓己是牛,而作牛鸣,而去牛实远。如是,有一愚痴男子违律犯戒,随逐大众,言:我是比丘,我是比丘。而不学习胜欲增上戒学、增上意学、增上慧学,随逐大众,自言:我是比丘,我是比丘。其实去比丘大远。"(刘宋求那跋陀罗译《杂阿含经》卷 29)③

尔时,世尊告诸比丘:"诸比丘! 当自然法灯,自归己法,莫然余灯,莫归余法! 诸比丘! 若自然法灯,自归己法,不然余灯,不归余法者,便能求学得利,获福无量。所以者

① 童庆炳:《文体与文体的创造》,云南人民出版社 1994 年版,第 56 页。
② 关于如何判定长句与短句,历来都有争议。"长句和短句是相对的,正像要给高个子限定个具体尺码很困难一样,要想给长句限定一个字数,同样是不容易的。"(高更生:《长句分析》,中国社会科学出版社 1983 年版,第 3 页)但无论如何,句子字数还是一个相对说明问题的标准。
③ 《大正新修大藏经》,T02N99P212b,台湾新文丰出版公司 1994 年版。

何？比丘！昔时有王名曰坚念，为转轮王，聪明智慧，有四种军整御天下，由己自在，如法法王，成就七宝，得人四种如意之德。云何成就七宝，得人四种如意之德？如前所说成就七宝，得人四种如意之德。"（东晋僧伽提婆译《中阿含经》卷 15）①

时，摩利夫人复至波斯匿王所，到已，白大王曰："今欲有所问，唯愿大王事事见报！云何，大王！为念琉璃王子不？"王报言："甚念爱愍，不去心首。"夫人问曰："若当王子有迁变者，大王！为有忧也？"王复报言："如是，夫人！如汝所言。"夫人问曰："大王当知：恩爱别离，皆兴愁想。云何，大王！为念伊罗王子乎？"王报言："我甚爱敬！"夫人问曰："大王！若当王子有迁变者，有愁忧耶？"王报言："甚有愁忧！"（东晋僧伽提婆译《增一阿含经》卷 6）②

时，有婆罗门，名曰种德，住瞻婆城。其城人民众多，炽盛丰乐，波斯匿王即封此城与种德婆罗门，以为梵分。此婆罗门七世以来父母真正，不为他人之所轻毁，异学三部讽诵通利，种种经书尽能分别，世典幽微靡不综练，又能善于大人相法、瞻候吉凶、祭祀仪礼，有五百弟子，教授不废。（姚秦佛陀耶舍共竺佛念译《长阿含经》卷 15）③

---

① 《大正新修大藏经》，T01N26P520b，台湾新文丰出版公司 1994 年版。
② 《大正新修大藏经》，T02N125P572b，台湾新文丰出版公司 1994 年版。
③ 《大正新修大藏经》，T01N01P94a，台湾新文丰出版公司 1994 年版。

　　以上四段经文皆以结构简单的短句为主,短句尤其四字句式的使用十分频繁,它们在散体经中所占的比例分别为 64%、50%、62%、88%,均达到 50% 以上,是译经中最为常见的句式,而结构复杂、字数较多的长句寥寥无几。(原因见"汉译佛典'四字体'论析"一章)尽管四字短句的运用较多,但一篇经文之中全用短句的情形并不多见,内容决定形式,采用四字短句还是其他句式,主要是由经文内容来决定,通常是根据表意需求,以短句为主,长短交替。

5.1.3.2　为数众多的问句

　　句子按照交际用途进行分类,一般分为陈述句、疑问句、祈使句和感叹句四类。这四类句子在行文中交错运用,发挥着不同的功能与作用。在演说文体中,通常是陈述句运用得较多,同时穿插以疑问句、祈使句和感叹句。佛陀演说经义之时,往往并不是直接将现成的结果交给听众,而是通过设问,紧紧抓住听众的注意力,因势利导,循循善诱,最终达到传授经义的目的。例如《增一阿含经》卷 14 佛陀宣说"四谛"教义的一段经文:

　　　　是时,世尊告五比丘:"汝等当知:有此四谛。云何为四? 苦谛、苦集谛、苦尽谛、苦出要谛。彼云何名为苦谛? 所谓生苦、老苦、病苦、死苦、忧悲恼苦,愁忧苦痛,不可称记。怨憎会苦、恩爱别苦、所欲不得,亦复是苦。取要言之,五盛阴苦,是谓苦谛。云何苦集谛? 所谓受爱之分,集之不倦,意常贪著,是谓苦集谛。彼云何苦尽谛? 能使彼爱灭尽无余,亦不更生,是谓苦尽谛。彼云何名为苦出要谛? 所谓贤圣八品道,所谓等见、等治、等语、等业、等命、等方便、等念、等定。是谓名为四谛之法。"(东晋僧伽提婆译《增一阿含经》卷 14)①

此段佛陀先提出"汝等当知,有此四谛",至于"四谛"为何,并未直接交代,而是利用设问的形式提出"云何为四?",让语势稍有停顿,造成一种期待心理,继之给出答案,"四谛"分别为"苦谛、苦集谛、苦尽谛、苦出要谛"。在说明每一谛的具体内容时,又分别运用了四个设问:"彼云何名为苦谛?""云何苦集谛?""彼云何苦尽谛?""彼云何名为苦出要谛?"提起注意,然后再一一作答。比起平铺直叙,设问的运用在表达方式上要巧妙得多,更能吸引听众注意,也更容易给人留下深刻印象。

佛陀说法善于使用设问引出话题,因此,在阿含部佛陀直说经义的经文中,疑问句的使用十分普遍。除了佛陀直说经义的形式之外,阿含部经还有由他人发问、佛陀作答,或是由佛陀发问、引出话题,继之以往复问答来显扬教义的叙事形式,这种问答体例也决定了经中疑问句式的使用数量众多,而对话的口语性、内容的通俗性也使得这些疑问句式呈现出不拘一格、类型多样的特点。此不赘例。

5.1.3.3　随意插入的呼语

呼语,是指用来招呼对方的词语。对话之中运用呼语,往往可以起到提示注意,语义停顿、话题转换、拉近情感距离等作用。

---

① 《大正新修大藏经》,T02N125P619a,台湾新文丰出版公司 1994 年版。

佛陀与弟子说法时，彼此间经常以呼语引起对答。由阿含部经观之，根据谈话场合以及谈话对象不同，呼语的运用通常有如下几种形式：人名，如阿难、舍利弗、周那等；标识身份的称谓，如比丘、居士、贤者等；表示尊敬的称呼，如世尊等；象征社会等级的种姓，如婆罗门、瞿昙等。

> 诸贤！我依戒立戒，以戒为梯，升无上慧堂正法之阁，以小方便观千世界。诸贤！犹有目人住高楼上，以小方便观下露地，见千土墩。诸贤！我亦如是，依戒立戒，以戒为梯，升无上慧堂正法之阁，以小方便观千世界。（东晋僧伽提婆译《中阿含经》卷 19）[1]

> 汝等闻之，当善然可，欢喜奉行。善然可彼，欢喜奉行已，当复如是问彼比丘：贤者！世尊说内六处：眼处、耳、鼻、舌、身、意处。贤者！云何知、云何见此内六处，得知无所受，漏尽心解脱耶？（东晋僧伽提婆译《中阿含经》卷 49）[2]

> 世尊告曰："居士！世中凡有二种福田人。云何为二？一者学人，二者无学人。学人有十八，无学人有九。居士！云何十八学人？信行、法行……是谓十八学人。居士！云何九无学人？"（东晋僧伽提婆译《中阿含经》卷 30）[3]

---

[1]　《大正新修大藏经》，T01N26P554a，台湾新文丰出版公司 1994 年版。
[2]　《大正新修大藏经》，T01N26P732a，台湾新文丰出版公司 1994 年版。
[3]　《大正新修大藏经》，T01N26P616a，台湾新文丰出版公司 1994 年版。

　　佛复告曰:"比丘! 如是无有少色常住不变,而一向乐,
恒久存也;如是无有少觉、想、行、识常住不变,而一向乐,恒
久存也。所以者何? 比丘! 我忆昔时长夜作福,长作福已,
长受乐报。"(东晋僧伽提婆译《中阿含经》卷 11)①

　　佛告阿难:"若能尔者,长幼和顺,转更增盛,其国久安,
无能侵损。阿难! 汝闻跋祇国人君臣和顺,上下相敬不?"
答曰:"闻之。""阿难! 若能尔者,长幼和顺,转更增盛,其国
久安,无能侵损。阿难! 汝闻跋祇国人奉法晓忌,不违礼度
不?"(姚秦佛陀耶舍共竺佛念译《长阿含经》卷 2)②

　　时,有生闻婆罗门来诣佛所,与世尊面相问讯慰劳,问
讯慰劳已,退坐一面,白佛言:"瞿昙! 谓非彼岸及彼岸。瞿
昙! 云何非彼岸? 云何彼岸?"(刘宋求那跋陀罗译《杂阿含
经》卷 28)③

　　阿含部经中,诸如此类互相之间以呼语问候作答的用例十
分普遍。世尊说法中所运用的呼语,多体现出随和、亲切的感情
色彩,引起注意以及拉近与听众心理距离的意味十分强烈。而
他人对佛陀所运用的呼语往往体现出尊敬的感情色彩。

　　一般而言,呼语为独立成分,与句中的其他成分并无句法联

---

①　《大正新修大藏经》,T01N26P496b,台湾新文丰出版公司 1994 年版。

②　《大正新修大藏经》,T01N01P11a,台湾新文丰出版公司 1994 年版。

③　《大正新修大藏经》,T02N99P201a,台湾新文丰出版公司 1994 年版。

系。然而,在阿含经文叙述语中插入的呼语,很多时候影响到了
正常的句法关系。例如:

> 尔时,有比丘白世尊曰:"我等,世尊! 不解此略说之
> 义。云何得物藏举? 云何得物与人? 唯愿世尊广演其义!"
> 世尊告曰:"谛听! 谛听! 善思念之,吾当为汝分别其义。"
> (东晋僧伽提婆译《增一阿含经》卷 9)①

> "复次,善知识人不作是念:我今持戒,此余比丘不持戒
> 行,己身与彼无有增减。彼依此戒,不自贡高,不毁他人。
> 是谓,比丘! 名为善知识法。"(东晋僧伽提婆译《增一阿含
> 经》卷 8)②

> "汝婆罗门! 若作是念:此沙门止有神足,不堪论议者,
> 汝今谛听! 吾当说之,报汝向议,依此论本,当更引喻。汝
> 今,婆罗门! 名字何等?"(东晋僧伽提婆译《增一阿含经》卷
> 8)③

> 婆罗门曰:"云何,瞿昙! 沙门即是婆罗门耶? 沙门与
> 婆罗门岂不异乎?"(东晋僧伽提婆译《增一阿含经》卷 9)④

---

① 《大正新修大藏经》,T02N125P587b,台湾新文丰出版公司 1994 年版。
② 《大正新修大藏经》,T02N125P585b,台湾新文丰出版公司 1994 年版。
③ 《大正新修大藏经》,T02N125P586a,台湾新文丰出版公司 1994 年版。
④ 《大正新修大藏经》,T02N125P589c,台湾新文丰出版公司 1994 年版。

　　尔时,世尊告诸比丘:"教二人作善不可得报恩。云何为二? 所谓父母也。若复,比丘! 有人以父著左肩上,以母著右肩上,至千万岁,衣被、饭食、床蓐卧具、病瘦医药,即于肩上放于屎溺,犹不能得报恩。"(东晋僧伽提婆译《增一阿含经》卷 11)①

　　时,有众多外道出家诣尊者舍利弗,与尊者面相问讯慰劳已,退坐一面,语尊者舍利弗言:"云何,舍利弗! 如来有后生死耶?"(刘宋求那跋陀罗译《杂阿含经》卷 32)②

　　"是为,周那! 我已为汝说渐损法,已说发心法,已说对法,已说升上法,已说般涅槃法,如尊师所为弟子起大慈哀怜念愍伤,求义及饶益,求安隐快乐者,我今已作。"(东晋僧伽提婆译《中阿含经》卷 23)③

　　以上引例中,一个共同之处便是在叙述语中插入了"世尊、比丘、婆罗门、瞿昙、比丘"等呼语成分,由于这些成分的插入,原本应为一体的完整句子被割裂开来。类似情形经中还有很多,究其原因,应与经文对话问答的叙述方式密切相关。对话之时,由于一边思索一边讲话,便随时可能对所说话语进行纠正、补充,那么,有意或无意地插入呼语便在所难免。另外,可能与原

---

① 《大正新修大藏经》,T02N125P601a,台湾新文丰出版公司 1994 年版。
② 《大正新修大藏经》,T02N99P226a,台湾新文丰出版公司 1994 年版。
③ 《大正新修大藏经》,T01N26P574b,台湾新文丰出版公司 1994 年版。

典语言的表述方式也有关系,囿于识见,阙而不论。

5.1.4　修辞特征

佛陀宣讲经义的过程,不仅仅是单方面的传授过程,也是一个感染与熏陶的过程。由阿含经观之,佛陀传授教义之时,常常会使用一些积极的修辞技巧以增强语言的感染力。其中,譬喻与反复两种修辞手法的使用较为常见。

5.1.4.1　譬　喻

佛陀向众生说法时,经常将深刻的哲理化为生动的譬喻,然后借由这些譬喻性的言辞或故事引导人们明白世相的真谛。《长阿含经》中多处记载:"诸有智者,以譬喻得解。今当为汝引喻解之。"《中阿含经》中也有众多以"喻"为题的经文,如"箭喻经""城喻经""水喻经""盐喻经""象喻经",等等。作为说教之利器,譬喻已构成佛典文体的一大特色。如《杂阿含经》卷 26 中,佛陀以乳母教育婴儿的具体事例譬喻如来教授比丘的道理,亲切生动,明白易晓:

　　尔时,世尊告诸比丘:"譬如婴儿,父母生已,付其乳母,随时摩拭,随时沐浴,随时乳哺,随时消息。若乳母不谨慎者,儿或以草、以土诸不净物著其口中,乳母当即教令除去;能时除却者善,儿不能自却者,乳母当以左手持其头,右手探其哽,婴儿当时虽苦,乳母要当苦探其哽,为欲令其子长夜安乐故。"佛告诸比丘:"若婴儿长大,有所识别,复持草、土诸不净物著口中不?"比丘白佛:"不也,世尊! 婴儿长大,

有所别知,尚不以脚触诸不净物,况著口中!"佛告比丘:"婴
儿小时,乳母随时料理消息,及其长大,智慧成就,乳母放
舍,不勤消息,以其长大不自放逸故。如是,比丘! 若诸声
闻始学,智慧未足,如来以法随时教授而消息之;若久学智
慧深固,如来放舍,不复随时殷勤教授,以其智慧成就不放
逸故。是故,声闻五种学力,如来成就十种智力,如上广
说。"(刘宋求那跋陀罗译《杂阿含经》卷 26)①

又如,《杂阿含经》卷 9 关于修道方法的一段生动譬喻:

　　尔时,世尊告二十亿耳:"汝实独静禅思作是念:世尊精
勤修学声闻中,我在其数,而今未得漏尽解脱。我是名族姓
子,又多钱财,我宁可还俗,受五欲乐,广施作福耶?"时,二
十亿耳作是念:世尊已知我心。惊怖毛竖,白佛言:"实尔,
世尊!"佛告二十亿耳:"我今问汝,随意答我。二十亿耳!
汝在俗时,善弹琴不?"答言:"如是,世尊!"复问:"于意云
何? 汝弹琴时,若急其弦,得作微妙和雅音不?"答言:"不
也,世尊!"复问:"云何? 若缓其弦,宁发微妙和雅音不?"答
言:"不也,世尊!"复问:"云何善调琴弦,不缓不急,然后发
妙和雅音不?"答言:"如是,世尊!"佛告二十亿耳:"精进太
急,增其掉悔;精进太缓,令人懈怠。是故汝当平等修习摄
受,莫著、莫放逸、莫取相。"(刘宋求那跋陀罗译《杂阿含经》

---

① 《大正新修大藏经》,T02N99P187b,台湾新文丰出版公司 1994 年版。

卷 9)①

此段佛陀以"弹琴调弦"譬喻修道过程,从"汝在俗时,善弹琴不?"到"若急其弦,得作微妙和雅音不?"再到"若缓其弦,宁发微妙和雅音不?",一步步提问二十亿耳,逐渐引出"善调琴弦,不缓不急,然后发妙和雅音"的结论,并以此譬喻"精进太急,增其掉悔;精进太缓,令人懈怠"的深刻道理,形象生动,比起枯燥说教更具感染力与说服力。

5.1.4.2　反　复

为强调某个意思,突出某种感情,特意重复使用某些词语或句子的修辞格,称为反复。阿含部经中,反复陈说同一词语、同一句子,甚至同一段落的现象十分普遍,反复构成了阿含经文叙事的一大特征。例如《中阿含经》卷 21"说处经第十五"中的一段经文:

> 世尊告曰:"阿难! 我本为汝说五盛阴,色盛阴,觉、想、行、识盛阴。阿难! 此五盛阴,汝当为诸年少比丘说以教彼。若为诸年少比丘说教此五盛阴者,彼便得安隐,得力得乐,身心不烦热,终身行梵行。阿难! 我本为汝说六内处,眼处,耳、鼻、舌、身、意处。阿难! 此六内处,汝当为诸年少比丘说以教彼。若为诸年少比丘说教此六内处者,彼便得安隐,得力得乐,身心不烦热,终身行梵行。阿难! 我本为

---

① 《大正新修大藏经》,T02N99P62c,台湾新文丰出版公司 1994 年版。

汝说六外处，色处，声、香、味、触、法处。阿难！此六外处，汝当为诸年少比丘说以教彼。若为诸年少比丘说教此六外处者，彼便得安隐，得力得乐，身心不烦热，终身行梵行。"（东晋僧伽提婆译《中阿含经》卷 21）[1]

此处佛陀为阿难讲述"五盛阴""六内处""六外处"的教法，每说一法，都采用相同的讲述模式，反复陈说相同的字句，如"汝当为诸年少比丘说以教彼。若为诸年少比丘说教……彼便得安隐，得力得乐，身心不烦热，终身行梵行"。佛教的基本教义本来不太复杂，但说教中不断反复陈说，不仅扩展了篇幅，增加了复杂性，而且还造成一种回环往复的特殊宣传效果。

经文问答对话中，反复陈说的现象也十分普遍，这种反复往往使得十几句话就能说明的问题篇幅骤增。例如：

尊者舍梨子问曰："贤者！从何处来？于何夏坐？"彼一比丘答曰："尊者舍梨子！我从王舍城来，在王舍城受夏坐。"复问："贤者！世尊在王舍城受夏坐，圣体康强，安快无病，起居轻便，气力如常耶？"答曰："如是，尊者舍梨子！世尊在王舍城受夏坐，圣体康强，安快无病，起居轻便，气力如常。"复问："贤者！比丘众、比丘尼众在王舍城受夏坐，圣体康强，安快无病，起居轻便，气力如常，欲数见佛，乐闻法耶？"答曰："如是，尊者舍梨子！比丘众、比丘尼众在王舍城

---

① 《大正新修大藏经》，T01N26P562b，台湾新文丰出版公司 1994 年版。

受夏坐，圣体康强，安快无病，起居轻便，气力如常，欲数见佛，尽乐闻法。"（东晋僧伽提婆译《中阿含经》卷 6）①

此段为尊者舍梨子与贤者之间的对话，主要内容为问讯世尊、比丘及比丘尼众，优婆塞及优婆夷众的生活起居状况，往复问答中的每一话轮都反复陈说"圣体康强，安快无病，起居轻便，气力如常"，原本简单的内容因此篇幅剧增。之所以多采用反复陈说的方式，与对话体式密切相关。口语交谈中，话语重复是极其自然的现象，佛陀讲经以及与弟子对话的经文在很大程度上保持了口头讲述的特点，因此，经文中不断地出现话语重复为情理中事。

5.1.5　《阿含经》与先秦儒家经典文体比较

梁启超在论及《阿含》研究之必要时曾指出："吾以为真欲治佛学者，宜有事于《阿含》，请言其故：第一，《阿含》为最初成立之经典，以公开的形式结集，最为可信。以此之故，虽然不敢谓佛说尽于《阿含》，然《阿含》必为佛说极重之一部分无疑。第二，佛经之大部分，皆为文学的作品（补叙点染），《阿含》虽亦不免，然视他经为少，比较近于朴实说理。以此之故，虽不敢谓《阿含》一字一句悉为佛语，然所含佛语分量之多且纯，非他经所及。第三，《阿含》实一种言行录的体裁，其性质略同于《论语》，欲体验释尊之现实的人格，舍此末由。第四，佛教之根本理念——如四

① 《大正新修大藏经》，T01N26P456b，台湾新文丰出版公司 1994 年版。

圣谛、十二因缘、五蕴皆空、业感轮回、四念处、八正道等——皆
在《阿含》中详细说明,若对此等不能得明确概念,则读一切大乘
经论,无从索解。第五,《阿含》不惟与大乘经不冲突,且大乘教
义,含蕴不少,不可诃为偏小,率尔吐弃。第六,《阿含》叙述当时
社会事情最多,读之可以知世尊所处环境及其应机宣化之苦心,
吾辈异国异时代之人,如何始能受用佛学,可以得一种自觉。"①

《阿含》与《论语》分别为两种不同文化体系中重要的元典,
梁氏将二者相提并论,可谓独具慧眼。其实,若将范围稍稍扩
大,《阿含》与先秦儒家经典相较,似有不少共同之处。

5.1.5.1　经典的形成

阿含为原始佛教之根本,是传承的"教法",即最为接近原始
的佛教典籍。《长阿含经》卷1:"阿含,秦言法归。法归者,盖是
万善之渊府,总持之林苑。"②《瑜伽师地论》卷85:"谓四阿笈摩。
一者杂阿笈摩。二者中阿笈摩。三者长阿笈摩。四者增一阿笈
摩。杂阿笈摩者……如是四种,师弟展转,传来于今,由此道理,
是故说名阿笈摩。"③《翻译名义集》卷4:"阿含,正云阿笈多,此
云教,妙乐云:此云无比法,即言教也。唯识论云:谓诸如来所说
之教。"④

渥德尔:"佛陀在世及其后数世纪似乎没有什么东西被写定
下来,并非文字书写当时未使用,而是因为在教学上尚无使用它

---

① 梁启超:《佛学研究十八篇》,上海古籍出版社2001年版,第199页。
② 《大正新修大藏经》,T01N01P1a,台湾新文丰出版公司1994年版。
③ 《大正新修大藏经》,T30N1579P772c,台湾新文丰出版公司1994年版。
④ 《大正新修大藏经》,T54N2131P1112a,台湾新文丰出版公司1994年版。

的习惯……他们认为学习一本经典,首先必须心里默记,要背诵得下来。"①阿含经开卷即道"如是我闻、我闻如是、闻如是……",其内容是在佛涅槃之后由弟子们口耳相传集结而成,并在传承中不断充实完善,逐渐被记载下来。

随着印度部派佛教的产生,阿含经在不同部派的传承中出现了分化。依照经文长短及内容特点,北传佛教有《长阿含经》《中阿含经》《杂阿含经》《增一阿含经》四部,合称"四阿含"。南传佛教多一部《小阿含经》,称"五阿含"。无论南传与北传,内容大致相同,主要记述佛陀及其弟子的修道和传教活动言行,包含四谛、五蕴、四禅、善恶因缘及生死轮回等佛教基本教义。

儒家经典并非宗教典籍,然而其重要性与阿含经有相似之处,分别在各自文化中占有重要地位。春秋战国时期,社会动荡不安,诸侯争霸,礼崩乐坏,众多思想学术流派应运而生,各派纷纷著书立说,互相论战,呈现出"百家争鸣"的繁荣学术景象。其中,以孔子、孟子为代表的儒家思想逐渐成为最有影响力的学派,其思想观念对中国古代文化影响深远。儒家经典数量丰富,仅择取其代表著作《论语》《孟子》与阿含经进行文体比较。

《论语》为儒家重要经典,由其门人弟子整理、辑录而成,基本上是以语录体的形式记载了孔子及其弟子的言行。《汉书·艺文志》:"《论语》者,孔子应答弟子、时人及弟子相与言而接闻于夫子之语也。当时弟子各有所记,夫子既卒,门人相与辑而论纂,故谓之《论语》。"②《论语》篇章多"子""子曰""夫子"起

---

① ［英］渥德尔:《印度佛教史》,商务印书馆 1987 年版,第 187 页。
② (东汉)班固:《汉书》,中州古籍出版社 1996 年版,第 594 页。

始,成书是在孔子去世之后。

西汉时期出现《鲁论语》《齐论语》《古论语》三种版本,东汉末期由经学大师郑玄整理编订而流传至今。《孟子》在儒家典籍中占有很重要的地位,关于其成书时间及作者,历来有不同看法。《史记·孟子荀卿列传》载:"……退而与万章之徒序诗书,述仲尼之意,作《孟子》七篇",①不少学者认同《史记》的论述,《孟子》是由孟子及其弟子共同编撰而成,记载孟子及其弟子的言论等。

《论语》《孟子》为儒家主要经典,其内容涵盖了儒家的政治思想、哲学理念以及人生道德修养等诸多方面,宣扬"仁""义""礼"等观点,其学说被后世并称为"孔孟之道"。

5.1.5.2 叙述模式

从宗教的立场来看,佛陀是无所不知、无所不能的大智慧者,心怀慈悲,为解除众生痛苦,挽救世道人心,随机应化,宣说佛法。阿含经中最为典型的就是"世尊告诸比丘"起始直接宣讲类与随机应答对话类经文。(例如前述)这种通过启示和对话传达信息的叙述模式与先秦儒家经典的叙述方式有相似之处。

先秦儒家经典主要采取问答与议论的形式铺陈开来,这两种形式相对阿含经的陈述方式没有大的差别。《论语》为语录体,侧重于记录只言片语,内容既有孔子应答弟子和时人的话,也有弟子间相互谈论他们所听到的孔子言论,反映出孔子的政治主张、伦理思想、道德观念及教育原则等。《孟子》多见文段式

---

① 王利器主编:《史记注译》3,三秦出版社1988年版,第1785页。

对话问答,记述孟子游说各国的诸侯及有关学术问题的问答与
论争。

　　孔子为儒家学派创始人,在弟子后学的眼中,不同于无所不
能的佛陀,但确是一位充满智慧的"至圣先师",无论是一问一答
式、一问多答式或是多人谈论式,谈话看似为平等的交流,但实
际上学生更多的是信息接受的对象。如《论语·尧曰》子张与孔
子的一段问答:

　　　　子张问孔子曰:何如斯可以从政矣? 子曰:尊五美,屏
　　四恶,斯可以从政矣。子张曰:何谓五美? 子曰:君子惠而
　　不费,劳而不怨,欲而不贪,泰而不骄,威而不猛。子张曰:
　　何谓惠而不费? 子曰:因民之所利而利之,斯不亦惠而不费
　　乎? 择可劳而劳之,又谁怨? 欲仁而得仁,又焉贪? 君子无
　　众寡,无小大,无敢慢,斯不亦泰而不骄乎? 君子正其衣冠,
　　尊其瞻视,俨然人望而畏之,斯不亦威而不猛乎?[①]

　　针对子张"怎么样可以从政?""什么是五种美德?""什么是
惠而不费?"这一连串的问题,孔子在对话中层层深入地"传道、
授业、解惑",引导子张具体如何去做,也表达了自己的思想观点
与政治主张。

　　《孟子》在继承《论语》语录体的基础上进一步发展为对话式
的论辩,并显示出高超的论辩技巧与谈话艺术。如《孟子·滕文

①　杨伯峻:《论语译注》,中华书局香港分局 1984 年版,第 209—210 页。

公上》记载的一段对话：

> 陈相："贤者与民并耕而食，饔飧而治……"孟子曰："许子必种粟而后食乎？"曰："然。""许子必织布然后衣乎？"曰："否。许子衣褐。"……曰："许子奚为不自织？"曰："害于耕。"曰："许子以釜甑爨，以铁耕乎？"曰："然。""自力之与？"曰："否，以粟易之。""以粟易械器者，不为厉陶冶；陶冶亦以其械器易粟者，岂为厉农夫哉？且许子何不为陶冶，舍皆取诸其宫中而用之？何为纷纷然与百工交易？何许子之不惮烦？"曰："百工之事，固不可耕且为也。""然则治天下，独可耕且为与？……或劳心，或劳力，劳心者治人，劳力者治于人；治于人者食人，治人者食于人，天下之通义也。"①

针对陈相的观点，孟子通过一系列生活中熟悉的事例不断发问，诱导对方说出"百工之事固不可耕且为也"，进而层层深入阐述社会分工的必要性，引出"劳心者治人，劳力者治于人"的结论。

比较先秦儒家经典《论语》《孟子》与佛教原始经典《阿含经》，两者都以对话为主论事说理，善于在特定语境中引起谈话方的注意，从而利于各自观点被听话方所理解与接受。从对话的视角来看，由于阿含经传达的是至尊智者佛陀的教诲，听众对佛陀为绝对仰视；而儒家主要表达仁义道德等儒家思想观点，门

---

① 杨伯峻：《孟子译注》，中华书局 1962 年版，第 123—124 页。

人弟子、各诸侯王和诸派学人对孔孟既有仰视也有平视。

5.1.5.3　说理方式

《阿含经》中一个显著的特点,即是利用譬喻性的言辞或寓言故事说明深奥难懂的义理。由于教化的时间、地点、对象及其根机各不相同,而义理高深、幽隐,因此经中常见"诸有智者,以譬喻得解"。其实,这一说理方式渊源有自,印度被公认为是世界上寓言故事最多的国度,各派宗教皆善于利用民间寓言故事宣传教义,佛教自然也不例外。鲁迅曾有精辟论述:"尝闻天竺寓言之富,如大林深泉,他国异文,往往蒙其影响。即翻为华言之佛经中,亦随在可见……"①如著名的"盲人摸象":

乃往过去有王名镜面,时,集生盲人聚在一处,而告之曰:"汝等生盲,宁识象不?"对曰:"大王!我不识、不知。"王复告言:"汝等欲知彼形类不?"对曰:"欲知。"时,王即勅侍者,使将象来,令众盲子手自扪象。中有摸象得鼻者,王言此是象,或有摸象得其牙者,或有摸象得其耳者,或有摸象得其头者……王皆语言:"此是象也。"时,镜面王即却彼象,问盲子言:"象何等类?"其诸盲子,得象鼻者,言象如曲辕;得牙者,言象如杵……佛告比丘:"诸外道异学亦复如是,不知苦谛,不知习谛、尽谛、道谛,各生异见,互相是非,谓己为是,便起诤讼。若有沙门、婆罗门能如实知苦圣谛、苦习圣谛、苦灭圣谛、苦出要谛,彼自思惟,相共和合,同一受,同

---

① 　鲁迅:《鲁迅全集》,人民文学出版社 2014 年版,第 4 页。

一师，同一水乳，炽然佛法，安乐久住。（姚秦佛陀耶舍共竺佛念译《长阿含经》卷 19）①

　　故事以盲人喻一切无明众生，在"苦谛""习谛""尽谛""道谛"等种种问题起各种执见，如同盲人摸象。诸如此类赋予了深刻内涵的故事在阿含经中比比皆是，既避免了枯燥无聊的说教，又能引导众生了解佛教的真谛。

　　《论语》也多借常见的事物或通俗的道理做比，针对不同的对象、不同的问题、不同的情况，随机取譬，言近而旨远。如《论语·为政》："人而无信，不知其可也。大车无𫐄，小车无𫐄，其何以行之哉！"②以司空见惯的车为比，"大车无𫐄，小车无𫐄"，将寸步难行，同样人失去信用也将无法取信于人。《孟子》在授徒讲学、游说诸侯的过程中，也多利用寓言阐述自己的思想理论与政治主张。"为了宣传这些主张，他们必须找到一种有效的表达手段，穿插在散文中的寓言便是这些政治家和思想家们所找到的表情达意最具形象性和生动性的一种手段。寓言的性格形象和故事情节更能抓住听者的心理，更容易打动听者，使他们心悦诚服。"③如弈秋的故事：

　　　　今夫弈之为数，小数也；不专心致志，则不得也。弈秋，
　　通国之善弈者也。使弈秋诲二人弈，其一人专心致志，惟弈

---

① 《大正新修大藏经》，T01N1P128c，台湾新文丰出版公司 1994 年版。
② 杨伯峻：《论语译注》，中华书局香港分局 1984 年版，第 21 页。
③ 姜守阳：《〈孟子〉寓言探究》，首都师范大学硕士学位论文，2009 年。

秋之为听；一人虽听之，一心以为有鸿鹄将至，思援弓缴而
射之。虽与之俱学，弗若之矣。为是其智弗若与？曰：非
然也。①

　　这则寓言开门见山地提出"不专心致志，则不得也"，继之以
下围棋作比说明专心致志的道理，故事真实可感，道理令人信
服。《孟子》中此类寓言故事非常丰富，如耳熟能详的"揠苗助
长""齐人有一妻一妾""五十步笑百步"，等等，皆通过生动有趣
的小故事，使道德教化深入人心。

　　无论是佛教经典阿含经，还是儒学经典《论语》《孟子》，都以
宣传各自思想为己任，都善于将深奥的道理浅显化、通俗化，将
抽象的思想具体化、形象化，借助譬喻性的言辞或寓言故事让人
们更好地理解与接受，这一方式无论对佛教还是儒学的传播无
疑都起到了重要的作用。

5.1.5.4　语言风格

　　阿含经与《论语》《孟子》分别为两种不同文化体系中的重要
经典，其语言风格诸要素如词语运用、句式选择、修辞方法既有
共通之处也有相类之处。

　　从词语的运用来看，经典思想内容的不同决定了词汇特征
的不同。阿含经以叙述佛教基本教义如四谛、四念处、八正道、
无常、无我、五蕴、四禅、轮回、善恶报应等为主，字里行间必然会
有许多反映佛教概念的词语。同时，由于前述说理方式的缘故，

---

① 　杨伯峻：《孟子译注》，中华书局 1962 年版，第 264—265 页。

阿含经中多以日常生活事例类比说理,因此用词趋向通俗、平易、朴实。总体来看,佛教名相术语与一般词语构成了阿含经的词语主体。儒家经典《论语》集中体现了孔子的政治主张、伦理思想、道德观念及教育原则等,其核心词语为体现这些思想的"仁、义、礼、智、信、德、道、政、忠、孝、君子",等等,同样,由于多用简洁质朴的语言阐明事理,用词并不艰深晦涩。《孟子》深受《论语》的影响,多以当时常见的通俗语词论辩说理。如:"不违农时,谷不可胜食也;数罟不入洿池,鱼鳖不可胜食也;斧斤以时入山林,材木不可胜用也。谷与鱼鳖不可胜食,材木不可胜用,是使民养生丧死无憾也。养生丧死无憾,王道之始也。"[1]这些话语简单实在,语词通俗,自然易于使听话者理解与接受其"王道"思想。

　　从句式选择来看,阿含经以对话问答为主的经文呈现出多用短句、少用长句的特征,这是由对话体的口语性决定的。在直说经义时,经文通常是根据表意需求,以短句为主,长短交替,整散结合。在汉译之后,长行散体呈现出以四字短句为主的情形。同时,由他人发问、佛陀作答,或是由佛陀发问、引出话题,继之以往复问答来显扬教义的叙事形式,也决定了阿含经中疑问句式的出现频率较高。(例见前文)儒家经典《论语》篇幅较短,每则字数不等,语句简练。如:"吾尝终日不食,终夜不寝,以思,无益,不如学也。"[2]仅寥寥数语,道出躬身实践的重要性。篇章中对话的规模往往较小,句式长短不拘,错落有致。如:"樊迟问

---

① 杨伯峻:《孟子译注》,中华书局 1962 年版,第 5 页。
② 杨伯峻:《论语译注》,中华书局香港分局 1984 年版,第 168 页。

仁。子曰:'爱人。'问知。子曰:'知人。'在回答樊迟对"仁""知"的提问时,孔子答"爱人""知人",简要的两个字就表达了自己的观点,点到为止,微言大义。同样由于问答体的讲述方式,《论语》中疑问句式为数众多,例不一一。《孟子》句式选择则灵活多样,长短并用,整散结合。如:"规矩,方圆之至也;圣人,人伦之至也。欲为君,尽君道;欲为臣,尽臣道。二者皆法务舜而已矣。不以舜之所以事务事君,不敬其君者也;不以务之所以治民治民,贼其民者也。"①长短结合,形成抑扬顿挫、波澜起伏的语言风格。同为对话体,《孟子》全书在一问一答的过程中产生了大量的疑问句,包括有疑而问,需要对方回答的问句,也包括无疑而问,答在问中的反问句。如:"淳于髡曰:'男女授受不亲,礼与?'孟子曰:'礼也。'曰:'嫂溺,则援之以手乎?'曰:'嫂溺不援,是豺狼也。男女授受不亲,礼也;嫂溺,援之以手者,权也。'曰:'今天下溺矣,夫子之不援,何也?'曰:'天下溺,援之以道;嫂溺,援之以手。子欲手援天下乎?'"②

从修辞手法来看,譬喻为阿含经文体的一大特色,这与前述印度文学传统与宗教说理方式密切相关,阿含经中以"喻"为题的经文众多,随处也可见譬喻性的言辞。《大智度论》有言:"譬喻,为庄严论议,令人信著故。……譬如登楼,得梯则易上。"③由此,譬喻是为了庄严论议,为了使人经由譬喻的"梯子"悟入佛法,既是宣讲也是接受的需要。如"欲"的抽象概念,佛陀以大量

①　杨伯峻:《孟子译注》,中华书局 1962 年版,第 165 页。
②　杨伯峻:《孟子译注》,中华书局 1962 年版,第 177—178 页。
③　《大正新修大藏经》,T25N1509P320a,台湾新文丰出版公司 1994 年版。

譬喻讲述出来,使人感同身受,因浅知深:

> 比丘当知,欲为不净,如彼屎聚;欲如鹦鹉,饶诸音响;欲无返复,如彼毒蛇;欲如幻化,如日消雪;当念舍欲,如弃冢间。欲还自害,如蛇怀毒;欲无厌患,如饮咸水;欲难可满,如海吞流;欲多可畏,如罗刹村;欲犹怨家,恒当远离。欲犹少味,如蜜涂刀;欲不可爱,如路白骨;欲现外形,如厕生华;欲为不真,如彼画瓶,内盛丑物,外见殊特;欲无牢固,亦如聚沫。(东晋罽宾三藏瞿昙僧伽提婆译《增一阿含经》卷42)①

反复也是阿含经中的重要特色。经中反复陈说同一词语、句子、段落的现象十分普遍,营造出特殊的宗教宣传效果。如《中阿含经》中择取的一段:

> 于是,世尊复告诸比丘曰:"我为汝等更说七不衰法,汝等谛听,善思念之。"时,诸比丘白曰:"唯然。"佛言:"云何为七? 若比丘尊师,恭敬、极重供养、奉事者,比丘必胜,则法不衰。若比丘法、众、戒、不放逸、供给、定,恭敬、极重供养、奉事者,比丘必胜,则法不衰。若比丘行此七不衰法,受持不犯者,比丘必胜,则法不衰。"世尊复告诸比丘曰:"我为汝等更说七不衰法,汝等谛听,善思念之。"时,诸比丘白曰:

---

① 《大正新修大藏经》,T02N125P780b,台湾新文丰出版公司1994年版。

"唯然。"(东晋僧伽提婆译《中阿含经》卷 35)①

此段经文中,"我为汝等更说七不衰法,汝等谛听,善思念之。""若比丘……""比丘必胜,则法不衰。""诸比丘白曰:'唯然。'"不惮其烦地回环往复了多次,这种反复铺排在佛经中几乎形成了惯例,可能与佛经诵读、记忆与流传直接相关。

《论语》中比喻的运用也不少。孔子善于运用具体的事物或客观事实来比喻抽象的事理,表明自己的思想观念与政治主张。如:"工欲善其事,必先利其器。居其邦也,事其大夫之贤者,友其士之仁者。"以工匠做工的生活实践经验作比,引出其治理国家实行仁政的政治见解。《论语》的人物对话中也多见比喻,如:"子贡曰:'有美玉于斯,韫椟而藏诸?求善贾而沽诸?'子曰:'沽之哉!沽之哉!我待贾者也。'"②此则以美玉待贾作比,一问一答,生动形象地反映出孔子的政治态度。《孟子》也擅用比喻,东汉赵岐指出:"孟子长于譬喻,辞不迫切,而意已独至。"(《孟子章句》)据统计,全书 261 章中有 159 处使用了比喻,使用量位居诸子之首。③　如:

梁惠王曰:"寡人之于国也,尽心焉耳矣。河内凶,则移其民于河东,移其粟于河内。河东凶亦然。察邻国之政,无如寡人之用心者。邻国之民不加少,寡人之民不加多,何

①　《大正新修大藏经》,T01N26P649b,台湾新文丰出版公司 1994 年版。
②　杨伯峻:《论语译注》,中华书局香港分局 1984 年版,第 91 页。
③　郝其宏:《孟子雄浑浩然话语风格探析》,《齐鲁学刊》2010 年第 5 期,第 17—20 页。

也?"孟子对曰:"王好战,请以战喻。填然鼓之,兵刃既接,弃甲曳兵而走。或百步而后止,或五十步而后止。以五十步笑百步,则何如?"①

对于梁惠王"民不加多"的问题,孟子并未直接回答,而是以王熟悉的事例"战"来设喻,层层诱导,使对方认识到自己的错误,接受孟子实行"仁政"的政治主张。《孟子》中类似比喻比比皆是,似信手拈来,贴切自然,体现出孟子高超的论辩智慧与艺术。

除了譬喻,《孟子》中也常见排比与反复的修辞手法。大量的排比句群、段落,集中地体现了孟子擅长论辩的言语风格。如用"恻隐之心,人皆有之;羞恶之心,人皆有之;恭敬之心,人皆有之;是非之心,人皆有之"②论述人之善端,用"为肥甘不足于口与?轻暖不足于体与?抑为采色不足视于目与?声音不足听于耳与?便嬖不足使令于前与?"③直捣齐宣王欲行霸道的要害。同时,反复陈说相同词语、句式以及段落也形成了《孟子》的独特风格。如:

今王鼓乐于此,百姓闻王钟鼓之声,管籥之音,举疾首蹙额而相告曰:'吾王之好鼓乐,夫何使我至于此极也?父子不相见,兄弟妻子离散。'今王田猎于此,百姓闻王车马之

① 杨伯峻:《孟子译注》,中华书局1962年版,第5页。
② 杨伯峻:《孟子译注》,中华书局1962年版,第259页。
③ 杨伯峻:《孟子译注》,中华书局1962年版,第16页。

音,见羽旄之美,举疾首蹙额而相告曰:'吾王之好田猎,夫何使我至于此极也？父子不相见,兄弟妻子离散。'……今王鼓乐于此,百姓闻王钟鼓之声,管籥之音,举欣欣然有喜色而相告曰:'吾王庶几无疾病与？何以能鼓乐也';今王田猎于此,百姓闻王车马之音,见羽旄之美,举欣欣然有喜色而相告曰:'吾王庶几无疾病与？何以能田猎也?'"[①](《庄暴见孟子》)

此段中反复言说"今王鼓乐于此……之音""今王田猎于此……之美",形成回环反复、舒徐迂缓的效果,也起到了增强语势、强调论题的作用。

由以上对比可见,佛教原始经典《阿含经》与儒家经典《论语》《孟子》存在诸多共同之处:从经典的形成来看,阿含经是在佛陀涅槃之后,由弟子们口耳相传集结而成,以言行录的形式记载佛陀所说及其直传弟子们的修道和传教活动。《论语》也是在孔子去世之后由门人弟子辑录而成,《孟子》由孟子及其弟子共同编纂而成,两书基本都是以语录或对话体的形式,记载孔子、孟子及其门人的言行片断。从叙述模式来看,阿含部经文篇幅大多不长。《论语》也言简意赅,极少繁缛冗长之论。及至《孟子》行文体制稍大。阿含经中,有的以"世尊告诸××"开篇讲述经义,有的以他人提问、佛陀作答之类往复问答的形式展现经义。《论语》记事或记言,有的以"子曰"提起,有的以弟子问询,

---

① 　杨伯峻:《孟子译注》,中华书局 1962 年版,第 26—27 页。

孔子作答之类对话形式显示观点。《孟子》也分为"孟子曰"与对话式的形式。从说理方式来看,《阿含经》中经常利用譬喻性的言辞或故事引导人们明白真谛悟入佛法。《论语》《孟子》也多利用比喻,这些比喻有的夹杂于议论、说理之中,有的整篇整章用喻,有的取材现实生活中客观存在的事或物,使人在浅近的语言之中领悟抽象的道理。从语言风格来看,《阿含经》中多见结合日常生活事例的寓言故事,语言平实通俗。又多用对话形式,保留了较多的通俗语词。《论语》《孟子》的语言也通俗平易,明白晓畅,再现了谈话的本然形态。

5.2   大乘经

中古译经中,大乘经典卷帙浩繁,主要有般若经、华严经、法华经、净土经等经类。本节以《妙法莲华经》《维摩诘经》《大方广佛华严经》《阿弥陀经》等大乘经典为主要考察对象,侧重与小乘经典进行对比,分析其文体特征。

5.2.1   章法特征

5.2.1.1   繁复的起首与结尾

小乘阿含经为释迦牟尼及其弟子的言行实录(虽然不免虚构成分)。编订之时往往以"如是我闻、闻如是"之类言辞起首,说明过去确实亲历此事,继之以简明扼要的语言交代佛陀说法的时间、地点、对象等。大乘经典假托佛说,也以"如是我闻,一时佛在……"之类言辞起首,然后交代说法的时间、地点、对象等,但与小乘阿含简要朴实的开场不同,大乘经文之开场文字多用夸张笔法渲染铺陈。例如,叙及与会听法者时,小乘阿含经中至多为千二百五十比丘,及至大乘佛经,除此千二百五十人之外,又另外增添出无数佛弟子、菩萨、天神等。《妙法莲华经》,大比丘万二千人,文殊、观音、弥勒、宝积等菩萨摩诃萨八万人,释提桓因、明月天子、自在天王、大梵天王、四大天王及其眷属成千上万,万千菩萨佛弟子、诸天龙神济济一堂谛听佛陀说法,场面空前隆重而盛大。

> 如是我闻:一时,佛住王舍城耆阇崛山中,与大比丘众万二千人俱,皆是阿罗汉。诸漏已尽无复烦恼,逮得己利,尽诸有结,心得自在。其名曰阿若骄陈如、摩诃迦叶、优楼频螺迦叶……菩萨摩诃萨八万人……释提桓因与其眷属二万天子俱,复有名月天子、普香天子、宝光天子、四大天王与其眷属万天子俱。……(姚秦鸠摩罗什译《妙法莲华经》卷1)①

小乘阿含经中,佛陀说法内容之后并无过多文饰,直接以听闻者"闻佛所说,欢喜奉行"之类的语句结束全经。大乘经末增加了"嘱累品"或"流通品",专讲此经在佛教中的特殊地位以及受持、讽诵、述解、书写它的种种功德。如《维摩诘经》,经末即有"嘱累品",嘱托众人弘通本经,又如《妙法莲华经》,经末有"普贤

---

① 《大正新修大藏经》,T09N262P2a,台湾新文丰出版公司 1994 年版。

菩萨劝发品",讲述奉持此经的利益,奉劝众人流通本经。陈述此类内容之后,方以一切大众"闻佛所说,皆大欢喜,信受奉行"或"受持佛语,作礼而去"之类语句结尾。

> 佛说是经时,普贤等诸菩萨,舍利弗等诸声闻,及诸天、龙、人非人等,一切大会,皆大欢喜,受持佛语,作礼而去。(姚秦鸠摩罗什译《妙法莲华经》卷 7)①

> 佛说是经已,长者维摩诘、文殊师利、舍利弗、阿难等,及诸天人阿修罗,一切大众,闻佛所说,皆大欢喜。(姚秦鸠摩罗什译《维摩诘所说经》卷 3)②

5.2.1.2　偈散结合的表达形式

小乘阿含经中便随处可见偈颂的踪影。大乘经中,偈颂或置于经首,或置于经末,或穿插于长行之间,与长行构成两种主要的文体形式,发挥其引出下文、总结前文、重复宣说经义、随意问答等作用。例如:

> 尔时,舍利弗踊跃欢喜,即起合掌,瞻仰尊颜,而白佛言:"今从世尊闻此法音,心怀勇跃,得未曾有。所以者何?我昔从佛闻如是法,见诸菩萨授记作佛,而我等不豫斯事,甚自感伤,失于如来无量知见。世尊!我常独处山林树下,

---

① 《大正新修大藏经》,T09N262P62a,台湾新文丰出版公司 1994 年版。
② 《大正新修大藏经》,T14N474P557b,台湾新文丰出版公司 1994 年版。

若坐若行。……"尔时舍利弗欲重宣此义,而说偈言：

　　　我闻是法音,得所未曾有,

　　　心怀大欢喜,疑网皆已除。

　　　昔来蒙佛教,不失于大乘,

　　　佛音甚希有,能除众生恼,

　　　我已得漏尽,闻亦除忧恼。

　　　我处于山谷,或在树林下,

　　　若坐若经行,常思惟是事。(姚秦鸠摩罗什译《妙法莲华经》卷 2)①

5.2.1.3　"直说"与"对话"的叙事模式

佛典有对话说法的传统,以对话的形式叙述经义,可以避免平铺直叙的沉闷,显得较为生动活泼。小乘阿含中就有大量问答性质的对话。大乘经中,"对话说法"也是最为常见的叙事模式。例如,《妙法莲华经》除了少量的关于时间、地点、人物的交代之外,基本内容都是由佛与弟子们之间的互相问答对话来体现。又如,旨在阐说不可思议解脱法门的《维摩诘经》,主要以对话形式来记叙佛与弟子们之间的说法、问难与答辩。

　　尔时,舍利弗承佛威神作是念："若菩萨心净,则佛土净者,我世尊本为菩萨时,意岂不净? 而是佛土不净若此。"佛知其念,即告之言："于意云何? 日月岂不净耶? 而盲者不

---

① 《大正新修大藏经》,T09N262P10b,台湾新文丰出版公司 1994 年版。

见。"对曰:"不也,世尊,是盲者过,非日月咎。""舍利弗,众生罪故,不见如来佛土严净,非如来咎。舍利弗,我此土净,而汝不见。"(姚秦鸠摩罗什译《维摩诘所说经》卷1)①

除了"对话说法"之外,大乘经中"直说经义"的经文也为数不少,例如,《佛说阿弥陀经》记叙西方净土之清净庄严,诸佛赞叹众生往生西方净土等内容,并无弟子请问与对话,全部经义为佛陀直接"告曰"。

尔时,佛告长老舍利弗:从是西方,过十万亿佛土,有世界名曰极乐,其土有佛,号阿弥陀,今现在说法。舍利弗,彼土何故名为极乐? 其国众生无有众苦,但受诸乐,故名极乐。又舍利弗,极乐国土,七重栏楯,七重罗网,七重行树,皆是四宝周匝围绕。是故彼国名曰极乐。……(姚秦鸠摩罗什译《佛说阿弥陀经》卷1)②

5.2.2　词汇特征

5.2.2.1　一般词语

与小乘阿含质朴平实的语言风格不同,大乘佛经更追求词语的藻绘,大量使用具有形象色彩与感情色彩的描绘性词语。正如陈允吉所指出的:"虽然大乘佛经表面上还保持着弟子们记诵释尊言教的顺序,但总体面貌却被注入了另一种气质,原先简

---

① 《大正新修大藏经》,T14N262P538c,台湾新文丰出版公司1994年版。
② 《大正新修大藏经》,T12N366P346c,台湾新文丰出版公司1994年版。

单的几句话可附会成一大段穷形极相的摹述,纪实性的内容遂
完全让位给想象虚构。在这里有限的感性经验遭到鄙薄,经典
结撰者的灵感主要来源于那些邈远和诡幻的事物,与此相互关
连着的是在行文词句上转向有意识的庄严藻绘。"①例如,《大方
广佛华严经》开场描述释迦牟尼证道成佛后,道场顿时无比庄严
的一段文字:

> 　　一时,佛在摩竭提国寂灭道场,始成正觉。其地金刚,
> 具足严净。众宝杂华,以为庄饰。上妙宝轮,圆满清净。无
> 量妙色,种种庄严,犹如大海。宝幢幡盖,光明照耀。妙香
> 华鬘,周匝围绕。七宝罗网,弥覆其上。雨无尽宝,显现自
> 在。诸杂宝树,华叶光茂。佛神力故,令此场地广博严净,
> 光明普照,一切奇特,妙宝积聚。无量善根,庄严道场。其
> 菩提树高显殊特,清净瑠璃以为其干,妙宝枝条,庄严清净。
> 宝叶垂布,犹如重云。杂色宝华,间错其间。如意摩尼以为
> 其果,树光普照十方世界。(东晋佛驮跋陀罗译《大方广佛
> 华严经》卷 1)②

　　此段大量运用修饰性形容词语,描绘出道场的种种胜景:道
场之地"具足严净";装饰地面之宝花、宝轮"圆满清净",呈现出
"无量妙色,种种庄严";宝幢四周围绕着"妙香华鬘",顶部罩以

①　陈允吉、卢宁:《什译〈妙法莲华经〉里的文学世界》,《佛经文学研究论集》,复旦
　　大学出版社 2004 年版,第 3 页。
②　《大正新修大藏经》,T09N278P395a,台湾新文丰出版公司 1994 年版。

"七宝罗网","光明照耀";众多宝树"华叶光茂",整个场地"广博严净,光明普照,一切奇特,妙宝积聚"。释迦牟尼证道成佛的那棵菩提树也变得奇异殊特,以"清净瑠璃"为树干,"妙宝枝条,庄严清净。宝叶垂布,犹如重云",各种宝花宝果缀满枝头,树身大放光明,普照十方世界。类似夸饰在大乘经中比比皆是,无论描绘场景,塑造形象,还是宣说义理,经文皆多用修饰性形容词进行渲染与烘托。

大乘佛经中还以浓墨重彩塑造了一批佛神、菩萨的形象,如对无量寿佛形象的具体描绘:

> 无量寿佛身如百千万亿夜摩天阎浮檀金色。佛身高六十万亿那由他恒河沙由旬。眉间白毫,右旋宛转,如五须弥山。佛眼清净如四大海水,清白分明。身诸毛孔演出光明,如须弥山。彼佛圆光,如百亿三千大千世界。于圆光中,有百万亿那由他恒河沙化佛;一一化佛,亦有众多无数化菩萨以为侍者。无量寿佛有八万四千相,一一相中,各有八万四千随形好;一一好中,复有八万四千光明;一一光明,遍照十方世界念佛众生,摄取不舍。(刘宋畺良耶舍译《佛说观无量寿佛经》卷1)[①]

此段以大量数目词的堆叠形容,塑造出令人叹为观止的无量寿佛形象。形容佛身金色之美好以"百千万亿";形容佛高之

---

①　《大正新修大藏经》,T12N365P343b,台湾新文丰出版公司1994年版。

无极以"六十万亿""那由他"(相当于今天的亿数)、"恒河沙"(恒河沙粒至细,其量无法计算,譬物之多);形容佛顶圆轮光明之奇妙以"百亿三千"大千世界、"百万亿""那由他""恒河沙";形容佛相之多变以"八万四千"相、"八万四千"随形好、"八万四千"光明。类似于此,大乘经中形容事物动辄便是千万亿、无量、无边、阿僧祇、恒河沙数、无央数,极尽夸张之能事。

5.2.2.2　佛教词语

内容决定形式。在叙述深奥教义、充满思辨的大乘经文如《小品般若经》《大品般若经》《般若心经》《金刚经》中,一般并无过多修饰性词语,较多地运用佛教词语平铺直叙,相对充满藻饰的大乘经文而言,此类经文显得枯燥乏味。例如:

> 观世音菩萨,行深般若波罗蜜多时,照见五阴空,度一切苦厄。舍利弗! 色空故,无恼坏相;受空故,无受相;想空故,无知相;行空故,无作相;识空故,无觉相。何以故? 舍利弗! 非色异空,非空异色;色即是空,空即是色。受、想、行、识,亦复如是。……菩萨依般若波罗蜜故,心无挂碍,无挂碍故,无有恐怖,远离一切颠倒梦想苦恼,究竟涅槃。三世诸佛依般若波罗蜜故,得阿耨多罗三藐三菩提。(姚秦鸠摩罗什译《摩诃般若波罗蜜大明咒经》卷 1)[1]

此段经文阐发"空"的妙理与妙用,字里行间充斥着如"般若

---

[1]　《大正新修大藏经》,T08N250P847c,台湾新文丰出版公司 1994 年版。

波罗蜜""涅槃""阿耨多罗三藐三菩提"等音译佛教词语,连"五
阴""空""色""相""想""法""生""灭""行""识""界"等本土词语
也被赋予了特定的宗教意义,远离其本义,读来深奥难懂。

5.2.3　句法特征

魏晋南北朝时期,四字句式成为译经中较为普遍的文体现
象,大乘经典也不例外。梁启超曾将《小品般若经》自支谶至鸠
摩罗什所译的四种版本进行比较,兹引其中数句,可以看到鸠摩
罗什译经中句式的明显变化。

> 敢佛弟子所说法所成法,皆持佛威神,何以故?（后汉
> 支娄迦谶译《道行般若经》）

> 敢佛弟子所说,皆乘如来大士之作,所以者何?（吴支
> 谦译《大明度经》卷1）

> 敢佛弟子所说法所成法,皆承佛威神,何以故?（秦昙
> 摩蜱共竺佛念译《摩诃般若钞经》）

> 佛诸弟子,敢有所说,皆是佛力,所以者何?（姚秦鸠摩
> 罗什译《小品般若经》）

与小乘阿含相类,大乘经典多以对话形式展开叙述,各式疑
问句的使用十分普遍,且经常以呼语引起对答,诸如"诸佛子、诸

贤、善男子、善女人"之类呼语的运用十分频繁,此不赘例。

5.2.4 修辞特征

小乘阿含经中虽然常常使用各种修辞手段,但总体而言不脱朴素简约之风,大乘经典则呈现出浓厚的文学色彩。虚构性的佛国世界的描绘,大宗神佛、菩萨形象的塑造,随处可见的譬喻,共同营造出大乘经典特有的、不可思议的境界。

5.2.4.1 夸 张

刘勰《文心雕龙·夸饰》云:"自天地以降,豫入声貌;文辞所被,夸饰恒存。"[1]从古至今,夸张都是一种极为常见的修辞方式。与中土固有的"夸而有节,饰而不诬"[2]不同,大乘造经者善于运用大量的、极度的、反复的夸张驰骋想象、寄托玄想。例如对佛陀形象的描绘,小乘阿含经中,尽管对佛陀的形象有较多的美化与一定程度的神奇化,但总体上佛陀还是一位具有现实品格的人物形象,及至大乘经典,佛陀形象被完全神化,其神通如意、法力无边和大慈大悲等方方面面被夸张得无以复加。例如《妙法莲华经》中描写的佛陀:

> 尔时佛放眉间白毫相光,照东方万八千世界,靡不周遍,下至阿鼻地狱,上至阿迦尼咤天。于此世界,尽见彼土六趣众生。(姚秦鸠摩罗什译《妙法莲华经》卷 1)[3]

---

① 周振甫:《文心雕龙今译》,中华书局 1986 年版,第 335 页。
② 周振甫:《文心雕龙今译》,中华书局 1986 年版,第 335 页。
③ 《大正新修大藏经》,T09N262P2b,台湾新文丰出版公司 1994 年版。

一切众前，现大神力，出广长舌，上至梵世。一切毛孔，放于无量无数色光，皆悉遍照十方世界。众宝树下师子座上诸佛亦复如是，出广长舌，放无量光。释迦牟尼佛及宝树下诸佛，现神力时，满百千岁，然后还摄舌相。一时謦欬，俱共弹指，是二音声，遍至十方诸佛世界，地皆六种震动。（姚秦鸠摩罗什译《妙法莲华经》卷6）[1]

大乘经中的佛陀眉间白毫相光，照遍万千世界，可分身百千万亿遍布十方，通体毛孔皆放大光明，悉照三千大千世界微尘刹土，弹指则大地震，发语则天雨花，已非小乘阿含可比。

除了佛陀形象之外，大乘佛典还塑造了众多的神佛、菩萨形象，并以极度夸张的手法显示其种种神通变化。例如《维摩诘经》"不思议品"中，维摩诘能够以神通力向东方极其遥远的佛国的须弥灯王佛借椅子，佛菩萨居然能够将三千大千世界置于掌中投掷无穷远而不令众生知觉：

于是长者维摩诘现神通力，实时彼佛遣三万二千师子座，高广严净，来入维摩诘室，诸菩萨大弟子，释梵四天王等，昔所未见，其室广博，悉皆包容三万二千师子座，无所妨碍。……住不可思议解脱菩萨，断取三千大千世界，如陶家轮，著右掌中，掷过恒河沙世界之外，其中众生不觉不知己之所往，又复还置本处，都不使人有往来想。……又菩萨以

① 《大正新修大藏经》，T09N262P51c，台湾新文丰出版公司1994年版。

一切佛土众生置之右掌,飞到十方,遍示一切,而不动本处。
(姚秦鸠摩罗什译《维摩诘所说经》)①

大乘佛典还以夸饰的笔法描绘出无量世界的种种形状,各世界的自体及各自的美妙特征。如《大方广佛华严经》中所形容的莲花藏世界海中的场景:

> 此莲华藏世界海中,一一境界,有世界海微尘数清净庄严。诸佛子,此香水海上,有不可说佛刹微尘数世界性住,或有世界性莲华上住,或在无量色莲华上住,或依真珠宝住,或依诸宝网住,或依种种众生身住,或依佛摩尼宝王住,或须弥山形,或河形,或转形,或旋流形,或轮形,或树形,或楼观形,或云形,或网形。……(东晋佛陀跋陀罗译《大方广佛华严经》卷 4)②

5.2.4.2　譬　喻

从小乘阿含可以看出,佛陀善用机智的譬喻导化听众。佛陀这种说法方式被后来的门徒继承并发扬广大,大乘经典中随处可见譬喻的踪影。《大般涅槃经》甚至还总结出比喻的八种方法:“喻有八种,一者顺喻,二者逆喻,三者现喻,四者非喻,五者先喻,六者后喻,七者先后喻,八者遍喻。”③

---

① 《大正新修大藏经》,T14N474P546b,台湾新文丰出版公司 1994 年版。
② 《大正新修大藏经》,T09N278P414a,台湾新文丰出版公司 1994 年版。
③ 《大正新修大藏经》,T12N374P536b,台湾新文丰出版公司 1994 年版。

大乘经典好用譬喻，所用譬喻又各具特色。例如，《妙法莲华经》中的譬喻注重发挥其说理例证的作用，篇幅相对较长，卷2《譬喻品》至卷5《如来寿量品》依次运用了"火宅""穷子""药草""化城""衣珠""髻珠""医子"七个譬喻，以"七喻"来阐明大乘佛法的一些重要观点。《华严经》体制宏伟，善用博喻以张其体势，动辄以数十甚至上百种事物比喻同一事物，以达到穷形尽相之效果。例如，关于菩提心之譬喻：

> 菩提心者，则为良田，长养众生白净法故。菩提心者，则为大地，能持一切诸世间故。菩提心者，则为净水，洗濯一切烦恼垢故。菩提心者，则为大风，一切世间无障碍故。菩提心者，则为盛火，能烧一切邪见爱故。菩提心者，则为净日，普照一切众生类故。菩提心者，则为明月，诸白净法悉圆满故。菩提心者，则为净灯，普照一切诸法界故。菩提心者，则为净眼，悉能睹见邪正道故。菩提心者，则为大道，皆令得入一切智城故。……（东晋佛陀跋陀罗译《大方广佛华严经》卷59)①

此段之后，经中还分别以宫殿、园观、胜宅、慈母、大王、大海、须弥山王、金刚围山、香山、宝马等共一百多种喻体来比喻菩提心。喻体数量之多，非他经所可比拟。

5.2.4.3　排　比

排比的运用往往能够增强表达的气势，并给人整齐匀称的

---

① 《大正新修大藏经》，T09N278P775b，台湾新文丰出版公司1994年版。

美感。大乘经典体制宏伟,多以排比张其体势。例如,《华严经》叙及何为梵行时,连续排比若干"为……耶?"句式,节奏紧凑,给人以一气呵成之感,具有无可辩驳的说理力量:

> 若佛是梵行者,为色是佛耶? 为受想行识是佛耶? 为三十二相八十种好是佛耶? 为一切神通业报是佛耶? 若法是梵行者,为正教是法耶? 为寂灭离涅盘是法耶? 为生非生是法耶? 为实非实是法耶? 为虚妄是法耶? 为合散是法耶? 若僧是梵行者,为向须陀洹果是僧耶? 为得须陀洹果是僧耶? 为向斯陀含阿那含阿罗汉果是僧耶? 为得斯陀含阿那含阿罗汉果是僧耶? 为三明六通是僧耶? ……(东晋佛陀跋陀罗译《大方广佛华严经》卷 8)①

经中许多偈颂也运用了排比的修辞技巧,例如下段偈颂以排比句型,构筑出佛教中"不可言说""不可思议"的境界。

> 于彼一一毛孔中,出生异色不可说。
> 于彼一一异色中,放妙光明不可说。
> 于彼一一光明中,出宝莲华不可说。
> 于彼一一宝莲华,各有宝叶不可说。
> 于彼一一宝莲叶,有微妙色不可说。
> 于彼一一妙色中,出生莲华不可说。

---

① 《大正新修大藏经》,T09N278P449b,台湾新文丰出版公司 1994 年版。

于彼一一莲华中,各放光明不可说……(东晋佛陀跋陀罗译《大方广佛华严经》卷 29)①

5.2.4.4 反　复

大乘经中,不仅阐说教义之时多用反复,叙述情节、描绘形象、对话问答、赞叹歌颂之时也多重复同样的句子,因此并不复杂的内容篇幅往往相当长。

阐说教义者,例如般若性空的道理,《金刚般若经》加以演说,什译不过用了六七千字。但它只是个提纲。异译本有的达二万五千颂,十万颂,短的也有八千颂。这些不同译本的长篇般若经就是对基本原理不断重复的产物。

赞叹歌颂者,如《佛说无量寿经》中歌颂得佛之利益,不断重复相同词句,造成一种回环往复的特殊宣传效果。

设我得佛,十方无量不可思议诸佛世界众生之类,蒙我光明触其体者,身心柔软,超过人天。若不尔者,不取正觉。设我得佛,十方无量不可思议诸佛世界众生之类,闻我名字,不得菩萨无生法忍诸深总持者,不取正觉。设我得佛,十方无量不可思议诸佛世界,其有女人闻我名字,欢喜信乐,发菩提心,厌恶女身。寿终之后复为女像者,不取正觉……(曹魏康僧铠译《佛说无量寿经》卷 1)②

---

① 《大正新修大藏经》,T09N278P587a,台湾新文丰出版公司 1994 年版。
② 《大正新修大藏经》,T12N360P268c,台湾新文丰出版公司 1994 年版。

　　叙述情节者,如《维摩诘经》"弟子品第三",佛命十大弟子等人问疾,各位弟子由于受过维摩诘的呵斥或问难,慑于其神通辩才,都不敢当此重任。每一小段情节相似,叙述之时多重复相同的语句。

　　佛告大目犍连:"汝行诣维摩诘问疾。"目连白佛言:"世尊! 我不堪任诣彼问疾。所以者何? 忆念……不任诣彼问疾。"佛告大迦叶:"汝行诣维摩诘问疾。"迦叶白佛言:"世尊! 我不堪任诣彼问疾。所以者何。忆念……不任诣彼问疾。"……(姚秦鸠摩罗什译《维摩诘所说经》卷 1)①

①　《大正新修大藏经》,T14N474p539c,台湾新文丰出版公司 1994 年版。

第6章 律藏文体分析

释迦佛陀成道之后,游行各地广行教化,僧众规模日益壮大,为规范僧众行为,维护僧团正常的修行秩序,佛陀因种种因缘,制定了种种止恶修善的具体规范。佛陀灭度之后,大弟子摩诃迦叶会集五百比丘在王舍城举行了第一次结集,由优婆离尊者诵出律法。后来僧团因异执纷起而导致分裂,产生五部戒律之说。①

6.1 广 律

中古时期,传入汉地的广律典籍主要有:刘宋佛陀什共竺道生等译《弥沙塞部和酰五分律》;东晋佛陀跋陀罗共法显译《摩诃僧祇律》;姚秦佛陀耶舍与竺佛念共译《四分律》;姚秦弗若多罗共罗什译《十诵律》。此类律典详细叙述制戒因缘与戒法条文,内容虽然互有参差,但大同小异,后人称之为"广律"。众多律典中,历来持诵最多、影响最著、现存最为完整者为《四分律》。因

---

① 五部律,即昙无德部《四分律》、萨婆多部《十诵律》、弥沙塞部《五分律》、迦叶遗部《解脱律》、大众部《僧祇律》。

此,本节中将以《四分律》作为主要考察对象,分析其文体特征。

6.1.1 章法特征

6.1.1.1 程式化的叙事模式

律部主要是针对比丘与比丘尼所设的规范,它包涵的内容通常可分为"止持"与"作持"两大类。所谓"止持",是指"禁止性质"的规范,如淫、盗、杀、妄语等比丘应遵守的二百五十戒条,比丘尼应遵守的三百四十八戒条等。所谓"作持",是指"应作为性质"的规范,如针对僧团如何夏安居、如何处理内部纠纷等一系列生活细节的周详规定。若与《四分律》相对应,"止持"即指比丘、比丘尼戒法部分,"作持"指犍度部分。从章法特征来看,以《四分律》为例的广律典籍大多拥有程式化的叙事模式,比丘与比丘尼戒法中,通常每一条目之下都包含叙述因缘与制定戒律两部分。

6.1.1.1.1 叙述因缘

因缘,梵语名为 Nidāna,音译尼陀那。《大智度论》卷 33 云:"尼陀那者,说诸佛法本起因缘。佛何因缘说此事?修多罗中有人问,故为说是事;毗尼中有人犯是事,故结是戒。一切佛语缘起事,皆名尼陀那。"[1]《大毗婆沙论》卷 126 云:"因缘云何?谓诸经中遇诸因缘而有所说,如义品等种种因缘,如毗奈耶作如是说,由善财子等最初犯罪,是故世尊集苾刍僧制立学处。"[2]

---

[1] 《大正新修大藏经》,T25N1509P307b,台湾新文丰出版公司 1994 年版。
[2] 《大正新修大藏经》,T27N1545P660a,台湾新文丰出版公司 1994 年版。

《四分律》所叙戒法并非仅仅罗列一些条条框框性质的清规戒律,而是在每条戒律之前,首先要叙述一番佛陀当时制定戒律之因缘。比丘二百五十戒中,几乎每一戒下都分别说明因谁结戒、为何事结戒。比丘尼三百四十八戒中,除波罗夷前四戒、僧伽婆尸沙前三戒、尼萨耆波逸提前十八戒、波逸提前六十九戒,因其因缘已见比丘戒中而略去之外,其余与比丘戒不同的各条,也都分别叙述制戒因缘。在说戒犍度、安居犍度、自恣犍度、皮革犍度等犍度条目中,制定每一规范之前,也分别叙述其因缘故事。每一因缘故事内容详略不同,详述者篇幅较长,简略者仅仅寥寥数语。例如,《四分律》卷22"八波罗夷法"中"身相触"条的结戒因缘:

> 尔时,世尊在舍卫国祇树给孤独园。时,有大豪贵长者,名大善鹿乐,颜貌端政。偷罗难陀比丘尼亦颜貌端政。长者鹿乐系心于偷罗难陀所,偷罗难陀亦系心于长者所。后于异时,为偷罗难陀故,请诸比丘尼及偷罗难陀设食,即于其夜办具种种饮食,清旦往。白时到,偷罗难陀知长者为己故请僧,彼即自住寺,不往。诸比丘尼到时,着衣持钵诣长者家。就坐已,时长者遍观尼众,不见偷罗难陀,即问:"偷罗难陀何处而不来耶?"答言:"在寺不来。"于是长者疾疾行食已,即往寺中至偷罗难陀所。偷罗难陀遥见长者来,即卧床上。长者前问:"阿姨,何所患苦?"答言:"无所患苦。我所欲者而彼不欲,彼言我欲非不欲。"时,长者即前抱卧,以手摩捉呜。长者还坐,问言:"阿姨所须何物?"答言:"我

欲得酸枣。"长者言:"欲得者明日当送。"(姚秦佛陀耶舍共
竺佛念译《四分律》卷 22)①

　　此段叙述比丘尼偷罗难陀与长者鹿乐偷情一事,曲折生动,
完全可以视为一则情节完整的小故事。类似于此,每条戒律之
前的因缘故事一般先交代时间、地点以及处所,然后叙述某比丘
或比丘尼犯过的事件。

　　又如,《四分律》卷 37"安居犍度"中叙说"三月夏安居"之
因缘:

　　　　尔时,佛在舍卫国祇树给孤独园。时,六群比丘于一切
　　时春夏冬人间游行。时夏月天暴雨,水大涨,漂失衣钵、坐
　　具、针筒,蹈杀生草木。时,诸居士见,皆共讥嫌:"沙门释子
　　不知惭愧,蹈杀生草木,外自称言'我知正法'。如是何有正
　　法? 于一切时春夏冬人间游行,夏天暴雨,水大涨,漂失衣
　　钵、坐具、针筒,蹈杀生草木,断他命根。诸外道法尚三月安
　　居,此诸释子,而于一切时春夏冬人间游行,天暴雨,水大
　　涨,漂失衣钵、坐具、针筒,蹈杀生草木,断他命根。至于虫
　　鸟,尚有巢窟止住处。沙门释子,一切时春夏冬人间游行,
　　天暴雨,水大涨,漂失衣钵、坐具、针筒,蹈杀生草木,断他命
　　根。"时,诸比丘闻,其中有少欲知足、行头陀、乐学戒、知惭
　　愧者,呵责六群比丘言:"汝云何于一切时春夏冬人间游行,

<hr>

① 《大正新修大藏经》,T22N1428P715a,台湾新文丰出版公司 1994 年版。

> 夏天暴雨,水大涨,漂失衣钵、坐具、针筒,蹈杀生草木。诸
> 居士于草木中有命根想,令居士讥嫌故得罪耶?"时,诸比丘
> 往世尊所,头面礼佛足,在一面坐,以此因缘具白世尊。(姚
> 秦佛陀耶舍共竺佛念译《四分律》卷 37)①

此处记载六群比丘于夏月游化时,为暴雨漂失衣钵、坐具、
针筒,踩杀地面之虫类及草树,从而招来世讥一事,为佛陀制定
三月夏安居法之因缘。

6.1.1.1.2　制定戒律

叙述因缘之后,便是制定戒律部分。这一部分主要包括结
戒的经过、所结戒的条文以及对条文的解释。以《四分律》卷 22
"八波罗夷法"中"身相触"条为例,首先叙及结戒的经过:

> 世尊即以此因缘集比丘僧,以无数方便呵责偷罗难陀
> 比丘尼:"汝所为非,非威仪,非沙门法,非净行,非随顺行,
> 所不应为。云何偷罗难陀,汝与长者作如此事?"(姚秦佛陀
> 耶舍共竺佛念译《四分律》卷 22)②

如上所引,制戒之前,往往首先有一段佛陀就犯过行为对当
事人进行审问与批评的内容,偷罗难陀比丘尼与长者鹿乐偷情
一事被揭露之后,佛陀召集众僧尼,呵责偷罗难陀比丘尼的不当
行为,此为结戒的经过。

---

① 《大正新修大藏经》,T22N1P428830b,台湾新文丰出版公司 1994 年版。
② 《大正新修大藏经》,T22N1P428715a,台湾新文丰出版公司 1994 年版。

之后紧接着说明结戒的意义（即"十句义"）①，制定戒法具体内容，规定其犯戒的相应惩处措施，并对戒条中每一词语的意义进行明确的界定，对可能出现的种种情况进行了假设，规定其犯与不犯的性质：

> 尔时，世尊以无数方便呵责已，告诸比丘："此偷罗难陀比丘尼痴人，多种有漏处，最初犯戒，自今已去，与比丘尼结戒，集十句义，乃至正法久住。欲说戒者，当如是说：若比丘尼染污心，共染污心男子，从腋已下、膝以上身相触，若捉摩、若牵、若推、若上摩、若下摩、若举、若下、若捉、若捺，是比丘尼波罗夷不共住。是身相触也。比丘尼义如上。染污心者，意相染著，染污心男子亦如是。腋已下者，腋已下身分。膝已上者，膝已上身分也。身者，从足指乃至头发。身相触者，二身若捉摩、若牵、若推、若逆摩、若顺摩、若举、若下、若捉、若捺。捉摩者，手摩身前后。牵者，牵前。推者，推却。逆摩者，从下至上。顺摩者，从上至下。举者，抱举。下者，抱下或坐或立。捉者，或捉前、或捉后、或捉髀、或捉乳。捺者，或捺前、捺后、捺乳、捺髀。……比丘僧伽婆尸沙，式叉摩那沙弥沙弥尼突吉罗，是谓为犯。不犯者，若取与时触身，若戏笑时触，若有所救解时触，一切无欲心，不

---

① 《五分律》卷 1 载，佛告诸比丘："以十利故为诸比丘结戒。何等为十？所谓僧和合故、摄僧故、调伏恶人故、惭愧者得安乐故、断现世漏故、灭后世漏故、令未信者信故、已信者令增广故、法久住故、分别毗尼梵行久住故。"

犯。"(姚秦佛陀耶舍共竺佛念译《四分律》卷 22)①

如上所引,从"若比丘尼染污心"至"是比丘尼波罗夷不共
住"为"身相触戒"的具体内容。之后便是对"污染心、腋已下、膝
已上、身、身相触、捉摩"等戒条中所涉词语的详尽说解。最后是
对于种种可能出现的情形的假设与规定,例如,如果在取东西或
给人东西时触及对方,如果在嬉笑玩耍间触及对方,如果在解救
性命之时触及刈力等没有爱欲之心的接触情形,都不犯戒。

犍度条文多汇集同类之法,繁杂而详尽。仍以卷 37"安居
犍度"条为例,在叙述"夏安居"的因缘之后,佛陀召集众比丘僧,
呵责六群比丘之不当行为,继而又围绕"夏安居"出现的种种情
况以及比丘僧的诸多疑问,事无巨细,都进行了周详的规定:

> 以无数方便呵责六群比丘已,告诸比丘:"汝不应于一
> 切时春夏冬人间游行,从今已去,听诸比丘三月夏安居。"
> 时,诸比丘住处无所依人,不知何所白。诸比丘有疑,不知
> 成安居不,即白世尊。世尊言:"发意为安居故,便得成安
> 居,从今日,听诸比丘若无所依人心念安居。……时,诸比
> 丘于住处不看房舍卧具便受房,得不好房恶卧具,便瞋旧住
> 比丘言:汝心不平等。所喜者,便与好房、好卧具。不喜者,
> 便与恶房、恶卧具。不喜我故,与我恶房、恶卧具。时,诸比
> 丘以此因缘具白世尊。世尊告诸比丘:若比丘于住处欲安

---

① 《大正新修大藏经》,T22N1428P715b,台湾新文丰出版公司 1994 年版。

居,应先自往看房舍、卧具,然后受房。从今已去,听分房分
卧具……"(姚秦佛陀耶舍共竺佛念译《四分律》卷37)①

针对众比丘的不当行为,佛陀制定了"听诸比丘三月夏安
居"的行为规范,规定在雨季时期,比丘须聚集修行,避免外出。
然而,何处安居、房舍卧具如何分配、中途可否外出等都是在实
施安居过程中遇到的实际问题,针对于此,佛陀又随遇随制,制
定了更为具体而微的行为规范,例如,如果比丘要在住处安居,
应当首先亲自去看房舍、卧具是否完善,然后接受房屋。如此种
种,琐碎而面面俱到。

6.1.1.2 以散体为主的表达形式

律部主要内容为因缘故事与具体的律法规范,无论叙述因
缘还是制定戒律部分,多以长行散句平铺直叙。尤其在律法条
文中,基本不采用偈颂。有时,律法条文的内容还分条逐列。例
如《四分律》卷25"一百七十八单提法之二"中,多处分项列举
"波逸提"之法:

> 若比丘尼故断畜生命者,波逸提;
> 若比丘尼知水有虫,饮者波逸提;
> 若比丘尼故恼他比丘尼,乃至少时不乐,波逸提;
> 若比丘尼知比丘尼有粗罪,覆藏者波逸提;
> 若比丘尼知诤事,如法忏悔已,后更发举者,波逸提;

① 《大正新修大藏经》,T22N1428P830b,台湾新文丰出版公司1994年版。

若比丘尼知是贼伴,共一道行,乃至一聚落,波逸提。
……(姚秦佛陀耶舍共竺佛念译《四分律》卷 25)①

又如,《四分律》卷 21"百众学法之三"中,多处分项列举:

不得为衣缠颈者说法,除病,尸叉罽赖尼;
不得为覆头者说法,除病,尸叉罽赖尼;
不得为裹头者说法,除病,尸叉罽赖尼;
不得为叉腰者说法,除病,尸叉罽赖尼;
不得为着革屣者说法,除病,尸叉罽赖尼;
不得为着木屐者说法,除病,尸叉罽赖尼;
不得为骑乘者说法,除病,尸叉罽赖尼。……(姚秦佛
陀耶舍共竺佛念译《四分律》卷 21)②

这种整齐的排列方式使得律法内容一目了然。

偈颂在律部语言中主要见于叙述因缘故事部分,例如《四分
律》卷 11"九十单提法"制定"若比丘两舌语,波逸提"戒条之前,
佛陀为比丘讲述两兽被野干离间的事例,其中对话多采用偈颂
形式:

尔时,世尊以无数方便呵责六群比丘已,告诸比丘:"汝
等当听,古昔有两恶兽为伴,一名善牙师子,二名善博虎,昼

① 《大正新修大藏经》,T22N1428P735,台湾新文丰出版公司 1994 年版。
② 《大正新修大藏经》,T22N1428P710a,台湾新文丰出版公司 1994 年版。

夜伺捕众鹿。时,有一野干逐彼二兽后,食其残肉,以自全命。时,彼野干窃自生念:'我今不能久与相逐,当以何方便斗乱彼二兽,令不复相随?'时,野干即往善牙师子所,如是语善牙:'善博虎有如是语言:我生处胜种姓胜,形色胜汝力势胜汝。何以故?我日日得好美食,善牙师子逐我后,食我残肉以自全命。'即说偈言:

形色及所生,大力而复胜,

善牙不能善,善博如是语。

善牙问野干言:'汝以何事得知?'答言:'汝等二兽共集一处,相见自知。'尔时,野干窃语善牙已,便往语善博虎言:'汝知不?善牙有如是语,而我今日种姓生处悉皆胜汝,力势亦胜。何以故?我常食好肉,善博虎食我残肉而自活命。'即说偈言:

形色及所生,大力而复胜,

善博不能善,善牙如是语。

善博问言:'汝以何事得知?'答言:'汝等二兽共集一处,相见自知。'后二兽共集一处,瞋眼相视,善牙师子便作是念:'我不应不问,便先下手打彼。'……"(姚秦佛陀耶舍共竺佛念译《四分律》卷 11)①

6.1.2　词汇特征

6.1.2.1　一般词语

律中所涉戒法及犍度条目多为因事而制,引出戒法内容之

---

① 《大正新修大藏经》,T22N1428P636a,台湾新文丰出版公司 1994 年版。

前,往往会有一段或数段叙述制戒因缘的小故事,这些故事以暴露比丘或比丘尼之过错为主要内容,题材广泛,内容生活化,涉及僧侣衣食住行、修习、布教等方方面面,甚至不避秽俗,连僧众咳嗽、打喷嚏、吐唾沫等一类的生活琐事都惟妙惟肖地展现出来。与此生活化的内容相应,因缘故事多采用通俗平易、富有生活气息的语汇,而不用深奥古僻的叙述语言。例如:

> 须提那母闻其子将诺比丘还归本村,即往迎。到彼子所,语其子言:"可时舍道,还作白衣。何以故?汝父已死,我今单独,恐家财物没入于官。但汝父财既多,况祖父已来财物无量,甚可爱惜。是以汝今应舍道就俗。"即答母言:"我不能舍道习此非法。今甚乐梵行,修无上道。"如是至三,其子亦答言,不能舍道还俗。其母便舍之而去,诣其妇所语言:"汝月期时至,便来语我。"妇自知时到,往语其姑:"大家欲知我月期时至。"母语其妇:"汝取初嫁时严身衣服,尽着而来。"即如其教,便自庄严,与母共俱至其儿所。"今正是时,便可舍道就俗。何以故?汝若不舍道者,我财物当没入于官。"儿答母言:"我不能舍道。"母如是再三语子言:"汝妇今日华水已出,便可安子,使汝种不断。"子白母言:"此事甚易,我能为之。"时,迦兰陀子,佛未制戒前不见欲秽,便捉妇臂,将至园中屏处,三行不净。(姚秦佛陀耶舍共竺佛念译《四分律》卷1)①

① 《大正新修大藏经》,T22N1428P569c,台湾新文丰出版公司1994年版。

　　此段叙述须提那母为令其子舍道还俗,绞尽脑汁再三劝说、安排其妇与之生子的故事,情节生动曲折,叙事如话家常,多采用通俗易懂的日常词语,"还归、往迎、单独、财物、没、月期、华水"等词语多见于中土文献。如"还归"指"返回",《论衡·恢国》:"孝明加恩,则论徙边,今上宽惠,还归州里。""没"指"没收",①《史记·平准书》:"敢犯令,没入田僮。"②"妇"指"儿媳",《左传·襄公二年》:"礼无所逆,妇,养姑者也。亏姑以成妇,逆莫大焉。"③"无量"指"不可计数",《左传·昭公十九年》:"今宫室无量,民人日骇,劳罢死转,忘寝与食,非抚之也。"④"再三"指"多次",《史记·孔子世家》:"季桓子微服往观再三,将受。""屏处"指"隐蔽之处",⑤《汉书·外戚传下·孝成赵皇后》:"告武,箧中有死儿,埋屏处,勿令人知!"⑥

6.1.2.2　律法术语

　　律部语言中,除了一般的佛教词语之外,还包含一类较为特殊的佛教语词,即律法术语。律法术语是专门表达律法相关概念的词语,是最具代表性的律部语言,也是律部语言区别于其他部类的主要特征。以《四分律》比丘及尼戒为例,比丘戒包括"四波罗夷、十三僧伽婆尸沙、二不定、三十尼萨耆波逸提、九十波逸提、四波罗提提舍尼、百众学、七灭诤法"共二百五十戒。比丘尼

---

① 　(东汉)王充撰,陈蒲清点校:《论衡》,岳麓书社 2006 年版,第 256 页。
② 　王利器主编:《史记注译》2,三秦出版社 1988 年版,第 1041 页。
③ 　(春秋)左丘明撰:《左传》,岳麓书社 2006 年版,第 156 页。
④ 　(春秋)左丘明撰:《左传》,岳麓书社 2006 年版,第 284 页。
⑤ 　王利器主编:《史记注译》2,三秦出版社 1988 年版,第 1414 页。
⑥ 　(东汉)班固:《汉书》,中州古籍出版社 1996 年版,第 1137 页。

戒包括"八波罗夷、十七僧伽婆尸沙、三十尼萨耆波逸提、一七八波逸提、八波罗提提舍尼、百众学、七灭诤法"共三百四十八戒。按照比丘、比丘尼所犯罪之轻重,这些戒法主要分为波罗夷罪、僧残罪、波逸提罪、提舍尼罪、突吉罗罪、偷兰遮罪。

波罗夷:梵语 Pārājika,又作波罗移、波罗市迦或波罗阇已迦,意译为极恶、弃捐、无余、断头、重罪等。此为戒律中之最严重罪,犯者永除僧籍。如《四分律》戒条中时见:"是比丘波罗夷,不共住。"《四分律》中,比丘之波罗夷有四,故称"四波罗夷",比丘尼有"八波罗夷",《十诵律》《五分律》《摩诃僧祇律》等其余诸部律文名目同此。

僧残:梵语 Saṃghāvaśeṣa,又作僧伽婆尸沙,僧伽伐尸沙等,意译为众余、众决断或僧初残。此为戒律中仅次于波罗夷之重罪。若犯此戒,必须经过在清净大众之前忏悔等程序,才可灭罪,继续留在僧团中。《四分律》中,比丘僧残有十三条,故称"十三僧残";比丘尼有"十七僧残"。《十诵律》《五分律》名目同此,《摩诃僧祇律》比丘有"十三僧伽婆尸沙"、比丘尼有"十九僧伽婆尸沙"。

波逸提:梵语 Pāyattika,又作贝逸提、波罗逸尼柯、波逸提伽、波质底迦、波夜提等,意译为堕、令堕、应对治、应忏悔等。此乃轻罪之一种,若犯此戒,或舍财物,或作忏悔,自得清净;如若不然,必堕恶趣,故云堕。此戒可分为二,即舍堕与单堕。先舍财物,而后忏悔者,称为"舍堕";单作忏悔而得清净者,称为"单堕"。《四分律》中,比丘与比丘尼皆有"三十舍堕",比丘有"九十单堕",比丘尼有"一百七十八单堕"。《十诵律》中,比丘与比丘尼皆有"三十舍堕",比丘有"九十波逸提",比丘尼有"一百七十八单波夜提"。《五分律》中,比丘与比丘尼皆有"三十舍堕",比丘有"九十一堕法",比丘尼有"二百零七堕法"。《摩诃僧祇律》中,比丘与比丘尼皆有"三十尼萨耆波夜提",比丘有"九十二波夜提",比丘尼有"一百四十一波夜提"。

提舍尼:梵语 Prātideśanika,又作波罗提提舍尼、波罗底提舍尼等,意译作向彼悔、对他说、悔过法、可呵法。此乃轻罪之一种,犯此戒时,向其他之清净比丘发露忏悔便可灭罪。《四分律》中有"四提舍尼",皆与饮食有关。《十诵律》中,比丘有"四波罗提提舍尼",比丘尼有"八波罗提提舍尼",《五分律》中,比丘有"四悔过法",比丘尼有"八悔过法"。

突吉罗:梵语 Duṣkṛta,又作"突膝吉栗多""突瑟几理多""独柯多",意译"恶作""小过""轻垢",为一切轻罪之总称。凡是违犯了二不定、百众学、七灭净等三类戒条中的某一条,即犯突吉罗。戒律中的"百众学法"以能整饰威仪为理想,如果违犯这类戒条,即是属于突吉罗罪。如僧人衣冠不整、露齿戏笑、跳渡沟渠等,皆犯此戒。众学之数,诸律不同,其中,《四分律》总括为百戒,称为百众学。《十诵律》中,比丘有"一百零七众学法"。《摩诃僧祇律》中,比丘与比丘尼皆有"六十六众学法"。

偷兰遮:梵语为 Sthūlātyaya,又作"窣吐罗底",意译作大罪、重罪、大障善道。指触犯将构成波罗夷、僧残而未遂之诸罪;除突吉罗罪外,其余一切或轻或重的因罪、果罪皆总称为偷兰遮。

诸如此类的律法术语频见于律部典籍,在对比丘及比丘尼犯过行为进行惩处时，必然会使用到此类术语，可以说，律法术语是构成律部语言特色的基石。

6.1.2.3　指令词语

律法乃佛陀所制定，而为比丘、比丘尼所须遵守的有关生活规范之禁戒。此类禁戒一般是以命令性口吻出现，以规定性语言为主，因此，律法语言中多用指令性词语。例如《四分律》卷40关于比丘着衣之法的一段文字，佛陀皆以含有禁止性质的指令词语"不得"或"不应"加以规定，语气无可置疑：

　　尔时，比丘裹头至佛所，白言："大德，此是头陀端严法，愿佛听。"佛言："比丘不得裹头，是白衣法。若裹头，如法治。"时，诸比丘头冷痛，白佛，佛言："听以毳若劫贝作帽裹头。"尔时，比丘诞陀卢多梨着衣往佛所，白言："此是头陀端严法，愿佛听。"佛言："不得如是着衣，除僧伽蓝内，此是白衣法。若如是着衣，如法治。"尔时，比丘着一衣往佛所，白言："此是头陀端严法，愿佛听。"佛言："不应着一衣，除大小便处，此是白衣法。若着，如法治。"尔时，比丘着串头衣往佛所，白言："此是头陀端严法，愿佛听。"佛言："不应着此衣，是白衣法。若着，如法治。"尔时，比丘着袄往世尊所，白言："此是头陀端严法，愿佛听。"佛言："不应着，此是白衣法。若着，如法治。"尔时，比丘着皮衣往佛所，白言："此是头陀端严法，愿佛听。"佛言："不应着，此是白衣法。若着，如法治。"尔时，比丘着褶往佛所，白言："此是头陀端严法，愿佛听。"佛言："不应着，此是白衣法。若着，如法治。"……

（姚秦佛陀耶舍共竺佛念译《四分律》卷 40）①

类似于此的指令词语在律部语言尤其犍度之中使用频率极高。

除了禁止性质的指令词语之外，诸如"听、应、当"等表示"许可"之义的规定性词语在律部语言中的使用频率也相当之高。例如《四分律》卷 49"房舍犍度"中一段文字：

> 时，祇桓园牛羊来入无有禁限。佛言："掘作堑障。"彼上座老病比丘行时不能度，佛言："听作桥。"而不知云何作，"应以板若木作，若安绳索连系"。上座老病比丘度桥时，脚跌倒地。佛言："听两边安索，手捉顺而度。若捉索故倒地，应两边安栏楯。若堑不牢，应重作篱障。若无门，听作门。若篱不坚牢，应揭墙。作墙所须者，一切应与。若不牢，应作重楼阁。"时，祇陀王子欲为祇桓作大贵价重门。佛言："听作。"时，祇桓园树不好。佛言："听种三种树，华树、果树、叶树。"时，上座众所知识比丘于舍卫食已，还祇桓，患热。佛言："听以草，若树叶障。十种衣中，听一一衣障作荫。若故热，应循阶道边种三种树如上。"时，祇桓去水远。"听作渠通水。"患渠坏。佛言："听以草遮。"……（姚秦佛陀耶舍共竺佛念译《四分律》卷 50）②

---

① 《大正新修大藏经》，T22N1428P858a，台湾新文丰出版公司 1994 年版。
② 《大正新修大藏经》，T22N1428P941c，台湾新文丰出版公司 1994 年版。

诸如此类表示"禁止"或"许可"之义的指令性词语在律部语言中的个数并不算多,然而出现频率却相当之高。它们看似普通,却是律部语词的重要组成部分,在表达律部规定性质的语言之时必不可少。

6.1.3　句法特征

律部经文通常由叙述因缘与制定戒律两大部分组成,内容的差异决定了两者在句法上呈现出不同的特征。

6.1.3.1　叙述因缘部分

6.1.3.1.1　结构简单的短句

短句结构简单,自然有力,明白易懂,可以干脆利落地叙述事情,生动地描摹人物的口吻。律部因缘故事内容生活化,叙事多采用贴近日常生活口语的短句。例如,《四分律》卷2"二十三僧残法"叙述"故出精戒"之因缘故事以简洁的短句为主:

> 时迦留陀夷,欲意炽盛,颜色憔悴,身体损瘦。于异时独处一房,敷好绳床、木床,大小褥、被枕,地复敷好敷具。户外别安汤水洗足具。饮食丰足,欲意炽盛,随念忆想,弄失不净。诸根悦豫,颜色光泽。诸亲友比丘见已,问言:"汝先时颜色憔悴,身形损瘦,如今颜色和悦光泽,为是住止安乐,不以饮食为苦耶? 云何得尔?"答言:"住止安乐,不以饮食为苦。"彼复问言:"以何方便住止安乐,不以饮食为苦?"答言:"大德,我先欲意炽盛,颜色憔悴,形体损瘦。我时在一房住,敷好绳床、木床,大小褥、被枕,地复敷好敷具。户

外别安汤水洗足之具。饮食丰足,我欲意炽盛,随念忆想,弄失不净。我以是故住止安乐,颜色和悦光泽。"(姚秦佛陀耶舍共竺佛念译《四分律》卷2)①

又如,《四分律》卷42"三十舍堕法之二"叙述"移用施物"之因缘:

> 尔时,婆伽婆在舍卫国祇树给孤独园。时,安隐比丘尼有居士为檀越,到时着衣持钵至其家敷座而坐。时,居士问讯:"住止安乐否?"答言:"不安乐。"问言:"何故尔?"答言:"所止处愦闹,是故不安乐。"即问:"无别房耶?"答言:"无。""若与舍直能作舍否?"答言:"能。"彼即以舍直与之。时,彼比丘尼作是念:"我设作舍者多诸事务,比丘尼衣服难得,应办五衣。我今宁可以此舍直贸衣耶?"即便贸衣。……(姚秦佛陀耶舍共竺佛念译《四分律》卷24)②

以上段落皆以对话为主,对话中短句的运用,为整段内容增添了绘声绘色、声情并茂的叙事效果。

6.1.3.1.2 类型多样的问句

律部因缘故事中,除了以陈述句叙述事实之外,还经常穿插人物对话问答以推动情节的发展,因此,疑问句的使用极为频繁,且类型多样,语气丰富,体现出鲜明的口语色彩。例如,《四

---

① 《大正新修大藏经》,T22N1428P579a,台湾新文丰出版公司1994年版。
② 《大正新修大藏经》,T22N1428P730b,台湾新文丰出版公司1994年版。

分律》卷 23"十七僧残法之余"中叙述提舍难陀比丘乞食遭遇的
一段经文：

> 时，提舍难陀比丘尼，到时着衣持钵入城乞食，渐次到
> 一贩卖人家默然而立。是堤舍比丘尼颜貌端政，贩卖人见
> 已便系心在彼，即前问言："阿姨何所求索？"报言："我欲乞
> 食。"彼言："授钵来。"即便与钵，彼盛满钵羹饭，授与堤舍比
> 丘尼。堤舍比丘尼，后数数着衣持钵，诣贩卖人家默然而
> 立。彼复问言："阿姨何所求索？"报言："我欲乞食。"彼即复
> 盛满钵羹饭授与。诸比丘尼见已便问言："如今谷米勇贵，
> 乞求难得，我等诸人入城乞食空钵而还。汝日日乞满钵而
> 来，何由得尔？"报言："诸妹，乞食可得耳。"堤舍比丘尼复于
> 异日，到时着衣持钵诣贩卖人家，彼人遥见比丘尼来，便自
> 计念："如我前后与此比丘尼食，计价可五百金钱，足直一女
> 人。"即前捉比丘尼欲行淫。比丘尼即唤言："莫尔！莫尔！"
> 比近贩卖者即问言："向者何故大唤？"答言："此人捉我。"彼
> 问言："汝何故捉比丘尼耶？"贩卖人答言："我前后与此比丘
> 尼食，计其价可五百金钱，足直一女人。若此比丘尼，意不
> 贪乐我者，何以受我食？"彼人问比丘尼言："汝实尔否？"答
> 言："实尔。"彼问比丘尼言："汝知彼与汝食意否？"答言：
> "知。"彼复言："汝若知者何故大唤？"（姚秦佛陀耶舍共竺佛
> 念译《四分律》卷 23）①

---

① 《大正新修大藏经》，T22N1428P721b，台湾新文丰出版公司 1994 年版。

此段经文几乎全部以对话形式展开，"阿姨何所求索？"为提问事物的特指问句；"汝日日乞满钵而来，何由得尔？"为提问方式的特指问句；"向者何故大唤？""汝何故捉比丘尼耶？"为提问原因的特指问句；"若此比丘尼，意不贪乐我者，何以受我食？""汝若知者何故大唤？"为特指问格式的反问句；"汝实尔否？""汝知彼与汝食意否？"为提问情状的是非问句，类型丰富多样。通过各式问句，人物动作神态跃然纸上。贩卖人居心叵测的询问、诸比丘尼好奇的探问、附近小贩对事情的关切询问、贩卖人理直气壮的反问，种种语气惟妙惟肖地体现出来。与此类似，律部因缘故事多以问答对话推动情节发展，而对话问答之中穿插的各式问句使得叙事增加了具体生动、形象可感的表达效果。

6.1.3.2　制定戒律部分

6.1.3.2.1　结构复杂的长句

长句结构复杂，内涵丰富，具有集中紧凑的特点，能够表达严密的思想，具有较强的逻辑力量。律法规范要求语义表述严谨周密，因此，这一部分多见结构复杂的长句。例如，《四分律》卷 22"八波罗夷法"中之"八事戒法"条：

> 尔时，世尊以无数方便呵责偷罗难陀已，告诸比丘："此偷罗难陀多种有漏处，最初犯戒，自今已去，与比丘尼结戒，集十句义，乃至正法久住。欲说戒者，当如是说：若比丘尼染污心，知男子染污心，受捉手、捉衣、入屏处、共立、共语、共行、或身相倚、或共期，是比丘尼波罗夷不共住。犯此八事故。……不犯者，若有所取与时手相触，或戏笑、或有所

救解捉衣、若有所施与、若礼拜、若悔过、若受法入屏处共住；若有所施与、若礼拜、若悔过、若受法入屏处共立；若有所施与、若礼拜、若悔过、若受法入屏处共语；若有所施与、若礼拜、若忏悔，若受法入屏处共行；若为人打、若贼来、若有象来、若恶兽来、若有刺来回身避、若来求教授、若听法、若受请、若来至寺内、若共期不可作恶事处无犯。（姚秦佛陀耶舍共竺佛念译《四分律》卷22）①

此段叙述"八事戒法"时，将"受捉手、捉衣、入屏处、共立、共语、共行、或身相倚、或共期"数种犯戒情形平行并列，嵌入一个总的假设句中，形成一个结构严谨、表意周密的复杂长句。之后在对该戒"不犯"的情形进行说明之时，同样利用若干假设句式将数种情形一一平行罗列，以这些并列的成分共同作为"不犯"的谓语，形成一个表意集中、语势畅通的复杂长句。这些嵌入式长句可将复杂的情况更为缜密、严谨地表达出来，在一定程度上保证了律法规范的周遍性。

又如，《四分律》卷2"四波罗夷法"中"杀戒"条：

世尊无数方便呵责已，告诸比丘：婆裘园中比丘痴人，多种有漏处，最初犯戒。自今已去，与诸比丘结戒，集十句义，乃至正法久住。欲说戒者，当如是说：若比丘故自手断人命，持刀与人，叹誉死，快劝死，咄！男子，用此恶活为，宁

---

① 《大正新修大藏经》，T22N1428P716a—b，台湾新文丰出版公司1994年版。

死不生。作如是心,思惟种种方便,叹誉死,快劝死,是比丘
波罗夷不共住。……杀者,若自杀、若教杀、若遣使杀、若往
来使杀、若重使杀、若展转遣使杀、若求男子杀、若教人求男
子杀、若求持刀人杀、若教求持刀人杀、若身现相、若口说、
若身口俱现相、若遣书、若教遣使书、若坑陷、若倚发、若与
药、若安杀具。自杀者,若以手、若瓦、石、刀杖及余物而自
杀,杀者波罗夷。方便不杀,偷兰遮。教杀者,杀时自看,教
前人掷水火中,若山上推着谷底、若使象踏杀、若使恶兽啖、
或使蛇螫,及余种种教杀,杀者波罗夷。……(姚秦佛陀耶
舍共竺佛念译《四分律》卷 2)①

此段叙述"杀戒"内容,对"杀者"进行说明之时,以假设句式
平行罗列了十九种情形作为谓语,形成一个复杂长句。对"自杀
者""教杀者"的说明同样使用了结构复杂的长句。

6.1.3.2.2　丰富的祈使句式

律法规范是由佛陀制定、用以约束、指导人们行为的标准和
尺度,具有权威性和强制性。在律部戒条与犍度部分中,表示
"允许怎样做,应当或禁止怎样做"的祈使句式非常普遍。

6.1.3.2.2.1　表示"不准人们实施某种行为"的祈使句

不得左右顾视行入白衣舍,式叉迦罗尼。(姚秦佛陀耶
舍共竺佛念译《四分律》卷 20)②

---

① 《大正新修大藏经》,T22N1428P576b—c,台湾新文丰出版公司 1994 年版。
② 《大正新修大藏经》,T22N1428P701c,台湾新文丰出版公司 1994 年版。

不得弄阴堕精,不得与女人身相触,不得向女人粗恶语。(姚秦佛陀耶舍共竺佛念译《四分律》卷 3)①

比丘不得裹头,是白衣法。(姚秦佛陀耶舍共竺佛念译《四分律》卷 40)②

不得犯不净行,行淫欲法。若式叉摩那行淫欲法,非式叉摩那。(姚秦佛陀耶舍共竺佛念译《四分律》卷 48)③

比丘尼不应至阿兰若处住。(姚秦佛陀耶舍共竺佛念译《四分律》卷 49)④

比丘尼不应骂詈比丘、呵责;不应诽谤言破戒、破见、破威仪。(姚秦佛陀耶舍共竺佛念译《四分律》卷 48)⑤

比丘尼不应在无比丘处夏安居。(姚秦佛陀耶舍共竺佛念译《四分律》卷 12)⑥

①　《大正新修大藏经》,T22N1428P582a,台湾新文丰出版公司 1994 年版。
②　《大正新修大藏经》,T22N1428P858a,台湾新文丰出版公司 1994 年版。
③　《大正新修大藏经》,T22N1428P924b,台湾新文丰出版公司 1994 年版。
④　《大正新修大藏经》,T22N1428P928a,台湾新文丰出版公司 1994 年版。
⑤　《大正新修大藏经》,T22N1428P923b,台湾新文丰出版公司 1994 年版。
⑥　《大正新修大藏经》,T22N1428P649a,台湾新文丰出版公司 1994 年版。

6.1.3.2.2.2　表示"人们应当实施某种行为"的祈使句

若比丘尼见新受戒比丘,应起迎逆、恭敬、礼拜、问讯、请与坐。(姚秦佛陀耶舍共竺佛念译《四分律》卷 30)①

若比丘入村中自受比丘尼食,食者,彼比丘应向余比丘说:'大德,我犯可呵法,所不应为,今向大德悔过。'是法名悔过法。(姚秦佛陀耶舍共竺佛念译《四分律》卷 19)②

若比丘自求作屋,无主自为己,当应量作。(姚秦佛陀耶舍共竺佛念译《四分律》卷 3)③

汝当如法谏诸比丘,诸比丘亦当如法谏汝,如是佛弟子众得增益。(姚秦佛陀耶舍共竺佛念译《四分律》卷 5)④

汝等非制不应制,是制不应断,当随所制戒而学。(姚秦佛陀耶舍共竺佛念译《四分律》卷 57)⑤

---

① 《大正新修大藏经》,T22N1428P777a,台湾新文丰出版公司 1994 年版。
② 《大正新修大藏经》,T22N1428P696a,台湾新文丰出版公司 1994 年版。
③ 《大正新修大藏经》,T22N1428P585b,台湾新文丰出版公司 1994 年版。
④ 《大正新修大藏经》,T22N1428P599c,台湾新文丰出版公司 1994 年版。
⑤ 《大正新修大藏经》,T22N1428P990c,台湾新文丰出版公司 1994 年版。

6.1.3.2.2.3　表示"人们可以实施某种行为"的祈使句

听诸比丘相嘱授入城。……听病比丘不嘱授得入。……听诸比丘作衣时不嘱授入村。……听诸比丘布施衣时不嘱授入城。(姚秦佛陀耶舍共竺佛念译《四分律》卷 15)①

听诸比丘在小屋内安居。……听在山窟中安居。……听比丘在自然山窟中安居。……听诸比丘在树空中安居。……听依牧牛者安居。……听依压油人安居。……听诸比丘在船上安居。……听诸比丘依斫材人安居。(姚秦佛陀耶舍共竺佛念译《四分律》卷 37)②

听诸比丘作时数数洗浴。……听诸比丘风雨时数数洗浴。……听诸比丘道行时数数洗浴。(姚秦佛陀耶舍共竺佛念译《四分律》卷 16)③

听诸比丘偏露右肩脱革屣胡跪合掌。……听病比丘随身所安受自恣。(姚秦佛陀耶舍共竺佛念译《四分律》卷 37)④

---

① 《大正新修大藏经》,T22N1428P665c,台湾新文丰出版公司 1994 年版。
② 《大正新修大藏经》,T22N1428P832c,台湾新文丰出版公司 1994 年版。
③ 《大正新修大藏经》,T22N1428P674c,台湾新文丰出版公司 1994 年版。
④ 《大正新修大藏经》,T22N1428P837c,台湾新文丰出版公司 1994 年版。

听诸比丘于一坐上食令饱满。……听诸比丘食五种
食。……听诸病比丘数数食。……听瞻病者食病人残食。
（姚秦佛陀耶舍共竺佛念译《四分律》卷 14）①

祈使句式在律部语言的大量出现与其内容密切相关,律部
主要内容为约束众比丘及比丘尼行为的"止持"与"作持"戒法,
而"不作为"与"作为"的具体规范必然需要借助表示"禁止""应
当""允许"一类语气的祈使句式加以表达。

6.1.3.2.3　是非问与反诘问

从句类的选用来看,律法规范多使用陈述句叙述事实,使用
祈使句表达佛陀态度,一般少用疑问句。但是我们注意到,在叙
述因缘之后、制定戒律之前的部分,经常会出现一段佛陀就事实
与当事人进行问讯核实的文字。此类问讯在佛陀事先对事情有
所了解的情况下进行,当事人只需作出"是"或"否"之类的应答,
因此,是非问句便成为佛陀提问的主要语言手段。在得到当事
人肯定或否定的回答之后,紧接着便是佛陀对其过错进行的批
评指责,此类指责态度鲜明,语气强烈,因此,特指问格式的反诘
问句成为佛陀责问的主要语言手段:

尔时,世尊知时义合,问须提那:"汝实与故二行不净行
耶?""如是,世尊。我犯不净行。"尔时,世尊以无数方便呵
责言:"汝所为非,非威仪,非沙门法,非净行,非随顺行,所

---

① 《大正新修大藏经》,T22N1428P660c,台湾新文丰出版公司 1994 年版。

不应为。汝须提那,云何于此清净法中行乃至爱尽涅槃,与故二行不净耶?"(姚秦佛陀耶舍共竺佛念译《四分律》卷1)①

世尊尔时以此因缘集比丘僧,知而故问:"檀尼迦比丘,汝审尔不与材而取不?"答言:"实尔,世尊。"世尊尔时以无数方便诃责檀尼迦比丘言:"汝所为非,非威仪,非沙门法,非净行,非随顺行,所不应为。云何檀尼迦不与材而取?我无数方便称叹,与者当取,取者当用。汝今云何不与材而取耶?"(姚秦佛陀耶舍共竺佛念译《四分律》卷1)②

世尊尔时以此因缘集比丘僧,知而故问迦留陀夷:"汝审尔欲意炽盛,随念忆想,弄阴失精耶?"报言:"实尔。"世尊以无数方便诃责:"汝所为非,非威仪,非沙门法,非净行,非随顺行,所不应为。汝今云何于我清净法中出家作秽污行,弄阴失精耶?"(姚秦佛陀耶舍共竺佛念译《四分律》卷2)③

世尊以此因缘集诸比丘僧,知而故问迦罗:"汝审尔媒嫁不?"答曰:"实尔。"世尊以无数方便诃责:"汝所为非,非威仪,非沙门法,非净行,非随顺行,所不应为。我以无数方便与诸比丘说离欲事,汝今云何乃作和合欲事?"(姚秦佛陀

①　《大正新修大藏经》,T22N1428P570b,台湾新文丰出版公司1994年版。
②　《大正新修大藏经》,T22N1428P573a,台湾新文丰出版公司1994年版。
③　《大正新修大藏经》,T22N1428P579b,台湾新文丰出版公司1994年版。

耶舍共竺佛念译《四分律》卷 3)①

　　世尊尔时以此因缘集诸比丘,知而故问阐陀:"汝实尔不?"答曰:"实尔。"世尊以无数方便呵责:"汝所为非,非威仪,非沙门法,非净行,非随顺行,所不应为。有如是好树,多人往返,象马车乘止息其下,云何斫伐作大屋? 汝不应斫伐神树,若斫伐得突吉罗。"(姚秦佛陀耶舍共竺佛念译《四分律》卷 3)②

　　世尊尔时以此因缘集比丘僧,知而故问尊者难陀:"汝实与比丘尼教诫至日暮耶?"答曰:"实尔。"尔时,世尊以无数方便呵责难陀言:"汝所为非,非威仪,非沙门法,非净行,非随顺行,所不应为。云何难陀与比丘尼说法教诫乃至日暮耶?"(姚秦佛陀耶舍共竺佛念译《四分律》卷 13)③

　　世尊以此因缘集比丘僧,知而故问迦留陀夷言:"汝实在食家中安坐耶?"对曰:"实尔。"世尊以无数方便呵责迦留陀夷:"汝所为非,非威仪,非沙门法,非净行,非随顺行,所不应为。云何在食家中有宝安坐?"(姚秦佛陀耶舍共竺佛念译《四分律》卷 15)④

---

①　《大正新修大藏经》,T22N1428P583a,台湾新文丰出版公司 1994 年版。
②　《大正新修大藏经》,T22N1428P586b,台湾新文丰出版公司 1994 年版。
③　《大正新修大藏经》,T22N1428P649c,台湾新文丰出版公司 1994 年版。
④　《大正新修大藏经》,T22N1428P666b,台湾新文丰出版公司 1994 年版。

以上引例中,首先是分别利用是非问句"汝实与故二行不净行耶?""汝审尔王不与材而取不?""汝审尔欲意炽盛,随念忆想,弄阴失精耶?""汝审尔媒嫁不?""汝实尔不?"进行审问,在得到确切答复之后,便用反诘问句如"云何于此清净法中行乃至爱尽涅槃,与故二行不净耶?""云何檀尼迦王不与材而取?""汝今云何于我清净法中出家作秽污行,弄阴失精耶?""汝今云何乃作和合欲事?""云何斫伐作大屋?"对犯过行为进行谴责,"云何……"显然属于无疑而问,是用疑问句的形式加强否定意义。

6.1.3.2.4 训释语句

律法条文要求词语概念明确清晰,词语的内涵与外延阐释得愈分明,就愈有利于律法的实施。为避免因理解上的偏差引起纠纷,律法条文之后,紧接的便是对条文所涉语词概念进行训释的语句。例如《四分律》卷14"九十单提法之四"中,戒条"若比丘别众食,除余时,波逸提"之后紧接训释语句:

> 余时者,病时、作衣时、施衣时、道行时、乘船时、大众集时、沙门施食时,此是时。
> 别众食者,若四人,若过四人。
> 食者,饭糒、干饭、鱼及肉。①

《四分律》卷19"九十单提法之九"中,戒条"若比丘非时入聚落,不嘱比丘者,波逸提"之后紧接训释语句:

---

① 《大正新修大藏经》,T22N1428p658c,台湾新文丰出版公司1994年版。

　　时者,从明相出至中时。

　　非时者,从中后至明相未出。

　　村聚落者,四种村如上。

　　有比丘者,同住客得嘱及处。①

　　《四分律》卷 23“三十舍堕法”中,戒条“若比丘尼相亲近住,共作恶行,恶声流布,展转共相覆罪……僧伽婆尸沙”之后紧接训释语句:

　　比丘尼,义如上。

　　亲近者,数数共戏笑,数数共相调,数数共语。

　　恶行者,自种华树教人种,自溉灌教人溉灌,自采华教人采华,自作华鬘教人作,自以线贯教人贯,自持去教人持去,自持鬘去教人持去,自以线贯持去,教人线贯持去,设彼村中若人若童子,共同一床坐起,同一器饮食,言语戏笑,自歌舞唱伎,或他作己唱和,或俳说,或弹鼓簧吹贝作孔雀鸣,或作众鸟鸣,或走或佯跛行,或啸或自作弄身,或受雇戏笑。

　　恶声者,恶言流遍四方无不闻者。

　　罪者,除八波罗夷法,覆余罪者是。②

　　《四分律》卷 24“尼戒法一百七十八单提法”中,戒条“若比丘尼,许他比丘尼病衣,后不与者,尼萨耆波逸提”之后紧接训释

---

① 《大正新修大藏经》,T22N1428p693a ,台湾新文丰出版公司 1994 年版。

② 《大正新修大藏经》,T22N1428p723c,台湾新文丰出版公司 1994 年版。

语句：

　　　比丘尼，义如上。

　　　病衣者，月水出时遮内身上着涅槃僧。

　　　衣者，有十种衣如上。①

　　《四分律》卷24"尼戒法一百七十八单提法"中，戒条"若比丘尼染污心，知染污心男子，从彼受可食者及食并余物，是比丘尼犯初法应舍僧伽婆尸沙"之后紧接训释语句：

　　　比丘尼，义如上。

　　　染污心者，欲染著心。

　　　染污心男子者，亦欲心染著。

　　　可食者，根食、茎食、叶食、华食、果食、油食、胡麻食、黑石蜜食、细末食也。

　　　食者，饭糒、干饭、鱼及肉。

　　　余物者，金银珍宝、摩尼真珠、玭琉璃、珂贝、璧玉、珊瑚、若钱、生像金。②

　　《四分律》卷16"九十单提法"中，戒条"若比丘得新衣应三种坏色。——色中随意坏。若青、若黑、若木兰，若比丘不以三种坏色，若青、若黑、若木兰，着余新衣者，波逸提"之后紧接训释

　①　《大正新修大藏经》，T22N1428p732b，台湾新文丰出版公司1994年版。
　②　《大正新修大藏经》，T22N1428P721c，台湾新文丰出版公司1994年版。

语句：

> 比丘,义如上。
> 新者,若是新衣,若初从人得者,尽名新也。
> 衣者,有十种衣如上。
> 坏色者,染作青、黑、木兰也。①

《四分律》卷 24"尼戒法一百七十八单提法"中,戒条"若比丘尼,与比丘尼贸易衣,后瞋恚,还自夺取……尼萨耆波逸提"之后紧接训释语句：

> 比丘尼,义如上。
> 衣者,十种衣如上。
> 贸易者,或以衣贸衣,或以衣贸非衣,或以非衣贸衣。②

《四分律》卷 1"四波罗夷法"中,戒条"若比丘若在村落若闲静处,不与盗心取,随不与取法。若为王、王大臣所捉,若杀、若缚、若驱出国,汝是贼、汝痴、汝无所知。是比丘波罗夷,不共住"之后紧接训释语句：

> 村者,有四种。一者,周匝垣墙。二者,栅篱。三者,篱墙不周。四者,四周屋。

① 《大正新修大藏经》,T22N1428p676c,台湾新文丰出版公司 1994 年版。
② 《大正新修大藏经》,T22N1428p733b,台湾新文丰出版公司 1994 年版。

闲静处者,村外空静地是谓闲静处。

不与者,他不舍。

盗者,盗心取也。

随不与取者,若五钱、若直五钱。

王者,得自在不属人。

大臣者,种种大臣辅佐王。①

从以上引例,我们可以总结出如下几点:

第一,这些训释语句多以"……者,……(也)"的判断句形式对戒条中相关语词进行解释。

第二,训释方式主要有举例说明与直解其义。举例说明者,如解说"余时",分别列举了病时、作衣时、施衣时、道行时、乘船时、大众集时、沙门施食时共七类情形;解说"可食",分别列举了根食、茎食、叶食、华食、果食、油食、胡麻食、黑石蜜食、细末食共九种食物;解说"余物",分布列举了金银珍宝、摩尼真珠、毗琉璃、珂贝、璧玉、珊瑚等数种物品;解说"恶行",分别列举了自种华树教人种,自溉灌教人溉灌,自采华教人采华,自作华鬘教人作,自以线贯教人贯等数种不端行为。这些训释不同于辞书释义的高度概括与严密,而是对语词所包含的具体内容的列举,给人以直观、具体的印象。直解其义者,如对"非时"的解说,指出其时间段为"中后至明相未出",即日中至后夜这一段;对"病衣"的解说,指出其为"月水出时,遮内身上着涅槃僧",即比丘尼在

---

① 《大正新修大藏经》,T22N1428p573b,台湾新文丰出版公司 1994 年版。

经期时所穿的内衣;对"恶声"的解说,指出其为"恶言流遍四方无不闻者",即坏名声;对"闲静处"的解说,指出其范围为"村外空静地"。

第三,被训释的对象既包括佛教语词,也包括日常生活词语。佛教语词如"别众食",指四位比丘以上别聚一处乞食食;"污染心",指人受五欲六尘之影响,执着于外物,使自性不得清净。"坏色",指僧衣之青、黑、木兰三色。日常词语如"村、王、大臣、盗"等,都被重新进行了定义。所谓"村",是指周匝垣墙、栅篱、篱墙不周、四周屋。所谓"王",是指"得自在不属人"。所谓"大臣",是指"种种大臣辅佐王"。这些释义在今天看来未必科学,如对"王"与"大臣"的解说还不够准确、严密。

《四分律》中的训释语句远远不止这些。在上述所举训释语句当中,许多为随文释义,例如对"贸易"的训释,"贸易者,或以衣贸衣,或以衣贸非衣,或以非衣贸衣"。此处"贸易"的含义是在"若比丘尼与比丘尼贸易衣,后瞋恚,还自夺取"中的具体语境义。再如,对于"新"的训释,"新者,若是新衣,若初从人得者,尽名新也"。此处"新"的含义是在"若比丘得新衣,应三种坏色"中的具体语境义。

6.1.4 修辞特征

律部主要叙述各种律法禁戒的产生缘由与具体内容,一般采用散句平实、准确地叙事达意,不追求语言的艺术化,很少运用修辞格。出于强调语义与增强逻辑性、条理性的需求,较多地使用了反复与排比两种手法。

6.1.4.1 反 复

为突出和强调语义重点,律法规范中常常有意反复使用某些词语或句子。例如,《四分律》卷48"比丘尼犍度第十七"中叙述"八尽形寿不可过法",为强调"如此法应尊重、恭敬、赞叹,尽形寿不得过",每一法后都要重复一遍:

> 佛告阿难:"今为女人制八尽形寿不可过法,若能行者,即是受戒。何等八?虽百岁比丘尼,见新受戒比丘,应起迎逆礼拜,与敷净座请令坐。如此法应尊重、恭敬、赞叹,尽形寿不得过。阿难,比丘尼不应骂詈比丘、呵责;不应诽谤言:破戒、破见、破威仪。此法应尊重、恭敬、赞叹,尽形寿不得过。阿难,比丘尼不应为比丘作举、作忆念、作自言,不应遮他觅罪、遮说戒、遮自恣;比丘尼不应呵比丘,比丘应呵比丘尼。此法应尊重、恭敬、赞叹,尽形寿不得过。式叉摩那学戒已,从比丘僧乞受大戒。此法应尊重、恭敬、赞叹,尽形寿不得过。比丘尼犯僧残罪,应在二部僧中半月行摩那埵。此法应尊重、恭敬、赞叹,尽形寿不得过。比丘尼半月从僧乞教授。此法应尊重、恭敬、赞叹,尽形寿不得过。比丘尼不应在无比丘处夏安居。此法应尊重、恭敬、赞叹,尽形寿不得过。比丘尼僧安居竟,应比丘僧中求三事自恣,见、闻、疑。此法应尊重、恭敬、赞叹,尽形寿不得过。(姚秦佛陀耶舍共竺佛念译《四分律》卷48)[①]

---

① 《大正新修大藏经》,T22N1428P923a,台湾新文丰出版公司1994年版。

此段利用反复陈说的方式,对"此法"的重要性不断加以强调,可起到突出强化语义,加深听众印象的作用,如果去掉反复的句子,平铺直叙,便平淡无奇,难以达到突出、加深的表达效果。

6.1.4.2　排　比

律法语言中,叙述数条相关律法时,多使用排比的修辞手法以增强叙事的条理性与严密性。例如《四分律》卷 48"比丘尼犍度第十七",叙述出家者应遵守的"沙弥尼十戒"时,利用相同结构将"十戒"依次排比开来,条理清晰,气势贯通:

尽形寿不杀生,是沙弥尼戒,若能持者答言能;

尽形寿不得偷盗,是沙弥尼戒,若能持者答言能;

尽形寿不得淫,是沙弥尼戒,若能持者答言能;

尽形寿不得妄语,是沙弥尼戒,若能持者答言能;

尽形寿不得饮酒,是沙弥尼戒,若能持者答言能;

尽形寿不得着华鬘香油涂身,是沙弥尼戒,若能持者答言能;

尽形寿不得歌舞倡伎亦不得往观,是沙弥尼戒,若能持者答言能;

尽形寿不得高广大床上坐,是沙弥尼戒,若能持者答言能;

尽形寿不得非时食,是沙弥尼戒,若能持者答言能;

尽形寿不得捉持生像金银宝物,是沙弥尼戒,若能持者答言能。如是沙弥尼十戒,尽形寿不应犯。(姚秦佛陀耶舍

共竺佛念译《四分律》卷 48)^①

6.1.5　余　论

从章法特征来看,以《四分律》为例的广律典籍大多拥有程式化的叙事模式,比丘与比丘尼戒法中,通常每一条目之下都包含叙述因缘与制定戒律两部分。例如《五分律》卷 2"僧残法"中"出不净戒"条:

> 尔时,长老优陀夷为欲火所烧,身体羸瘦,才有气息。以手出不净,得安乐住。有异比丘,亦复羸瘦。优陀夷问:"汝何故尔?"答言:"长老,我为欲火所烧,是故如是。"优陀夷言:"我先亦尔,以手出不净,得安乐住。汝若法我,亦当如是。"……佛以是事集比丘僧,问优陀夷:"汝实尔不?"答言:"实尔,世尊。"佛亦种种如上呵责已。告诸比丘:"以十利故,为诸比丘结戒。从今是戒应如是说:若比丘故出不净,僧伽婆尸沙。"(刘宋佛陀什共竺道生等译《弥沙塞部和酰五分律》卷 2)^②

此段经文中,从"尔时"至"佛以是事集比丘僧"前为制戒因缘,主要叙述优陀夷的不当行为。从"佛以是事集比丘僧"后为制戒部分,佛陀召集众僧谴责优陀夷,制定戒条"若比丘故出不净,僧伽婆尸沙"。

---

① 《大正新修大藏经》,T22N1428P924a,台湾新文丰出版公司 1994 年版。
② 《大正新修大藏经》,T22N1421P10b,台湾新文丰出版公司 1994 年版。

　　犍度条文多汇集同类之法,繁杂而详尽。例如《五分律》卷22"食法"中,针对比丘如何食、用何食、具体可乞何食等一系列疑问,事无巨细,都分别进行了相应规定:

　　　　尔时,五比丘到佛所头面礼足。白佛言:"世尊,我等当于何食?"佛言:"听汝等乞食。"复白佛言:"当用何器?"佛言:"听用钵。"时,诸比丘乞得粳米饭,不敢受。以是白佛。佛言:"听随意受食。"时,诸比丘乞,或得种种饭,或得种种饼,或得种种糗,或得种种熟麦豆……皆不敢受。以是白佛。佛言:"皆听随意受食。"(刘宋佛陀什共竺道生等译《弥沙塞部和酰五分律》卷22)①

　　广律典籍中,每一因缘故事内容详略不同,详述者篇幅较长,细致生动,简略者仅仅寥寥数语,简明扼要。与生活化的内容相适应,因缘故事多采用通俗平易、富有生活气息的词语。例如,《摩诃僧祇律》卷1"四波罗夷法"中"淫戒"条叙述兀女的一段文字,明白易晓:

　　　　时郁阇尼国有一男子,其妇邪行,与人共通。其夫瞋恨,面相呵责:"后复尔者,要苦相治。"其妇不止,夫伺其淫时,执彼男子,俱送与王。白言:"大王,此妇不良,与是人通,愿王苦治,以肃将来。"时王大怒,敕其有司,令兀其手

---

① 《大正新修大藏经》,T22N1421P147c,台湾新文丰出版公司1994年版。

足,弃于冢间。时治罪者,即于冢间,兀其手足,仰卧着地。
(东晋佛陀跋陀罗共法显译《摩诃僧祇律》卷1)①

与正式、严谨的规定性内容相一致,广律典籍律法条文多使用律法术语与指令性词语。例如,《摩诃僧祇律》卷3"四波罗夷法之三"说明比丘犯戒的相应惩处中,律法术语频见:

　　若比丘盗心触此重物等,得越比尼罪。动彼物,偷兰罪。离本处满者,波罗夷。不净物者,钱、金银。比丘不得触,故名不净物。若比丘盗心触不净物。得越比尼罪。若动彼物,偷兰罪。若离本处满者,波罗夷……(东晋佛陀跋陀罗共法显译《摩诃僧祇律》卷3)②

又如,《摩诃僧祇律》卷10"三十尼萨耆波夜提法之三"中,多用指令词语"不得""当"规定比丘在大会供养时的行为:

　　一切有金银涂者,比丘不得自手捉,使净人捉。若倒地者,当捉无金银处。若遍有金银涂者,当以衣物花等裹手捉。……如是比一切有金银,若涂者不得捉。及浴金银菩萨形像,不得自洗。当使净人。若大会时有金银像,使净人持出,比丘得佐不得捉。有金银处,比丘不得先捉后放。

---

① 《大正新修大藏经》,T22N1425P235a,台湾新文丰出版公司1994年版。
② 《大正新修大藏经》,T22N1425P245a,台湾新文丰出版公司1994年版。

（东晋佛陀跋陀罗共法显译《摩诃僧祇律》卷 10）①

从句法特征来看，律典叙述因缘故事多用结构简单、贴近日常生活口语的短句与问句。叙述律法多用结构复杂、内涵丰富、具有较强逻辑力量的长句，祈使句与训释语句。例如，《摩诃僧祇律》卷 5 记载优陀夷戏弄淫女的一段文字，多用口语化的短句与问句：

> 有一淫女，贫穷弊衣，无人共语，便诣优陀夷所，白言："阿阇梨，我欲入看。"优陀夷言："可尔，汝若不请，尚欲呼汝，况汝求请？"即便入房。时优陀夷亦示诸房舍种种彩画，优陀夷问言："姊妹，房舍好不？"答言："实好。"便问："姊妹，能共作是事不？"答言："阿阇梨，我仰作是事活，若男子者来。"优陀夷言："姊妹，汝可卧地。"实时卧地。（东晋佛陀跋陀罗共法显译《摩诃僧祇律》卷 5）②

又如，《摩诃僧祇律》卷 3 戒条"若比丘于聚落空地，不与取随盗物，王或捉、或杀、或缚、或摈，出言：咄！男子，汝贼耶？汝痴耶？比丘如是不与取者，波罗夷不应共住。"之后紧接判断句形式的训释语句：

> 比丘者，比丘名受具足、善受具足。一白三羯磨、无遮

① 《大正新修大藏经》，T22N1425P312b，台湾新文丰出版公司 1994 年版。
② 《大正新修大藏经》，T22N1425Pp268a，台湾新文丰出版公司 1994 年版。

法和合十众,十众已上年满二十,此名比丘。

聚落者,聚落名若都墙围绕,若水渠沟堑篱栅围绕。又复聚落者,放牧聚落、伎儿聚落、营车聚落、牛眠聚落。四家及一积薪亦名聚落。

空地者,空地名垣墙院外,除聚落界余者尽名空地。

聚落界者,去篱不远。多人所行踪迹到处,是名聚落界。

不与者,若男、若女、若黄门、二形、在家、出家。……

（东晋佛陀跋陀罗共法显译《摩诃僧祇律》卷 3）①

从修辞特征来看,律典一般采用散句平实、准确地叙事达意,不追求语言的艺术化,很少运用修辞格,适应表意的需求,反复与排比的修辞手法使用较多。

6.2　戒　本

除广律之外,律藏中还有一类专门记载戒条的律典,后人称之为"戒本"。戒本,通常分为比丘戒本和比丘尼戒本,其内容相当于广律中的比丘戒和比丘尼戒。

中古时期,传入汉地的戒本主要有:姚秦佛陀耶舍译《四分律比丘戒本》《四分比丘尼戒本》、姚秦鸠摩罗什译《十诵比丘波罗提木叉戒本》、东晋佛陀跋陀罗译《摩诃僧祇律大比丘戒本》,

---

① 《大正新修大藏经》,T22N1425P244a,台湾新文丰出版公司 1994 年版。

分别相当于《四分律》中的比丘戒和比丘尼戒、《十诵律》中的比丘尼戒、《摩诃僧祇律》中的比丘戒等。相对于广律而言,戒本内容与形式简单明晰,故本节以《四分律比丘戒本》为例,简要分析戒本与广律的不同之处。

6.2.1　章法特征

以《四分律》为例的广律典籍大多拥有程式化的叙事模式,叙及比丘与比丘尼戒法,通常每一条目之下都包含叙述因缘与制定戒律两部分。而以《四分律比丘戒本》为例的戒本则以戒律条文为主要内容,条缕细致。例如:

> 若比丘饮酒者,波逸提;
> 若比丘水中嬉戏者,波逸提;
> 若比丘以指相击𢫬者,波逸提;
> 若比丘不受谏者,波逸提;
> 若比丘恐怖他比丘者,波逸提……(姚秦佛陀耶舍译《四分律比丘戒本》)[①]

6.2.2　词汇特征

广律典籍中有不少关于本生、因缘、譬喻的描述,刻绘生动,多见富有生活气息的词语。而戒本文字简练朴实,正式严谨,多见律法术语以及指令性词语。例如:

---

① 《大正新修大藏经》,T22N1429P1019b,台湾新文丰出版公司 1994 年版。

不得反抄衣行入白衣舍,应当学;

不得反抄衣入白衣舍坐,应当学;

不得衣缠颈入白衣舍,应当学;

不得衣缠颈入白衣舍坐,应当学;

不得覆头入白衣舍,应当学;

不得覆头入白衣舍坐,应当学……(姚秦佛陀耶舍译《四分律比丘戒本》)①

6.2.3　句法特征

戒本主要以陈述句与祈使句来记载针对比丘与比丘尼的行为规范。戒条多使用假设句来规定犯戒的相应惩处措施。例如:

若比丘,若在村落,若闲静处,不与盗心取,随不与取法。若为王、王大臣所捉,若杀,若缚,若驱出国。汝是贼,汝痴,汝无所知,是比丘波罗夷不共住。(姚秦佛陀耶舍译《四分律比丘戒本》)②

若比丘故自手断人命,持刀与人,叹誉死,快劝死,咄!男子,用此恶活为,宁死不生。作如是心,思惟种种方便,叹誉死,快劝死,是比丘波罗夷不共住。(姚秦佛陀耶舍译《四

---

① 《大正新修大藏经》,T22N1429P1020c,台湾新文丰出版公司1994年版。
② 《大正新修大藏经》,T22N1429P1015c,台湾新文丰出版公司1994年版。

　　分律比丘戒本》)①

　　若比丘与女人说法，过五六语，除有知男子，波逸提。
（姚秦佛陀耶舍译《四分律比丘戒本》)②

6.2.4　修辞特征

　　从修辞特征来看，戒本一般采用散句平实、准确地叙述条
文，不追求语言的艺术化，不用修辞格。

---

①　《大正新修大藏经》，T22N1429P1015c，台湾新文丰出版公司 1994 年版。
②　《大正新修大藏经》，T22N1429P1018b，台湾新文丰出版公司 1994 年版。

第7章　论藏文体分析

　　释迦佛陀在世之时,不仅讲经说律,纵论佛法大意,还专门对自己说法中某些深奥的义理和名相进行解释,以便于听闻者理解与接受。同时,"论议第一"的摩诃迦栴延也常代佛进行说解,佛陀加以印可。第一次结集之后,佛陀对所说教法的解释以及弟子的论说逐渐从经藏分离出来,并被编集为有一定体系结构的论典,称为"阿毗昙",又称"阿毗达摩"。此后佛教部派分裂,阐发各自理论体系的论典纷起,这些部派都将各自的论典视为"佛说阿毗昙","阿毗达摩"遂成为各种论典的通称。"阿毗达摩"中,对某一部佛经加以疏解、明经旨、释难句的论典,后人称为"释经论",如《大智度论》《十住毗婆沙论》《十地经论》等;将佛经义理和名相作分门别类的辨析与阐发的论典,后人称为"宗经论",如《中论》《百论》《十二门论》等。

7.1　释经论

　　《大智度论》为解释《大品般若经》而作的释经论,其所引用之经论遍及大小乘,被誉为"佛教百科全书",对千余年来的中国佛学影响极其深远。因此,本节中将以《大智度论》作为主要考察对象,分析其文体特征。

7.1.1　章法特征

《大智度论》,详称《摩诃般若波罗蜜经释论》,简称《智度论》《大论》《智论》《释论》,为印度龙树菩萨著,姚秦鸠摩罗什译,共一百卷。僧叡在《摩诃般若波罗蜜经释论序》中说:"经本既定,乃出此释论。论之略本有十万偈,偈有三十二字,并三百二十万言。胡夏既乖,又有繁简之异,三分除二、得此百卷,于大智三十万言,玄章婉旨朗然可见。"[①]《大智度论》卷末的附记也说:"论初三十四卷,解释一品,是全论具本。二品以下法师略之,取其要足以开释文意而已,不复备其广释,得此百卷,若尽出之,将十倍于此。"[②]即谓《大智度论》一百卷并非全译,仅最初之 34 卷为全译本,其后各卷则经罗什加以节略后译出。《大智度论》在释义中繁征博引,保存了许多已散佚而有价值的论议。《摩诃般若波罗蜜经释论序》中说:"其为论也,初辞拟之,必标众异以尽美;卒成之终,则举无执以尽善。"[③]

7.1.1.1　分章别句的注解体例

"论"与"经"通常被编排在一起,注解之前,往往首先列出所释经文,然后再对经文内容进行注解或阐述。所列之经文,或为一词,或为一句,或为一段。《论》的"初品"34 卷对经文"初品"

---

① 　《大正新修大藏经》,T55N2145P75a,台湾新文丰出版公司 1994 年版。
② 　《大正新修大藏经》,T25N1509P756c,台湾新文丰出版公司 1994 年版。
③ 　《大正新修大藏经》,T25N1509P57a,台湾新文丰出版公司 1994 年版。

进行注解,着眼于名相解析,几乎逐词逐句详加分别。《论》的"二品"以下,罗什以"秦人好简故",只略取其要,划分层次,着力从义理上进行分析与阐释。

7.1.1.1.1　解释词义

〔经〕婆伽婆

〔论〕释曰:云何名婆伽婆? 婆伽婆者,婆伽言德,婆言有,是名有德。

复次,婆伽名分别,婆名巧,巧分别诸法总相别相,故名婆伽婆。

复次,婆伽名名声,婆名有,是名有名声,无有得名声如佛者。转轮圣王、释、梵、护世者,无有及佛,何况诸余凡庶! 所以者何? 转轮圣王与结相应,佛已离结;转轮圣王没在生、老、病、死泥中,佛已得度;转轮圣王为恩爱奴仆,佛已永离;转轮圣王处在世间旷野灾患,佛已得离;转轮圣王处在无明暗中,佛处第一明中;转轮圣王若极多领四天下,佛领无量诸世界;转轮圣王财自在,佛心自在;转轮圣王贪求天乐,佛乃至有顶乐亦不贪著;转轮圣王从他求乐,佛内心自乐。以是因缘,佛胜转轮圣王。诸余释、梵、护世者,亦复如是,但于转轮圣王小胜。

复次,婆伽名破,婆名能,是人能破淫怒痴故,称为婆伽婆。(姚秦鸠摩罗什译《大智度论》卷 2)①

---

① 《大正新修大藏经》,T25N1509P70b,台湾新文丰出版公司 1994 年版。

佛的名号很多,此处列举"因其有德、因其巧分别、因其有名声,因其能破除淫怒痴"种种说法,对其名号之一"婆伽婆"从不同角度进行了详细解说。

7.1.1.1.2　串讲句义

〔经〕地皆柔软,令众生和悦。

〔论〕问曰:地动,云何能令众生心得和悦?答曰:心随身故,身得乐事,心则欣悦。悦者,共住之人及便身之具,能令心悦。今以是三千大千世界杂恶众生,其心粗犷,无有善事;是故世尊动此大地,令皆柔软,心得利益。譬如三十三天王欢乐园中,诸天入者,心皆柔软,欢乐和悦,粗心不生;若阿修罗起兵来时,都无斗心。是时释提婆那民,将诸天众入粗涩园中;以此园中树木华实,气不和悦,粗涩恶故,诸天人众斗心即生。佛亦如是,以此大地粗涩弊恶故,变令柔软,使一切众生心得喜悦。又如咒术药草熏人鼻时,恚心便生,即时斗诤。复有咒术药草令人心和悦欢喜,敬心相向。咒术草药尚能如此,何况三千大千世界地皆柔软?(姚秦鸠摩罗什译《大智度论》卷8)[①]

此处对经中"地皆柔软,令众生和悦"一句进行注解,运用"欢乐园"与"粗涩园""使人生恚心之咒术药草"与"令人心生喜悦之咒术药草"作为譬喻,详尽而生动地说明众生"心皆柔软"便

① 《大正新修大藏经》,T25N1509P117b,台湾新文丰出版公司 1994 年版。

会"欢乐和悦,粗心不生",而"气不和悦,粗涩恶故"易生斗诤,明白细致地阐释清"地动"与"心得和悦"之间的因果关系。

7.1.1.1.3   阐发章旨

〔经〕"舍利弗! 有菩萨摩诃萨行六波罗蜜时,无能坏者。"舍利弗白佛言:"世尊! 云何菩萨摩诃萨行六波罗蜜时,无能坏者?"佛告舍利弗:"若菩萨摩诃萨行六波罗蜜时,不念有色,乃至识,不念有眼,乃至意,不念有色,乃至法,不念有眼界,乃至法界,不念有四念处,乃至八圣道分,不念有檀波罗蜜,乃至般若波罗蜜,不念有十力,乃至十八不共法,不念有须陀洹果,乃至阿罗汉果,不念有辟支佛,乃至阿耨多罗三藐三菩提。舍利弗! 菩萨摩诃萨如是行,增益六波罗蜜,无能坏者。"

〔论〕释曰:佛为舍利弗种种分别诸菩萨,次为说有菩萨发心时无有能坏者。舍利弗惊喜恭敬诸菩萨,是故问菩萨结使未断,未于实法作证,何因缘故不可破坏? 佛答:若菩萨不念有色,乃至不念有阿耨多罗三藐三菩提;得是法空故,亦得众生空。若是法空,观空者亦空。住是无碍般若波罗蜜中,无有能坏者。(姚秦鸠摩罗什译《大智度论》卷39)①

此处对《大品般若经》中的一段文字进行阐说,不拘泥于字

---

① 《大正新修大藏经》,T25N1509P346b,台湾新文丰出版公司1994年版。

词意义,侧重揭示"菩萨摩诃萨行六波罗蜜时,无能坏者"之具体因缘。

　　经论这种分章别句、解析经义的体例与中土义疏体例似乎存在某种联系。梁启超在《翻译文学与佛典》一文中就曾指出:"尤有一事当注意者,则组织的解剖的文体之出现也。稍治佛典者,当知科判之学,为唐宋后佛学家所极重视,其著名之诸大经论,恒经数家或十数家之科判,分章分节分段,备极精密。推原斯学何以发达? 良由诸经论本身,本为科学组织的著述,我国学者,亦以科学的方法研究之,故条理愈剖愈精。此种著述法,其影响于学界之他方面者亦不少。夫隋唐之义疏之学,在经学界中有特别价值,此人所共知矣。而此种学问,实与佛典疏钞之学同时发生。吾固不敢径指此为翻译文学之产物,然最少必有彼此相互之影响,则可断言也。"① 郭在贻在定义"义疏"之时也指出其起源问题,"所谓义疏,也是一种传注形式,其名源于六朝佛家的解释佛典,以后泛指会通古书义理,加以阐释发挥的书"②。佛典之"义疏"为经论注释书之通称,若将佛典与中土义疏作一比对,可以发现二者具有不少相似之处。例如,佛教经论繁征博引,其构成有解释词义、串讲经义、阐发章旨等形式,据徐骂望研究,皇侃疏文由总括经文大意、解释词义、解释句义、补充说明、援引他说、皇侃按语和疏解用语构成③,两者注文形式基本相同。

①　梁启超:《佛学研究十八篇》,上海古籍出版社 2001 年版,第 199 页。
②　郭在贻:《训诂学》,湖南人民出版社 1986 年版,第 183 页。
③　徐望驾:《〈论语义疏〉语言研究》,中国社会科学出版社 2006 年版,第 5 页。

7.1.1.2　"问答"与"直解"的注解方式

7.1.1.2.1　问答式

就注解方式而言,《大智度论》多采用问答对话的方式。论中往往首先假托一人提出某种疑问,引出中心议题,然后再由一人分别答之。例如,《大智度论》卷 1"缘起论"解释佛说"摩诃般若波罗蜜经"的缘故,首先以问句形式将问题提出,然后从不同角度作出相应回答:

问曰:佛以何因缘故,说摩诃般若波罗蜜经? 诸佛法不以无事及小因缘而自发言,譬如须弥山王,不以无事及小因缘而动。今有何等大因缘故,佛说摩诃般若波罗蜜经?

答曰:佛于三藏中,广引种种诸喻,为声闻说法,不说菩萨道。唯中阿含本末经中,佛记弥勒菩萨:汝当来世,当得作佛,号字弥勒;亦不说种种菩萨行。佛今欲为弥勒等,广说诸菩萨行,是故说摩诃般若波罗蜜经。复次,有菩萨修念佛三昧,佛为彼等欲令于此三昧得增益故,说般若波罗蜜经。复次,……大慈大悲故,受请说法。诸法甚深者,般若波罗蜜是;是故佛说摩诃般若波罗蜜经。复次,有人疑佛不得一切智,所以者何? 诸法无量无数,云何一人能知一切法? 佛住实相清净如虚空,无量无数,般若波罗蜜法中,自发诚言:我是一切智人,欲断一切众生疑;以是故说摩诃般若波罗蜜经。复次,有人疑佛不得一切智,所以者何? 诸法无量无数,云何一人能知一切法? 佛住实相清净如虚空,无量无数,般若波罗蜜法中,自发诚言:我是一切智人,欲断一

切众生疑；以是故说摩诃般若波罗蜜经。……（姚秦鸠摩罗什译《大智度论》卷1)[①]

利用问句形式提出中心问题，立意鲜明，较之连篇累牍的注解，问答作注的条理更加清晰。类似于此，以问答形式进行注解的方式在论中随处可见。然而，中土经疏文体中，这种对话注解的方式十分罕见，唯有《公羊义疏》中多自设问答，文复语繁，而他疏不见。[②]

7.1.1.2.2　直解式

除了问答作注，论中常见的注解方式即是对所引经文直接进行解说，此处略称"直解"。此类注解往往以"释曰"开头，例如《大智度论》卷42"释集散品第九"对下段经文的注解：

〔经〕复次，世尊！菩萨摩诃萨欲行般若波罗蜜，文字中不应住，一字门、二字门，如是种种字门中不应住，何以故？诸字、诸字相空故，如上说。复次，世尊！菩萨摩诃萨欲行般若波罗蜜，诸神通中不应住，何以故？诸神通、诸神通相空，神通空不名为神通，离空亦无神通，神通即是空，空即是神通。世尊以是因缘故，菩萨摩诃萨欲行般若波罗蜜，诸神通中不应住。

〔论〕释曰：有二种菩萨：一者、习禅定；二者、学读。坐禅者，生神通；学读者，知分别文字。一字门者，一字一语，

---

① 　《大正新修大藏经》，T25N1509P57c，台湾新文丰出版公司1994年版。
② 　饶宗颐：《梵学集》，上海古籍出版社1993年版，第270页。

如地名浮。二字门者,二字一语,如水名阇蓝。三字名者,如水名波尼蓝。如是等,种种字门。复次,菩萨闻一字,即入一切诸法实相中,如闻阿字,即知诸法从本已来无生。如是等,如闻头佉,一切法中苦相生,即时生大悲心。如闻阿尼咤,知一切法无常相,即时入道圣行。余如文字陀罗尼中广说。神通义,先已说。是二事毕竟空故,菩萨不于中住。(姚秦鸠摩罗什译《大智度论》卷42)①

7.1.1.3　偈散结合的表达形式

"论"为解说和论证佛经义理的一种体裁,主要以长行散体形式对经文进行注解与阐述,少用偈颂。然而,在长行散体论说经义之后,有时也会引用偈颂作进一步的说明。例如,《大智度论》卷17"释初品中禅波罗蜜":

若求世间近事,不能专心,则事业不成,何况甚深佛道而不用禅定!禅定名摄诸乱心,乱心轻飘,甚于鸿毛,驰散不停,驶过疾风,不可制止,剧于猕猴,暂现转灭,甚于掣电。心相如是不可禁止,若欲制之,非禅不定。如偈说:

禅为守智藏,功德之福田。

禅为清净水,能洗诸欲尘。

禅为金刚铠,能遮烦恼箭。

虽未得无余,涅盘分已得。

---

① 《大正新修大藏经》,T25N1509P366c,台湾新文丰出版公司1994年版。

　　　　得金刚三昧,摧碎结使山……(姚秦鸠摩罗什译《大智
度论》卷 17)①

　　又如,《大智度论》卷 4"释初品中菩萨":

　　　　问曰:如声闻经初但说比丘众,摩诃衍经初何以不但说
菩萨众? 答曰:摩诃衍广大,诸乘诸道皆入摩诃衍;声闻乘
狭小,不受摩诃衍。譬如恒河不受大海,以其狭小故;大海
能受众流,以其广大故。摩诃衍法亦如是,如偈说:
　　　　摩诃衍如海,小乘牛迹水。
　　　　小故不受大,其喻亦如是。(姚秦鸠摩罗什译《大智
度论》卷 4)②

　　鸠摩罗什译《成实论》卷 1 谓:"又义入偈中,则要略易解,或
有众生乐直言者,有乐偈说。又先直说法后以偈颂,则义明了,
令信坚固。"③与经文多以偈颂发挥问答对话作用不同,论中偈
颂使长行所说有征可信的作用更为突出。

7.1.2　词汇特征

　　论藏以阐明抽象的道理为目的,文字谨严深刻,逻辑性强。
词语表述上主要选用抽象语词(只有高度概括的理性意义而没

---

① 　《大正新修大藏经》,T25N1509P180c,台湾新文丰出版公司 1994 年版。
② 　《大正新修大藏经》,T25N1509P86a,台湾新文丰出版公司 1994 年版。
③ 　《大正新修大藏经》,T32N1646P244c,台湾新文丰出版公司 1994 年版。

有其他附加色彩),很少运用具有口语色彩、意义未经严格限定
的日常生活用语,还排斥使用具有形象色彩与感情色彩的描绘
性词语。

7.1.2.1　抽象术语

经藏与律藏多有故事情节,文字相对较为浅俗易懂,而论藏
则注重艰深的论理以及对佛教名相的解说,因此,文字相对艰深
晦涩。由词汇特征观之,论藏最为显著的特点之一即是大量运
用抽象的名词术语。例如,《大智度论》卷 5 对《大品般若经》中
"巧说因缘法"一句的解说:

　　十二因缘生法,种种法门能巧说。烦恼、业、事,次第展
转相续生,是名十二因缘。是中无明、爱、取三事,名烦恼;
行、有二事,名业;余七分,名事。是十二因缘,初二过去世
摄,后二未来世摄,中八现前世摄。是略说三事:烦恼,业,
苦;是三事展转更互为因缘:是烦恼业因缘,业苦因缘,苦苦
因缘,苦烦恼因缘,烦恼业因缘,业苦因缘,苦苦因缘,是名
展转更互为因缘。过去世一切烦恼,是名无明。从无明生
业,能作世界果,故名为行。从行生垢心,初身因,如犊子识
母,自相识故,名为识。是识共生无色四阴,及是所住色,是
名名色。是名色中生眼等六情,是名六入。情、尘、识合,是
名为触。从触生受。受中心著,是名渴爱。渴爱因缘求,是
名取。从取后世因业,是名有。从有还受后世五众,是名
生。从生五众熟坏,是名老死。老死生忧、悲、哭、泣,种种
愁恼,众苦和合集。若一心观诸法实相清净,则无明尽,无

明尽故行尽,乃至众苦和合集皆尽。是十二因缘相,如是能方便不著邪见,为人演说,是名为巧。复次,是十二因缘观中,断法爱,心不著,知实相,是名为巧。如说般若波罗蜜不可尽品中,佛告须菩提:痴如虚空不可尽,行如虚空不可尽,乃至众苦和合集如虚空不可尽。菩萨当作是知! 作是知者,为舍痴际,应无所入。作是观十二因缘起者,则为坐道场,得萨婆若。(姚秦鸠摩罗什译《大智度论》卷5)①

此段经论所涉佛教名相有"十二因缘""烦恼""业""事""无明""行""识""色""六入""触""渴爱"等,繁多而又复杂。《论》中不仅对这些抽象概念的内在涵义一一作注,还对它们之间的相互关系进行了充分揭示:无明、爱、取三部分叫作"烦恼";行、有两部分叫作"业",识、色、六入、触、受、生、老死叫作"事";烦恼与业互为因缘,业与苦互为因缘,此苦与彼苦互为因缘,苦与烦恼互为因缘,烦恼与业互为因缘,业与苦互为因缘,彼苦与此苦互为因缘……虽然经论为注释性语言,但由于大量抽象术语的存在,阅读起来仍然颇具难度。

7.1.2.2　注释用语

论为对经的注释,论中多以定义方式对经中所涉名相进行说解,因此,注释用语在论中的使用十分广泛。常见的注释用语有"是名""是为""名为"等,略等于现代汉语的"叫作"。例如:

---

① 《大正新修大藏经》,T25N1509P100b,台湾新文丰出版公司1994年版。

　　妄语者,不净心,欲诳他,覆隐实,出异语,生口业,是名妄语。妄语之罪,从言声相解生;若不相解,虽不实语,无妄语罪。是妄语,知言不知,不知言知;见言不见,不见言见;闻言不闻,不闻言闻;是名妄语。若不作,是名不妄语。(姚秦鸠摩罗什译《大智度论》卷13)①

　　尸罗者,略说身、口律仪有八种:不恼害,不劫盗,不邪淫,不妄语,不两舌,不恶口,不绮语,不饮酒及净命,是名戒。若不护、放舍,是名破戒。破此戒者,堕三恶道中。(姚秦鸠摩罗什译《大智度论》卷13)②

　　问曰:何等空涅槃门? 答曰:观诸法我、我所空,诸法从因缘和合生,无有作者,无有受者,是名空门。(姚秦鸠摩罗什译《大智度论》卷20)③

　　复次,菩萨观一切法有相,无有法无相者,如地坚重相,水冷湿相,火热照相,风轻动相,虚空容受相,分别觉知是为识相。有此有彼,是为方相;有久有近,是为时相;浊恶心恼众生,是为罪相;净善心愍众生,是为福相;著诸法,是为缚相;不著诸法,是为解脱相;现前知一切法无碍,是为佛相。

---

① 《大正新修大藏经》,T25N1509P157a,台湾新文丰出版公司1994年版。
② 《大正新修大藏经》,T25N1509P153b,台湾新文丰出版公司1994年版。
③ 《大正新修大藏经》,T25N1509P206a,台湾新文丰出版公司1994年版。

如是等一切各有相。(姚秦鸠摩罗什译《大智度论》卷 18)①

　　无智人,闻空解脱门,不行诸功德,但欲得空,是为邪见
断诸善根。(姚秦鸠摩罗什译《大智度论》卷 18)②

　　不净施者,愚痴施无所分别。或有为求财故施,或愧人
故施,或为嫌责故施,或畏惧故施,或欲求他意故施,或畏死
故施,或诳人令喜故施,或自以富贵故应施,或诤胜故施,或
妒嗔故施,或骄慢自高故施,或为名誉故施,或为咒愿故施,
或解除衰求吉故施,或为聚众故施,或轻贱不敬施;如是等
种种,名为不净施。净施者与上相违,名为净施。(姚秦鸠
摩罗什译《大智度论》卷 11)③

　　由上述引例可见,使用注释用语"是名""是为""名为"进行
注解时,通常是将被释词语放在这些用语之后。当使用这些注
释用语对若干同义或者同类的词语进行注解时,往往具有鲜明
的辨析意味。如:"浊恶心恼众生,是为罪相;净善心愍众生,是
为福相;著诸法,是为缚相;不著诸法,是为解脱相;现前知一切
法无碍,是为佛相。"例中,使用"是为"对"罪相""福相""缚相"
"解脱相""佛相"几个相关词语一起进行解说,各个词语之间的
差异顿时一目了然。考察中土经疏中类似的注释用语,主要有

①　《大正新修大藏经》,T25N1509P194b,台湾新文丰出版公司 1994 年版。
②　《大正新修大藏经》,T25N1509P194a,台湾新文丰出版公司 1994 年版。
③　《大正新修大藏经》,T25N1509P140c,台湾新文丰出版公司 1994 年版。

"曰""为""谓之"。"使用这几个术语时,被释的词总是放在'曰'
'为''谓之'的后面。这几个术语的作用相同,它们不仅用来释
义,并且用来分别同义词或近义词之间的细微差别。"①

7.1.3　句法特征

论藏以解析名相与论辩义理为主要内容,这决定了在句式
使用上多采用结构复杂的复句,多用并列结构,以详尽细致地进
行论说。同时,问答对话的注释方式也决定了问句尤其是特指
问句的大量运用成为论中一个明显的句法特征。

7.1.3.1　类型多样的复句

复句结构复杂,表意准确严密,多用于表达丰富复杂的内
容。论藏主要内容为解析纷繁的名相与阐释艰深的佛理,多采
用结构复杂、表意周密、逻辑鲜明的各式复句,尤其是带有关联
词语的各式复句。

7.1.3.1.1　因果句,以"是故""以是故"表因果关系

　　问曰:一切大菩萨皆大功德,智慧利根,一切难近,何以
独言娑婆世界中菩萨难近? 答曰:实如所言。但以多宝世
界中菩萨远来,见此世界不如,石沙秽恶,菩萨身小,一切众
事皆亦不如,必生轻慢,是故佛言一心敬慎,彼诸菩萨难近。
(姚秦鸠摩罗什译《大智度论》卷10)②

① 王力:《古代汉语》第二册,中华书局1999年版,第615页。
② 《大正新修大藏经》,T25N1509P129c,台湾新文丰出版公司1994年版。

　　问曰:何以独称般若波罗蜜为摩诃,而不称五波罗蜜?
答曰:摩诃此言大,般若言慧,波罗蜜言到彼岸;以其能到智
慧大海彼岸,到一切智慧边,穷尽其极故,名到彼岸。一切
世间、十方、三世,诸佛第一大,次有菩萨、辟支佛、声闻,是
四大人皆从般若波罗蜜生,是故名为大。(姚秦鸠摩罗什译
《大智度论》卷 18)①

　　问曰:第一义空亦能破无作法,无因缘法,细微法,何以
不言大空? 答曰:前已得大名,故不名为大。今第一义名虽
异,义实为大。出世间以涅槃为大,世间以方为大,以是故
第一义亦是大空。(姚秦鸠摩罗什译《大智度论》卷 31)②

　　问曰:三界中清净天多,何以故但念欲天? 答曰:声闻
法中说念欲界天,摩诃衍中说念一切三界天。行者未得道
时,或心著人间五欲,以是故佛说念天。(姚秦鸠摩罗什译
《大智度论》卷 22)③

7.1.3.1.2　递进句,以"何况"表递进关系

　　尔时未得道,尚无恶心,何况得阿耨多罗三藐三菩提,
三毒已尽,于一切众生大慈悲具足,云何疑佛有恶心苦切

---

① 《大正新修大藏经》,T25N1509P191a,台湾新文丰出版公司 1994 年版。
② 《大正新修大藏经》,T25N1509P288b,台湾新文丰出版公司 1994 年版。
③ 《大正新修大藏经》,T25N1509P227c,台湾新文丰出版公司 1994 年版。

语？（姚秦鸠摩罗什译《大智度论》卷 26)①

　　问曰：若释迦文尼佛以大神力广度十方，复何须余佛？答曰：众生无量，不一时熟故。又众生因缘各各不同，如声闻法中说：舍利弗因缘弟子，除舍利弗，诸佛尚不能度，何况余人？（姚秦鸠摩罗什译《大智度论》卷 8)②

　　问曰：如上地钝根，不能知下地利根心；菩萨，一佛心尚不应知，何况恒河沙等十方诸佛心？答曰：以佛神力故令菩萨知。（姚秦鸠摩罗什译《大智度论》卷 33)③

　　问曰：一佛所说，犹尚难持，何况无量诸佛所说，欲忆而不忘？答曰：菩萨以闻持陀罗尼力故能受，坚忆念陀罗尼力故不忘。（姚秦鸠摩罗什译《大智度论》卷 33)④

　　菩萨布施时，若受者嗔恼，便自思惟：我今布施内外财物，难舍能舍，何况空声而不能忍？若我不忍，所可布施则为不净。（姚秦鸠摩罗什译《大智度论》卷 12)⑤

---

① 《大正新修大藏经》，T25N1509P252b，台湾新文丰出版公司 1994 年版。
② 《大正新修大藏经》，T25N1509P118b，台湾新文丰出版公司 1994 年版。
③ 《大正新修大藏经》，T25N1509P306a，台湾新文丰出版公司 1994 年版。
④ 《大正新修大藏经》，T25N1509P306b，台湾新文丰出版公司 1994 年版。
⑤ 《大正新修大藏经》，T25N1509P151a，台湾新文丰出版公司 1994 年版。

7.1.3.1.3　假设句,以"若"表假设关系

问曰:三生菩萨,何以但生兜率天上,不生余处? 答曰:若在他方世界来者,诸长寿天、龙鬼神求其来处不能知,则生疑心,谓为幻化。若在人中死人中生,然后作佛者,人起轻慢,天则不信;法应天来化人,不应人化天也! 是故天上来生,则是从天为人,人则敬信。无色界中无形,不得说法,故不在中生。(姚秦鸠摩罗什译《大智度论》卷 38)[①]

复次,若不以理求一切法,则不可得,若以理求之,则无不得。譬如钻火以木,则火可得,析薪求火,火不可得。如大地有边际,非一切智人,无大神力,则不能知;若神通力大,则知三千大千世界地边际。(姚秦鸠摩罗什译《大智度论》卷 11)[②]

若余处国土,自知是化佛,则不肯信受教戒。又如余国土人,寿命一劫,若佛寿百岁,于彼裁无一日,众生则起轻慢,不肯受教;彼则以一劫为实佛,以此为变化。(姚秦鸠摩罗什译《大智度论》卷 34)[③]

若我求多集财物,破戒失善,心必散乱,多恼众生;若恼

[①]　《大正新修大藏经》,T25N1509P341c,台湾新文丰出版公司 1994 年版。
[②]　《大正新修大藏经》,T25N1509P138b,台湾新文丰出版公司 1994 年版。
[③]　《大正新修大藏经》,T25N1509P312a,台湾新文丰出版公司 1994 年版。

众生以供养佛，佛所不许，破法求财故。若施凡人，夺彼与此，非平等法；如菩萨法，等心一切，皆如儿子，以是故少施。（姚秦鸠摩罗什译《大智度论》卷29）①

若离有佛国者，虽受人天乐，而不知是佛恩力之所致，与畜生无异！若一切诸佛不出世者，则无三乘涅槃之道，常闭在三界狱，永无出期；若世有佛，众生得出三界牢狱。（姚秦鸠摩罗什译《大智度论》卷30）②

7.1.3.1.4　总分句，以"先总后分"的方式表解说关系

问曰："是义次第有何因缘？"答曰："利有三种：今世利、后世利、毕竟利。复有三种乐：今世、后世、出世。"（姚秦鸠摩罗什译《大智度论》卷30）③

问曰："汝言诸法实、诸法空皆不然者，今云何复言诸法空？"答曰："有二种空：一者，说名字空，但破著有而不破空；二者，以空破有，亦无有空。"（姚秦鸠摩罗什译《大智度论》卷36）④

---

① 《大正新修大藏经》，T25N1509P271a，台湾新文丰出版公司1994年版。
② 《大正新修大藏经》，T25N1509P285a，台湾新文丰出版公司1994年版。
③ 《大正新修大藏经》，T25N1509P279b，台湾新文丰出版公司1994年版。
④ 《大正新修大藏经》，T25N1509P327a，台湾新文丰出版公司1994年版。

　　三事因缘生檀：一者、信心清净，二者、财物，三者、福田。心有三种：若怜愍，若恭敬，若怜愍恭敬。（姚秦鸠摩罗什译《大智度论》卷 12)①

　　福田有二种：一者、怜愍福田，二者、恭敬福田。怜愍福田，能生怜愍心；恭敬福田，能生恭敬心。（姚秦鸠摩罗什译《大智度论》卷 12)②

7.1.3.1.5　转折句，以"虽"表转折关系

　　问曰：何以说得五根？答曰：有人言：一切圣道，名为五根；五根成立故八根，虽皆是善，而三无漏根无有别异，以是故但说五根。（姚秦鸠摩罗什译《大智度论》卷 40)③

　　问曰："若菩萨漏尽，云何复生，云何受生？一切受生，皆由爱相续故有。譬如米，虽得良田时泽，终不能生；诸圣人爱糠巳脱故，虽有有漏业生因缘，不应得生！"答曰："先巳说，菩萨入法位，住阿鞞跋致地，末后肉身尽，得法性生身。虽断诸烦恼，有烦恼习因缘故，受法性生身，非三界生也。"（姚秦鸠摩罗什译《大智度论》卷 28)④

---

①　《大正新修大藏经》，T25N1509P147a，台湾新文丰出版公司 1994 年版。
②　《大正新修大藏经》，T25N1509P147a，台湾新文丰出版公司 1994 年版。
③　《大正新修大藏经》，T25N1509P349b，台湾新文丰出版公司 1994 年版。
④　《大正新修大藏经》，T25N1509P264a，台湾新文丰出版公司 1994 年版。

　　复次，佛赞叹菩萨言：是菩萨能观诸法毕竟空，亦能于众生有大慈悲。能行生忍，亦不见众生；虽行法忍，于一切法而不生著；虽观宿命事，不堕邪见；虽观众生入无余涅槃，而不堕边见；虽知涅槃是无上实法，亦能起身、口、意善业；虽行生、死中，而深心乐涅槃；虽住三解脱门观于涅槃，亦不断本愿及善行。如是等种种奇特功德，甚为难有！（姚秦鸠摩罗什译《大智度论》卷30）①

　　复次，声闻、辟支佛慧眼，虽见诸法实相，因缘少故，慧眼亦少，不能遍照法性。（姚秦鸠摩罗什译《大智度论》卷39）②

　　问曰："若尔者，地狱众生，有得道者不？"答曰："虽不得道，种得道善根因缘。"（姚秦鸠摩罗什译《大智度论》卷39）③

7.1.3.2　为数众多的特指问句

　　《论》中多采用问答之体，往往先以问句形式提出问题，然后从不同角度作出相应回答。因此，问句的大量使用成为经论注释语言的一个显著特征。考察《论》中以问句形式引出的问题，主要为"什么是""为什么""怎么样"之类问题，大多就某一疑惑

---

① 《大正新修大藏经》，T25N1509P283a，台湾新文丰出版公司1994年版。
② 《大正新修大藏经》，T25N1509P348b，台湾新文丰出版公司1994年版。
③ 《大正新修大藏经》，T25N1509P344a，台湾新文丰出版公司1994年版。

而问,要求应答方就疑问部分给予明确的回答,具有极强的针对性。因此,特指问句便成为主要的提问手段。

7.1.3.2.1　以"云何"提问概念及原因,"云何"相当于"什么""为什么"

> 问曰:"云何等? 云何忍?"答曰:"有二种等:众生等,法等。忍亦二种:众生忍,法忍。云何众生等? 一切众生中,等心、等念、等爱、等利,是名众生等。"(姚秦鸠摩罗什译《大智度论》卷 5)①

> 问曰:"云何名羼提?"答曰:"羼提,此言忍辱。忍辱有二种:生忍,法忍。菩萨行生忍,得无量福德;行法忍,得无量智慧。福德、智慧二事具足故,得如所愿。"(姚秦鸠摩罗什译《大智度论》卷 14)②

> 问曰:"云何名为生忍?"答曰:"有二种众生来向菩萨:一者、恭敬供养;二者、嗔骂打害。尔时,菩萨其心能忍,不爱敬养众生;不嗔加恶众生:是名生忍。"(姚秦鸠摩罗什译《大智度论》卷 14)③

> 问曰:"云何名般若波罗蜜?"答曰:"诸菩萨从初发心求

---

① 《大正新修大藏经》,T25N1509P97a,台湾新文丰出版公司 1994 年版。
② 《大正新修大藏经》,T25N1509P164b,台湾新文丰出版公司 1994 年版。
③ 《大正新修大藏经》,T25N1509P164b,台湾新文丰出版公司 1994 年版。

一切种智,于其中间,知诸法实相慧,是般若波罗蜜。"(姚秦鸠摩罗什译《大智度论》卷18)①

问曰:"云何名精进相?"答曰:"于事必能,起发无难,志意坚强,心无疲倦,所作究竟,如是等名精进相。以此五事为精进相。"(姚秦鸠摩罗什译《大智度论》卷16)②

问曰:"以菩萨因缘故,有善法于世可尔。刹利大姓、婆罗门大姓、居士大家,若世无菩萨,亦有此贵姓,云何言皆从菩萨生?"(姚秦鸠摩罗什译《大智度论》卷36)③

问曰:"意,即是识,云何意缘力故生意识?"答曰:"意,生灭相故,多因先生意故,缘法生意识。"(姚秦鸠摩罗什译《大智度论》卷36)④

7.1.3.2.2　以"何等"提问概念及原因,"何等"相当于"什么"

问曰:"般若波罗蜜是何等法?"答曰:"有人言:无漏慧根是般若波罗蜜相,何以故? 一切慧中第一慧,是名般若波

---

① 《大正新修大藏经》,T25N1509P190a,台湾新文丰出版公司1994年版。
② 《大正新修大藏经》,T25N1509P174a,台湾新文丰出版公司1994年版。
③ 《大正新修大藏经》,T25N1509P323b,台湾新文丰出版公司1994年版。
④ 《大正新修大藏经》,T25N1509P325c,台湾新文丰出版公司1994年版。

罗蜜；无漏慧根是第一，以是故，无漏慧根名般若波罗蜜。"（姚秦鸠摩罗什译《大智度论》卷 11)①

问曰："何等名菩提？何等名萨埵?"答曰："菩提名诸佛道，萨埵名或众生，或大心。是人诸佛道功德尽欲得，其心不可断不可破，如金刚山，是名大心。"（姚秦鸠摩罗什译《大智度论》卷 4)②

何等是三门？一者、蜫勒门；二者、阿毗昙门；三者、空门。（姚秦鸠摩罗什译《大智度论》卷 18)③

问曰："何等空涅槃门?"答曰："观诸法我、我所空，诸法从因缘和合生，无有作者，无有受者，是名空门。"（姚秦鸠摩罗什译《大智度论》卷 20)④

问曰："悲心中取受苦人相，喜心中取受喜人相，舍心中取何等相?"答曰："取受不苦不乐人相，行者以是心渐渐增广，尽见一切受不苦不乐。"（姚秦鸠摩罗什译《大智度论》卷 20)⑤

① 《大正新修大藏经》，T25N1509P139a，台湾新文丰出版公司 1994 年版。
② 《大正新修大藏经》，T25N1509P86a，台湾新文丰出版公司 1994 年版。
③ 《大正新修大藏经》，T25N1509P192a，台湾新文丰出版公司 1994 年版。
④ 《大正新修大藏经》，T25N1509P206a，台湾新文丰出版公司 1994 年版。
⑤ 《大正新修大藏经》，T25N1509P209c，台湾新文丰出版公司 1994 年版。

问曰:"是三种心中,应有福德,是舍心于众生不苦不乐,有何等饶益?"答曰:"行者作是念:一切众生离乐时得苦,苦时即是苦,得不苦不乐则安隐,以是饶益。"(姚秦鸠摩罗什译《大智度论》卷20)①

问曰:"何等是诸法实相?"答曰:"诸法、诸法自性空。"(姚秦鸠摩罗什译《大智度论》卷20)②

7.1.3.2.3　以"何以故""何以"提问原因,相当于"为什么"

问曰:"菩萨法以度一切众生为事,何以故闲坐林泽,静默山闲,独善其身,弃舍众生?"答曰:"菩萨身虽远离众生,心常不舍,静处求定,获得实智慧以度一切。"(姚秦鸠摩罗什译《大智度论》卷17)③

问曰:"何以故以此三事次第赞菩萨摩诃萨?"答曰:"欲出诸菩萨实功德故,应赞则赞,应信则信;以一切众生所不能信甚深清净法赞菩萨。"(姚秦鸠摩罗什译《大智度论》卷5)④

① 《大正新修大藏经》,T25N1509P210a,台湾新文丰出版公司1994年版。
② 《大正新修大藏经》,T25N1509P213b,台湾新文丰出版公司1994年版。
③ 《大正新修大藏经》,T25N1509P180b,台湾新文丰出版公司1994年版。
④ 《大正新修大藏经》,T25N1509P95c,台湾新文丰出版公司1994年版。

　　问曰:"有种种禅定法,何以故独称此三三昧?"答曰:"是三三昧中,思惟近涅槃故,令人心不高不下,平等不动,余处不尔。以是故,独称是三三昧。"(姚秦鸠摩罗什译《大智度论》卷 5)①

　　问曰:"法是三世诸佛师,何以故念佛在前? 是八念云何有次第?"答曰:"是法虽是十方三世诸佛师,佛能演出是法,其功大故。"(姚秦鸠摩罗什译《大智度论》卷 22)②

　　问曰:"二胜处见内、外色,六胜处但见外色;一背舍见内、外色,二背舍但见外色;何以故但内有坏色相,外色不能坏?"(姚秦鸠摩罗什译《大智度论》卷 21)③

　　问曰:"应当先习九想离欲,然后得诸禅,何以故诸禅定后方说九想?"答曰:"先赞果报,令行者心乐。九想虽是不净,人贪其果报,故必习行。"(姚秦鸠摩罗什译《大智度论》卷 21)④

　　问曰:"何以故但作法无常,一切法无我?"答曰:"不作法无因无缘故,不生不灭,不生不灭故,不名为无常。"(姚秦

---

① 《大正新修大藏经》,T25N1509P96c,台湾新文丰出版公司 1994 年版。
② 《大正新修大藏经》,T25N1509P228b,台湾新文丰出版公司 1994 年版。
③ 《大正新修大藏经》,T25N1509P215a,台湾新文丰出版公司 1994 年版。
④ 《大正新修大藏经》,T25N1509P217a,台湾新文丰出版公司 1994 年版。

鸠摩罗什译《大智度论》卷 22）①

7.1.3.3　众多并列关系结构

论中无论解析名相，还是论议佛理，往往都要从多角度进行反复而详尽的论释。这些角度皆为阐明一个对象，相互之间为并列关系。例如，《大智度论》卷 14"释初品中尸罗波罗蜜义之余"：

> 问曰："已知尸罗相，云何为尸罗波罗蜜？"答曰："有人言：菩萨持戒，宁自失身，不毁小戒，是为尸罗波罗蜜。
>
> ……
>
> 复次，菩萨持戒，为佛道故，作大要誓，必度众生！不求今世、后世之乐，不为名闻称誉法故，亦不自为早求涅槃，但为众生没在长流，恩爱所欺，愚惑所误，我当渡之令到彼岸。一心持戒，为生善处，生善处故见善人，见善人故生善智，生善智故得行六波罗蜜，行六波罗蜜故得佛道。如是持戒，名为尸罗波罗蜜。
>
> 复次，菩萨持戒，心乐善清净，不为畏恶道，亦不为生天，但求善清净；以戒熏心，令心乐善，是为尸罗波罗蜜。
>
> 复次，菩萨以大悲心持戒，得至佛道是名尸罗波罗蜜。
>
> 复次，菩萨持戒，能生六波罗蜜，是则名为尸罗波罗蜜。
>
> ……

---

① 《大正新修大藏经》，T25N1509P222b，台湾新文丰出版公司 1994 年版。

　　　复次，菩萨持戒不以畏故，亦非愚痴，非疑、非戒盗，亦
不自为涅槃故持戒，但为一切众生故，为得佛道故，为得一
切佛法故。如是相，名为尸罗波罗蜜。

　　　复次，若菩萨于罪不罪不可得，是时，名为尸罗波罗
蜜。"(姚秦鸠摩罗什译《大智度论》卷 14)①

　　以上段落解说"云何为尸罗波罗蜜"，分别从"为佛道故""求
善清净""以大悲心持戒""能生六波罗蜜""为得一切佛法故"等
各个角度进行详尽阐释，各部分多以"复次"提起，相互之间为并
列关系。

7.1.4　修辞特征

　　论藏以阐明与论证某种深刻的佛教义理为主要内容，文字
抽象谨严，逻辑性强，容易流于枯燥乏味。然而，适应内容表述
的需要，论中也运用了一些修辞技巧，较为常见者为譬喻与排比
两种修辞手法。

7.1.4.1　譬　喻

　　譬喻作为佛教之利器，不仅在经藏中数量繁多，种类丰富，
在论藏中也屡见不鲜。《大智度论》卷 35 云："譬喻为庄严议论，
令人信著故……譬如登楼，得梯则易上；复次，一切众生著世间
乐，闻道德、涅槃则不信不乐，以是故，眼见事喻所不见。譬如苦
药，服之甚难，假之以蜜，服之则易。"②指出了譬喻作为修辞手

---

① 　《大正新修大藏经》，T25N1509P162a，台湾新文丰出版公司 1994 年版。
② 　《大正新修大藏经》，T25N1509P320a，台湾新文丰出版公司 1994 年版。

段的重要作用。《论》中常以数喻连用来阐明或论证抽象的道理。例如,《大智度论》卷 17"释初品中禅波罗蜜"中,阐说"五欲"无益以及众生贪著五欲的后果,连续排比如下数个譬喻:

> 五欲无益,如狗咬骨。五欲增争,如鸟竞肉。五欲烧人,如逆风执炬。五欲害人,如践恶蛇。五欲无实,如梦所得。五欲不久,如假借须臾。世人愚惑,贪著五欲,至死不舍,为之后世受无量苦。譬如愚人贪著好果,上树食之,不肯时下;人伐其树,树倾乃堕,身首毁坏,痛恼而死。又此五欲,得时须臾乐,失时为大苦。好蜜涂刀,舐者贪甜,不知伤舌。(姚秦鸠摩罗什译《大智度论》卷 17)①

又,《大智度论》卷 18"释初品中般若波罗蜜"中,阐说未尽诸漏之菩萨与断一切烦恼之佛陀在"得诸法实相"问题上的不同,便先后运用了"如人入海"与"暗室燃灯"两重譬喻,将抽象的道理阐释得具体形象:

> 问曰:"佛一切诸烦恼及习已断,智慧眼净,应如实得诸法实相;诸法实相即是般若波罗蜜。菩萨未尽诸漏,慧眼未净,云何能得诸法实相?"答曰:"此义后品中当广说,今但略说。如人入海,有始入者,有尽其源底者,深浅虽异,俱名为入。佛、菩萨亦如是,佛则穷尽其底;菩萨未断诸烦恼习,势

---

① 《大正新修大藏经》,T25N1509P181a,台湾新文丰出版公司 1994 年版。

力少故,不能深入。如后品中说譬喻:如人于暗室然灯,照
诸器物,皆悉分了,更有大灯,益复明审。则知后灯所破之
暗,与前灯合住;前灯虽与暗共住,而亦能照物。若前灯无
暗,则后灯无所增益。诸佛菩萨智慧亦如是;菩萨智慧虽与
烦恼习合,而能得诸法实相,亦如前灯亦能照物;佛智慧尽
诸烦恼习,亦得诸法实相,如后灯倍复明了。"(姚秦鸠摩罗
什译《大智度论》卷 18)①

7.1.4.2　排　比

结构相同、语气一致、节奏鲜明的排比句式具有特定的文体
效果,用以叙事集中透彻,用以说理条分缕析,用以抒情气势壮
阔。《论》中较多地运用了排比的修辞手法,使道理的阐释更为
集中、透彻、严密。例如,《大智度论》卷 13"释初品中尸罗波罗
蜜",解说"破戒人罪",连续排比了 23 个譬喻:

　　破戒之人,人所不敬,其家如冢,人所不到。破戒之人,
失诸功德,譬如枯树,人不爱乐。破戒之人,如霜莲华,人不
喜见。破戒之人,恶心可畏,譬如罗刹。破戒之人,人不归
向,譬如渴人,不向枯井。破戒之人,心常疑悔,譬如犯事之
人,常畏罪至。破戒之人,如田被雹,不可依仰。破戒之人,
譬如苦瓜,虽形似甘种而不可食。破戒之人,如贼聚落,不
可依止。破戒之人,譬如大病,人不欲近。破戒之人,不得

---

① 《大正新修大藏经》,T25N1509P190a,台湾新文丰出版公司 1994 年版。

免苦，譬如恶道难可得过。破戒之人，不可共止，譬如恶贼难可亲近。破戒之人，譬如火坑，行者避之。破戒之人，难可共住，譬如毒蛇。破戒之人，不可近触，譬如大火。破戒之人，譬如破船，不可乘度。破戒之人，譬如吐食，不可更啖。破戒之人，在好众中，譬如恶马，在善马群中。破戒之人，与善人异，如驴在牛群。破戒之人，在精进众，譬如儜儿在健人中。破戒之人，虽似比丘，譬如死尸在眠人中。破戒之人，譬如伪珠在真珠中。破戒之人，譬如伊兰在栴檀林中。（姚秦鸠摩罗什译《大智度论》卷 13）①

此段将譬喻与排比的修辞手法结合起来，以形式上的整齐，表意的具体形象，取得了酣畅淋漓、表意充足的修辞效果。

7.2　宗经论

宗经论，是将佛经义理和名相作分门别类的辨析和阐发的论典，相对于受所释经本内容、建构等制约较大的释经论而言，不受任何限制，可以更为自由地构建论说体系，阐述自己的观点。《十二门论》历来被作为三论②之一而受到重视，全书通过"十二门"来讲解大乘空观的道理，篇幅不长，但无论内容还是体裁都可说是《中论》之纲要书。本节中将以《十二门论》作为主要

---

① 　《大正新修大藏经》，T25N1509P154b，台湾新文丰出版公司 1994 年版。
② 　指龙树的《中论》《十二门论》与提婆的《百论》三部著作，为龙树、提婆二人为破斥小乘诸部执见，彰显中观真理所撰。

考察对象,分析其文体特征。

7.2.1　章法特征

7.2.1.1　"问答"与"直说"的论说体例

从总体上看,《十二门论》主要通过"问答"与"直言"来组织全文,既有通过问答展开论述之经文,也有直接阐述观点之经文。根据不同的论述性质,"问答"又可分为两种。一为答疑式。问者与答者观念一致,采用此种形式是为便于将问题逐层引向更为深入的探讨。例如《十二门论》"观因缘门第一":

> 问曰:何故名为摩诃衍? 答曰:摩诃衍者,于二乘为上,故名大乘。诸佛最大,是乘能至,故名为大。诸佛大人乘是乘故,故名为大。又能灭除众生大苦,与大利益事,故名为大。……佛自说摩诃衍义无量无边,以是因缘,故名为大。大分深义,所谓空也。若能通达是义,即通达大乘,具足六波罗蜜,无所障碍。是故我今但解释空。解释空者,当以十二门入于空义。(姚秦鸠摩罗什译《十二门论》)[①]

另一种为论辩式,问者与答者观念相左,答者通过批驳错误观念来突出正面旨意。例如《十二门论》"观一异门第六":

> 问曰:"如灯能自照,亦能照彼。如是相能自相,亦能相

---

① 《大正新修大藏经》,T30N1568P159c,台湾新文丰出版公司 1994 年版。

彼。"答曰:"汝说灯喻,三有为相中已破。又自违先说,汝上言相、可相异,而今言相自能相,亦能相彼,是事不然。又汝说可相中少分是相者,是事不然。何以故?此义或在一中,或在异中。一异义先已破故,当知少分相亦破。如是种种因缘相、可相一不可得,异不可得,更无第三法成相、可相。是故相、可相俱空。是二空故,一切法皆空。"(姚秦鸠摩罗什译《十二门论》)①

"直言"者,例如《十二门论》"观有相无相门第五"与"观因果门第九",这两部分中完全没有问答的形式,而是直接阐述论点。

7.2.1.2 偈散结合的表达形式

释经论为解说佛经义理的一种体裁,主要以长行散体形式对经文进行注解与阐述,少用偈颂。较之释经论,宗经论的体系多为作者根据自己的见解任意构筑,表达形式也更为自由灵活。《十二门论》中,无论"问答"还是"直言"体例,都采用了偈颂与长行散句配合的形式。例如,《十二门论》"观因缘门第一",先以偈颂来表示本门旨意,然后以长行详细论说。

众缘所生法,是即无自性。

若无自性者,云何有是法。

众缘所生法有二种:一者内,二者外。众缘亦有二种:一者内,二者外。外因缘者……(姚秦鸠摩罗什译《十二门

---

① 《大正新修大藏经》,T30N1568P164b,台湾新文丰出版公司1994年版。

论》》①

又如,《十二门论》"观相门第四",在以问答对话形式进行论辩之时,充满了驳斥对方的偈颂。

> 问曰:"若灯然时能破暗,是故灯中无暗,住处亦无暗。"
> 答曰:
> "云何灯然时,而能破于暗。
> 此灯初然时,不能及于暗。
> 若灯然时不能到暗,若不到暗,不应言破暗。复次,
> 灯若不及暗,而能破暗者。
> 灯在于此间,则破一切暗……"(姚秦鸠摩罗什译《十二门论》》②

7.2.2　词汇特征

无论宗经论还是释经论,皆以论议为主,词汇运用上体现出论藏文字的一些共同特征。一般很少运用具有口语色彩的日常生活用语,不使用具有形象色彩与感情色彩的描绘性词语,而以具有高度概括的理性意义,没有附加色彩意义的词语为主。例如《十二门论》中论述相状的一段文字,字里行间皆为意义抽象而单一的佛教名词术语:

> 如识相是识,离所用识更无识。如受相是受,离所用受

① 《大正新修大藏经》,T30N1568P159c,台湾新文丰出版公司 1994 年版。
② 《大正新修大藏经》,T30N1568P163a,台湾新文丰出版公司 1994 年版。

更无受。如是等相即是可相。如佛说灭爱名涅槃。爱是有为有漏法，灭是无为无漏法。如信者有三相：乐亲近善人，乐欲听法，乐行布施。是三事身、口业故，色阴所摄。信是心数法故，行阴所摄。是名相与可相异。（姚秦鸠摩罗什译《十二门论》）①

7.2.3　句法特征

7.2.3.1　因果句与假设句

《论》中以论辩复杂而深奥的义理为主要内容，呈现出强烈的论辩色彩。论证之时，较多地运用了因果句与假设句以反映各种概念、事理之间的逻辑关系。

7.2.3.1.1　因果句

因果句在申明理由与阐述结果之时常用，多以关联词语"故""是故"等连接句子或句群。依据具体的逻辑论证关系，因果句又可分为说明因果与推论因果。所谓说明因果，即说明由于某种原因产生某种结果。所谓推论因果，即由某种前提推导出某种结论。例如：

因中先有果、先无果，上有无中已破，是故先因中有果亦不生，无果亦不生，有无亦不生。理极于此，一切处推求不可得，是故果毕竟不生。（姚秦鸠摩罗什译《十二门论》）②

---

① 《大正新修大藏经》，T30N1568P164a，台湾新文丰出版公司1994年版。
② 《大正新修大藏经》，T30N1568P162a，台湾新文丰出版公司1994年版。

　　了因但能显发，不能生物。如为照暗中瓶故然灯，亦能照余卧具等物，为作瓶故和合众缘，不能生余卧具等物。是故当知非先因中有果生。（姚秦鸠摩罗什译《十二门论》）[1]

　　云何言灯自照，亦能照彼？破暗故名为照，灯不自破暗，亦不破彼暗，是故灯不自照，亦不照彼。是故汝先说灯自照亦照彼，生亦如是，自生亦生彼者，是事不然。（姚秦鸠摩罗什译《十二门论》）[2]

　　诸法若有性，则不应变异，而见一切法皆变异，是故当知诸法无性。复次，若诸法有定性，则不应从众缘生。若性从众缘生者，性即是作法。不作法、不因待他，名为性。是故一切法空。（姚秦鸠摩罗什译《十二门论》）[3]

7.2.3.1.2　假设句

假设句常以关联词语"若……，（则）……"来连接句子或句群，主要用于表达判断与演绎论证。例如：

　　若变法及瓶等果极近不可得者，小远应可得；极远不可得者，小近应可得；若根坏不可得者，根净应可得；若心不住不可得者，心住应可得；若障不可得者，变法及瓶法无障应

① 《大正新修大藏经》，T30N1568P161c，台湾新文丰出版公司 1994 年版。
② 《大正新修大藏经》，T30N1568P163a，台湾新文丰出版公司 1994 年版。
③ 《大正新修大藏经》，T30N1568P165a，台湾新文丰出版公司 1994 年版。

可得,若同不可得者,异时应可得。(姚秦鸠摩罗什译《十二门论》)①

若一切法空,则无生、无灭。若无生、灭,则无苦谛。若无苦谛,则无集谛。若无苦、集谛,则无灭谛。若无苦灭,则无至苦灭道。若诸法空无性,则无四圣谛。(姚秦鸠摩罗什译《十二门论》)②

是十二因缘法,实自无生。若谓有生,为一心中有?为众心中有?若一心中有者,因果即一时共生。又因果一时有,是事不然。何以故?凡物先因后果故。若众心中有者,十二因缘法则各各别异,先分共心灭已,后分谁为因缘灭?(姚秦鸠摩罗什译《十二门论》)③

7.2.3.2　设问与反问

7.2.3.2.1　设　问

在阐明概念或论辩义理之时,为突出某个观点,《论》中常以"何以故"之类形式提出问题,设置悬念,然后再作解答说明。例如:

若果因中先有,则不应生,先无,亦不应生。先有无,亦不应生。何以故?若果因中先有而生,是则无穷。如果先

---

① 《大正新修大藏经》,T30N1568P161a,台湾新文丰出版公司 1994 年版。
② 《大正新修大藏经》,T30N1568P165a,台湾新文丰出版公司 1994 年版。
③ 《大正新修大藏经》,T30N1568P160a,台湾新文丰出版公司 1994 年版。

未生而生者,今生已复应更生。何以故? 因中常有故。从是有边复应更生,是则无穷。(姚秦鸠摩罗什译《十二门论》)①

若谓因中先无果而果生者,是亦不然。何以故? 若无而生者,应有第二头、第三手生。何以故? 无而生故。(姚秦鸠摩罗什译《十二门论》)②

若因中先有果生者,是则因因相坏,果果相坏。何以故? 如迭在缕,如果在器,但是住处,不名为因。(姚秦鸠摩罗什译《十二门论》)③

汝说因中变不可得,瓶等不可得者,是事不然。何以故? 是事虽有,以八因缘故不可得。答曰:变法及瓶等果,不同八因缘不可得。何以故? 若变法及瓶等果极近不可得者,小远应可得;极远不可得者,小近应可得;若根坏不可得者,根净应可得。……(姚秦鸠摩罗什译《十二门论》)④

7.2.3.2.2　反　问

《论》中多见以一般疑问句形式表达强烈语气的反问句。比

---

① 《大正新修大藏经》,T30N1568P160b,台湾新文丰出版公司 1994 年版。
② 《大正新修大藏经》,T30N1568P161c,台湾新文丰出版公司 1994 年版。
③ 《大正新修大藏经》,T30N1568P161a,台湾新文丰出版公司 1994 年版。
④ 《大正新修大藏经》,T30N1568P161a,台湾新文丰出版公司 1994 年版。

起直接从正面陈述,反问在表达方式上要巧妙得多,也有力得多,呈现出毋庸置疑、无可辩驳的气势。例如:

　　　　缘空故,从缘生法亦空。是故当知一切有为法皆空。有为法尚空,何况我耶?(姚秦鸠摩罗什译《十二门论》)①

　　　　有相事中相不相。何以故?若法先有相,更何用相为?(姚秦鸠摩罗什译《十二门论》)②

　　　　若自在作者,何故不尽作乐人,尽作苦人?而有苦者、乐者。当知从憎爱生,故不自在。(姚秦鸠摩罗什译《十二门论》)③

　　　　若福业因缘故,于众生中大,余众生行福业者亦复应大,何以贵自在?(姚秦鸠摩罗什译《十二门论》)④

7.2.4　修辞特征

论书以阐明与论证高深、抽象的理论为主要内容。为了使大众明白而心生信仰,经常运用譬喻的方式将抽象、高深的理论表达出来。同时,经常运用排比的方式穷末讨源,使论证条分缕

---

① 《大正新修大藏经》,T30N1568P160b,台湾新文丰出版公司1994年版。
② 《大正新修大藏经》,T30N1568P163c,台湾新文丰出版公司1994年版。
③ 《大正新修大藏经》,T30N1568P166b,台湾新文丰出版公司1994年版。
④ 《大正新修大藏经》,T30N1568P166c,台湾新文丰出版公司1994年版。

析,气势贯通。例如,《十二门论》"观有果无果门第二"中,说明事物虽然本身存在而不能被人们感知的道理时,连续排比八个譬喻:

　　近而不可知者,如眼中药;远而不可知者,如鸟飞虚空,高翔远逝;根坏故不可知者,如盲不见色、聋不闻声、鼻塞不闻香、口爽不知味、身顽不知触、心狂不知实;心不住故不可知者,如心在色等则不知声;障故不可知者,如地障大水、壁障外物;同故不可知者,如黑上墨点;胜故不可知者,如有钟鼓音,不闻捎拂声;细微故不可知者,如微尘等不现。(姚秦鸠摩罗什译《十二门论》)①

　　又如,《十二门论》"观因缘门第一"中,连续排比若干譬喻,通过瓶子、细棉布、房屋、酥、植物等具体事物的产生来说明"外因缘"的概念:

　　众缘所生法有二种:一者内,二者外。众缘亦有二种:一者内,二者外。外因缘者,如泥团、转绳、陶师等和合,故有瓶生;又如缕绳、机杼、识师等和合,故有迭生;又如治地、筑基、梁椽、泥草、人功等和合,故有舍生;又如酪器、钻摇、人功等和合,故有酥生;又如种子、地、水、火、风、虚空、时节、人功等和合,故有芽生。当知外缘等法皆亦如是。(姚

―――――――――――

① 《大正新修大藏经》,T30N1568P160c,台湾新文丰出版公司 1994 年版。

秦鸠摩罗什译《十二门论》)①

以博喻的形式进行论说的例子在《论》中十分常见,由于博喻的运用,论说更为明白有力,语气更为不容置疑。

_____

① 《大正新修大藏经》,T30N1568P159c,台湾新文丰出版公司 1994 年版。

第8章 结 语

汉译佛典文体面貌究竟为何？前代学者大多笼统言之，认为汉译佛典文体是一种朴实平易的白话文体，或是一种文白结合、雅俗折中的文体。我们认为，汉译佛典浩如烟海，不同经典宣说主题各异，译自不同的时间、地点、译人，其文体特征不尽相同，不可一概而论。本书借鉴现代文体的研究方法，从章法、词汇、句法、修辞角度对经、律、论所选语料进行分析，指出了三藏面貌的主要区别：

第一，从章法特征来看，小乘阿含经往往以"如是我闻、闻如是"之类言辞起首，以听者"闻佛所说，欢喜奉行""闻佛所说，欢喜随喜奉行"之类言辞结尾。大乘经典起首结尾与此相仿，但更为繁复铺陈。小乘阿含经中随处可见偈颂的踪影。大乘经中，偈颂与长行构成两种主要的文体形式，发挥其引出下文、总结前文、重复宣说经义、随意问答等作用。总揽阿含经文叙事模式，主要有"直说经义"与"对话说法"两种类型。大乘经中，"对话说法"也是最为常见的叙事模式。从词汇特征来看，小乘阿含经中，不同经文段落的词汇面貌往往不尽相同。在纯说佛理的经文中，反映佛教概念的新词语连篇累牍，而在以日常生活事例和寓言故事阐发教义的经文段落中,多运用朴实通俗的日常词语。与小乘阿含质朴平实的语言风格不同,大乘佛经更追求词语的藻绘,大量使用具有形象色彩与感情色彩的描绘性词语。叙述深奥教义、充满思辨的大乘经文较多地运用佛教词语平铺直叙。从句法特征来看,小乘阿含经中多用简明扼要的短句,多用设问。问答体例与内容的通俗性决定了经中疑问句式数量众多,类型多样。问答对话中多用任意插入的呼语。从修辞特征来看,小乘阿含经中,譬喻与反复两种修辞手法的使用较为常见。大乘经中多用夸张、譬喻、排比、反复等多种修辞手段,呈现出浓厚的文学色彩。

第二,从章法特征来看,以《四分律》为例的广律典籍大多拥有程式化的叙事模式,比丘与比丘尼戒法中,通常每一条目之下都包含叙述因缘与制定戒律两部分。无论叙述因缘还是制定戒律部分,多以长行散句平铺直叙。尤其在律法条文中,基本不采用偈颂。以《四分律比丘戒本》为例的戒本则以戒律条文为主要内容,条缕细致。从词汇特征来看,广律典籍中有不少关于本生、因缘、譬喻的描述,刻绘生动,多见富有生活气息的语汇,而不用深奥古僻的叙述语言。律法部分多见律法术语以及指令性词语,文字简练朴实,正式严谨。从句法特征来看,因缘故事与戒律部分呈现出不同的特点。因缘故事中,结构简单、简洁明快、贴近日常生活口语的短句与问句所占比例较高。而戒律部分中,结构复杂、内涵丰富、具有较强的逻辑力量的长句所占比例较高。此外,祈使句、训释语句在戒律部分也十分普遍。从修辞特征来看,律部一般采用散句平实、准确地叙事达意,不追求语言的艺术化,很少运用修辞格,只有反复与排比的修辞手法使用较多。

第三,从章法特征来看,"释经论"中,"论"与"经"通常被编排在一起,注解之前,往往首先列出所释经文,然后是对经文内容进行注解或阐发。就阐释方式而言,多采用问答之体。论中往往首先以问句形式将问题提出,然后作出相应回答。除此,还采用"直解"方式对所引经文进行解说。论中主要以长行散体形式对经文进行注解与阐述,少用偈颂,时而引用偈颂作进一步说明。"宗经论"也主要通过"问答"与"直言"来组织全文,但与"释经论"相较,偈颂形式的使用更为自由灵活。从词汇特征来看,经藏与律藏多有故事情节,文字相对较为浅俗易懂,而论藏则注重艰深的论理以及对佛教名相的解说,因此,文字相对艰深晦涩。主要选用抽象术语,很少运用具有口语色彩的日常生活用语,不使用具有形象色彩与感情色彩的描绘性词语。从句法特征来看,论藏以阐释名相与论辩义理为主要内容决定了其句式使用上,多采用结构复杂的复句,多用并列结构。"释经论"中,特指问句的大量运用成为一个明显的句法特征。"宗经论"以论辩复杂而深奥的义理为主要内容,呈现出强烈的论辩色彩。论证之时,较多地运用了因果句与假设句以反映各种概念、事理之间的逻辑关系,多用设问与反问增强表达效果。从修辞特征来看,论藏以阐明与论证某种深刻的佛教义理为主要内容,文字抽象谨严,逻辑性强,容易流于枯燥乏味。然而,适应内容表述的需要,论中也适当地运用了一些修辞技巧,较为常见者是譬喻与排比两种修辞手法的运用。

　　需要说明的是,以上概括仅就一般形式而言,在不同的佛典当中,总会有这样那样的差别。若时间与精力允许,将每部佛典的文体逐一进行分析,得出的结论将会更为客观有力。

参考文献

[1]大正新修大藏经[Z].台北:新文丰出版公司,1994.

[2](东汉)许慎.说文解字[M].北京:中华书局,1963.

[3](西晋)挚虞.文章流别论[A].《全晋文》[Z].北京:商务印书馆,1999.

[4](梁)僧祐.出三藏记集[M].北京:中华书局,1995.

[5](梁)慧皎,等.高僧传合集[M].上海:上海古籍出版社,1991.

[6](梁)慧皎.高僧传[M].北京:中华书局,1992.

[7](北宋)赞宁.宋高僧传[M].北京:中华书局,1987.

[8](清)段玉裁.说文解字注[M].上海:上海古籍出版社,1981.

[9](清)严可均.全三国文[Z].北京:商务印书馆,1999.

[10](清)刘熙载.艺概[M].上海:上海古籍出版社,2001.

[11]褚斌杰.中国古代文体概论[M].北京:北京大学出版社,1990.

[12]陈垣.中国佛教史籍概论[M].上海:上海书店出版社,2001.

[13]陈士强.佛典精解[M].上海:上海古籍出版社,1992.

[14]陈秀兰.敦煌变文词汇研究[M].成都:四川民族出版社,2002.

[15]程湘清.魏晋南北朝汉语研究[M].济南:山东教育出版社,1992.

[16]陈允吉.古典文学佛教溯缘十论[M].上海:复旦大学出版社,2002.

[17]陈福康.中国译学理论史稿[M].上海:上海外语教育出版社,1992.

[18]慈怡.佛光大辞典[M].北京:书目文献出版社,1989.

[19]丁福保.佛学大辞典[M].北京:文物出版社,1984.

[20]董志翘.《入唐求法巡礼行记》词汇研究[M].北京:中国社会科学出版社,2000.

[21]方广锠.佛教大藏经史　八—十世纪[M].北京:中国社会科学出版社,1991.

[22]方立天.中国佛教哲学要义[M].北京:中国人民大学出版社,2002.

[23]冯胜利.汉语韵律语法研究[M].北京:北京大学出版社,2005.

[24]方立天.中国佛教与传统文化[M].长春:长春出版社,2007.

[25]郭英德.中国古代文体学论稿[M].北京:北京大学出版社,2005.

[26]顾随.顾随文集[M].上海:上海古籍出版社,1986.

[27]高更生.长句分析[M].北京:中国社会科学出版社,1983.

[28]龚贤.佛典与南朝文学[M].南昌:江西人民出版社,2008.

[29]何丹.《诗经》四言体起源探论[M].北京:中国社会科学出版社,2001.

[30]弘学.中国汉语系佛教文学[M].成都:巴蜀书社,2006.

[31]侯传文.佛经的文学性解读[M].北京:中华书局,2004.

[32]季羡林.季羡林论佛教[M].北京:华艺出版社,2006.

[33]季羡林.原始佛教的语言问题[M].北京:中国社会科学出版社,1985.

[34]季羡林.印度古代语言论集[M].北京:中国社会科学出版社,1982.

[35]金克木.印度文化论集[M].北京:中国社会科学出版社,1983.

[36]加地哲定.中国佛教文学[M].刘卫星,译.北京:今日中国出版社,1990.

[37]刘宓庆.文体与翻译[M].北京:中国对外翻译出版公司,1998.

[38]李振宇.法律语言学新说[M].北京:中国检察出版社,2006.

[39]蓝吉富.佛教史料学[M].台北:东大图书股份有限公

司,1997.

[40]吕澂.新编汉文大藏经目录[M].济南:齐鲁书社,1980.

[41]赖永海.中国佛教百科全书[M].上海:上海古籍出版社,2000.

[43]李富华,何梅.汉文佛教大藏经研究[M].北京:宗教文化出版社,2003.

[44]刘保金.中国佛典通论[M].石家庄:河北教育出版社,1997.

[45]梁晓虹.佛教词语的构造与汉语词汇的发展[M].北京:北京语言学院出版社,1994.

[46]李维琦.佛经词语汇释[M].长沙:湖南师范大学出版社,2004.

[47]龙国富.姚秦译经助词研究[M].长沙:湖南师范大学出版社,2004.

[48]刘安武.印度文学和中国文学比较研究[M].北京:中国国际广播出版社,2005.

[49]劳政武.佛教戒律学[M].北京:宗教文化出版社,1999.

[50]马祖毅.中国翻译简史[M].北京:中国对外翻译出版公司,1984.

[51]潘庆云.法律语言艺术[M].上海:学林出版社,1989.

[52]孙艳.汉藏语四音格词研究[M].北京:民族出版社,2005.

[53]陶东风.文体演变及其文化意味[M].昆明:云南人民出版社,1994.

[54]汤用彤.汉魏两晋南北朝佛教史[M].北京:中华书局,1983.

[55]吴承学.中国古代文体形态研究[M].广州:中山大学出版社,2000.

[56]王洁.法律语言研究[M].广州:广东教育出版社,1999.

[57]王文颜.佛典汉译之研究[M].台北:天华出版事业股份有限公司,1984.

[58]王绍峰.初唐佛典词汇研究[M].合肥:安徽教育出版社,2004.

[59]王云路,方一新.中古汉语研究[M].北京:商务印书馆,2000.

[60]王宏印.中国传统译论经典诠释[M].武汉:湖北教育出版社,2003.

[61]王克非.翻译文化史论[M].上海:上海外语教育出版社,1997.

[62]王铁钧.中国佛典翻译史稿[M].北京:中央编译出版社,2006.

[63]许理和.佛教征服中国[M].李四龙,裴勇,等译.南京:江苏人民出版社,2003.

[64]姚永铭.慧琳《一切经音义》研究[M].南京:江苏古籍出版社,2003.

[65]俞理明.汉语缩略研究[M].成都:巴蜀书社,2005.

[66]袁晖,李熙宗.汉语语体概论[M].北京:商务印书馆,2005.

[67]郁龙余.中国印度文学比较[M].北京:中国社会科学出版社,2001.

[68]严耀中.佛教戒律与中国社会[M].上海:上海古籍出版社,2007.

[69]钟涛.六朝骈文形式及其文化意蕴[M].北京:东方出版社,1997.

[70]周振甫.文学风格例话[M].南京:江苏教育出版社,2006.

[71]张曼涛.佛典翻译史论[M].台北:大乘文化出版社,1978.

[72]朱志瑜,朱晓农.中国佛籍译论选辑评注[M].北京:清华大学出版社,2006.

[73]志村良治.中国中世语法史研究[M].北京:中华书局,1995.

[74]朱庆之.佛典与中古汉语词汇研究[M].台北:文津出版社,1992.

[75]渥德尔.印度佛教史[M].北京:商务印书馆,1987.

[76]俞理明.佛经文献语言[M].成都:巴蜀书社,1993.

[77]丁敏.佛教譬喻文学研究[M].台北:东初出版社,1996.

[78]梁启超.梁任公近著[M].台北:文海出版社,1978.

［79］孙昌武.佛教与中国文学［M］.上海:上海人民出版社,2007.

［80］颜洽茂.佛教语言阐释——中古佛经词汇研究［M］.杭州:杭州大学出版社,1997.

［81］张少康.文赋集释［M］.北京:人民文学出版社,2002.

［82］周振甫.文心雕龙今译［M］.北京:中华书局,1986.

［83］张德禄.语言的功能与文体［M］.北京:高等教育出版社,2005.

［84］李逵六.德语文体学［M］.北京:外语教学与研究出版社,2004.

［85］王佐良.英语文体学引论［M］.北京:外语教学与研究出版社,1987.

［86］刘世生,朱瑞青.文体学概论［M］.北京:北京大学出版社,2006.

［87］梁启超.佛学研究十八篇［M］.上海:上海古籍出版社,2001.

［88］任继愈.中国佛教史［M］.北京:中国社会科学出版社,1981.

［89］李士彪.魏晋南北朝文体学［M］.上海:上海古籍出版社,2004.

［90］黄国文.语篇分析概要［M］.长沙:湖南教育出版社,1988.

［91］秦秀白.文体学概论［M］.长沙:湖南教育出版社,1986.

[92]黎运汉,盛永生.汉语修辞学[M].广州:广东教育出版社,2006.

[93]陈允吉.古典文学佛教溯缘[M].上海:复旦大学出版社,2002.

[94]吴海勇.中古汉译佛经叙事文学研究[M].北京:学苑出版社,2004.

[95]胡适.白话文学史[M].天津:百花文艺出版社,2002.

[96]郑振铎.插图本中国文学史[M].北京:北京出版社,1999.

[97]周一良.周一良学术论著自选集[M].北京:首都师范大学出版社,1995.

[98]胡敕瑞.《论衡》与后汉佛典词语比较研究[M].成都:巴蜀书社,2002.

[99]王元化.文学风格论[M].上海:上海译文出版社,1982.

[100]童庆炳.文体与文体的创造[M].昆明:云南人民出版社,1994.

[101]郭在贻.训诂学[M].长沙:湖南人民出版社,1986.

[102]徐望驾.《论语义疏》语言研究[M].北京:中国社会科学出版社,2006.

[103]饶宗颐.梵学集[M].上海:上海古籍出版社,1993.

[104]王力.古代汉语:第二册[M].北京:中华书局,1999.

[105]鲁迅.鲁迅全集[M].北京:人民文学出版社,2014.

[106]裴普贤.中印文学研究[M].台北:台湾商务印书

馆,1968.

[107]张中行.张中行作品集[M].北京:中国社会科学出版社,1995.

[108]顾随.顾随说禅[M].南宁:广西人民出版社,2005.

[109]孙昌武.文坛佛影[M].北京:中华书局,2001.

[110]陈允吉,卢宁.什译《妙法莲华经》里的文学世界[C].佛经文学研究论集.上海:复旦大学出版社,2004.

[111]许理和.关于初期汉译佛经的新思考[C].汉语史研究集刊:第4辑.成都:巴蜀书社,2001.

[112]刘芳薇.维摩诘所说经语言风格研究[D].台湾:中正大学中文所硕士学位论文,1995.

[113]温美惠.《华严经入法界品》之文学特质研究[D].台湾:政治大学中国文学系硕士学位论文,2001.

[114]史光辉.东汉佛经词汇研究[D].浙江大学博士论文,2001.

[115]陈文杰.早期汉译佛典语言研究[D].四川大学博士论文,2000.

[116]姜守阳.《孟子》寓言探究[D].北京:首都师范大学硕士学位论文,2009.

[117]孙尚勇.佛经偈颂的翻译体例及相关问题[J].宗教学研究,2005(1).

[118]王晴慧.浅析六朝汉译佛典偈颂之文学特色——以经藏偈颂为主[J].佛学研究中心学报,2001(6).

[119]李小荣,吴海勇.佛经偈颂与中古绝句的得名[J].贵

州社会科学,2000(3).

[120]朱庆之.试论佛典翻译对中古汉语词汇发展的若干影响[J].中国语文,1992(4).

[121]金幼华."而"字词性及释义谈[J].浙江大学学报,2005(6).

[122]陈祥明.先秦至六朝汉语中"于"的一种用法辨析[J].大理师专学报,2000(4).

[123]朱惠仙,荆亚玲.汉译佛经篇章结构对中土文学的影响[J].浙江工业大学学报(社会科学版),2013(4).

[124]徐秋儿,卢巧琴.汉魏六朝译经文体研究的语言学意义[J].长江大学学报,2013(3).

[125]颜洽茂,荆亚垪.试论汉译佛典四言格义体的形成及影响[J].浙江大学学报(人文社会科学版),2008(5).

[126]荆亚玲.论"偈颂体"制约下的汉译佛经语言特征[J].浙江工业大学学报(社会科学版).2017(3).

[127]曾昭聪,刘玉红.汉译佛经修辞研究的回顾与前瞻[J].修辞学习,2008(5).

[128]郝其宏.孟子雄浑浩然话语风格探析[J].齐鲁学刊,2010(5).

索　引

后　记

　　这本书终于要出版了。古人云，十年磨一剑。十年恍然而过，却并未"磨"出亮丽的"一剑"。心里颇不宁静，充满了拖延症患者的羞惭。

　　我与佛典的姻缘，始自十年前。在恩师颜洽茂的指引下，我这个慧根浅薄的学生开始接触汉译佛典。面对浩如烟海的佛典，繁杂交错的文类，一时间茫然无措，不知该何去何从。环顾同门，或专注于汉译佛经字词考释，或专注于同经异译研究，或专注于断代专书研究等等，均在各自领域取得了不小的成绩。然而，大家研究汉译佛典都是那般庄严神秘，晦涩艰深吗？其语言面貌究竟为何？那是时时盘旋在我脑海的一个问题。在翻阅了越来越多的典籍之后发现，经文类别不同，其叙事结构、遣词造句、修辞手法等等果然不尽相同，非常值得探究。随后机缘巧合，在参与导师各类国家项目的过程中，选择了汉译佛典文体为切入点做些尝试。

　　今天看来，这些尝试并不是令我自己感到满意的。聊以自我安慰的是，这应该是第一次从现代文体学视角分析佛典文体的尝试，将汉译佛典文体视作一个由不同要素、不同层次构成的系统,侧重从语言学角度,对其不同层面进行探讨。但是,汉译佛典文体是一个非常复杂的问题,尽管设想的是构建一个比较完备的佛典文体理论体系,孰料一落实到具体的操作层面,理论色彩不够浓厚。尽管清楚地意识到了汉译佛典与中土文献的异同,例如《四分律》等佛典戒律与中土法律文献的异同,却没有深入开掘下去,这些遗憾只待日后弥补了。

　　由于该书出版历时较长,最初的选题已有同题但内容不同的书籍问世,根据友人建议,本书初定名为《汉译佛典文体研究》,但后因相关规定,以《汉译佛典文体特征及其影响研究》出版。感谢所有在此书出版过程中给予我帮助的师友亲人,在此就不一一道谢了,你们的好,永存我心底。

图书在版编目(CIP)数据

汉译佛典文体特征及其影响研究 / 荆亚玲著. —杭州:浙江大学出版社,2018.6
ISBN 978-7-308-14025-6

Ⅰ.①汉… Ⅱ.①荆… Ⅲ.①佛教－宗教文学－文学研究－中国 Ⅳ.①I207.99

中国版本图书馆 CIP 数据核字(2014)第 255154 号

汉译佛典文体特征及其影响研究
荆亚玲 著

责任编辑	胡　畔(llpp_lp@163.com)
责任校对	虞雪芬
封面设计	春天书装
出版发行	浙江大学出版社
	(杭州市天目山路 148 号　邮政编码 310007)
	(网址:http://www.zjupress.com)
排　　版	浙江时代出版服务有限公司
印　　刷	浙江省良渚印刷厂
开　　本	880mm×1230mm　1/32
印　　张	8.75
字　　数	184 千
版 印 次	2018 年 6 月第 1 版　2018 年 6 月第 1 次印刷
书　　号	ISBN 978-7-308-14025-6
定　　价	42.00 元